ENT

P. G. Wodehouse

Então Tá, Jeeves

tradução:
Beth Vieira

Editora Globo

Copyright © by the Trustees of the Wodehouse Estate
Copyright da tradução © 2004 by Editora Globo S.A.

Todos os direitos reservados. Nenhuma parte desta edição pode ser utilizada ou reproduzida – em qualquer meio ou forma, seja mecânico ou eletrônico, fotocópia, gravação etc. – nem apropriada ou estocada em sistema de bancos de dados, sem a expressa autorização da editora.

Título original:
Right Ho, Jeeves

Revisão: Alexandre Barbosa de Souza,
Ricardo Jensen de Oliveira e Valquíria della Pozza
Capa: Paula Astiz
Ilustrações da capa: Andrés Sandoval

Dados Internacionais de Catalogação na Publicação (CIP)
(Câmara Brasileira do Livro, SP, Brasil)

Wodehouse, P. G., 1881-1975.
 Então tá, Jeeves / P. G. Wodehouse ; tradução Beth Vieira. – São Paulo : Globo, 2004.

 Título original: Right ho, Jeeves
 ISBN 85-250-3865-2

 1. Ficção inglesa I. Título

04-2693   CDD-823

Índice para catálogo sistemático:
1. Ficção : Literatura inglesa 823

Direitos de edição em língua portuguesa para o Brasil
adquiridos por Editora Globo S. A.
Av. Jaguaré, 1485 – 05346-902 – São Paulo – SP
www.globolivros.com.br

*Para Raymond Needham,
jurisconsulto, com afeto e admiração*

I

— JEEVES — disse eu — posso usar de franqueza?
— À vontade, patrão.
— O que eu tenho a dizer talvez o magoe.
— Não há perigo, patrão.
— Bem, então...
Não... espere. Agüente mais um instante. Estou pondo o carro na frente dos bois.

Não sei se você também já passou por isso, mas para mim o maior problema, quando vou contar uma história, é por onde começar. Um espeto, essa parte. E todo cuidado é pouco, porque um passo em falso e vai tudo por água abaixo. Quer dizer, se você rodeia demais no início, tentando criar a tal da atmosfera, ou baboseiras do gênero, você não cativa e o freguês dá no pé.

Arranque no entanto feito gato escaldado e seu público se perde. Ele simplesmente arqueia a sobrancelha e não consegue entender patavina.

Portanto, ao abrir meu relato do complexo caso que envolve Gussie Fink-Nottle, Madeline Bassett, prima Ângela, tia Dália, tio Tomás, um rapaz chamado Tuppy Glossop e o cozinheiro Anatole com o diálogo acima, percebo que cometi uma gafe do segundo tipo.

Terei de retroceder um pouco. Tudo somado, avaliado e pesado, imagino que o estopim do caso, se é que estopim é a palavra certa, foi aquela minha visita a Cannes. Foi lá que conheci a Bassett e foi lá que comprei o propalado paletó branco a rigor; foi também em Cannes que Ângela encontrou seu tubarão e tia Dália se meteu a jogar bacará.

Sim, sem a menor sombra de dúvida, Cannes foi o *point d'appui*. Então tá. Permita-me expor os fatos.

Parti para Cannes — sem a companhia de Jeeves, que insinuou não estar disposto a perder as corridas de Ascot — lá pelo começo de junho. Comigo viajaram tia Dália e prima Ângela. Tuppy Glossop, o noivo da prima, deveria ter ido conosco, mas no último minuto não pôde. Tio Tomás, marido da tia, não foi porque não agüenta o sul da França.

De modo que aí está o esboço geral da situação: tia Dália, Ângela e eu em Cannes lá pelo começo de junho.

Até agora tudo claro, nenhuma dúvida?

Ficamos dois meses ao todo e, excetuando-se o fato de minha tia ter perdido uma fábula no jogo e de Ângela quase ter sido engolida por um tubarão enquanto esquiava, divertimo-nos muitíssimo, todos nós.

No dia 25 de julho, bronzeado e em forma, acompanhei tia Dália e filha de volta a Londres. Às dezenove horas do dia 26 de julho desembarcamos na estação Victoria. E às dezenove e vinte, por aí, despedimo-nos com manifestações recíprocas de estima — as duas para tomar o carro que as levaria a Brinkley Court, em Worcestershire, onde residem e onde, dentro de mais alguns dias, teriam o prazer de receber a visita de Tuppy; e eu para casa, onde, depois de deixar a bagagem e tomar um banho, eu poria a fatiota de pingüim para um jantarzinho no Drones.

E foi em casa, enxugando o corpo após uma chuveirada assaz necessária, conversando sobre isso e aquilo — reatando o fio da meada, por assim dizer —, que Jeeves de repente trouxe à baila o nome de Gussie Fink-Nottle.

Esse eu enviei a caminho do Drones, onde passei uma tarde muito agradável num carteado com alguns dos melhores elementos do clube. Ao voltar para casa, depois de pegar o trânsito do entardecer, encontrei a seguinte resposta esperando por mim:

Sim, sim, sim, sim, sim, sim, sim. Não tem a menor importância se você entendeu ou não. Apenas venha imediatamente, como eu lhe disse para fazer, e pelo amor de Deus pare com essa conversa-fiada. Você acha que meu dinheiro dá em árvore para ficar mandando telegramas a cada dez minutos? Tente puxar um pouco pelo bestunto e venha imediatamente. Com carinho. Travers.

Foi mais ou menos nessa altura que senti necessidade de obter uma segunda opinião. Apertei a campainha.

— Jeeves — eu disse —, estão vindo alguns petardos esdrúxulos lá das bandas de Worcestershire. Leia isto — falei, entregando a ele a papelada do caso.

Jeeves folheou-a.

— Que lhe parece, Jeeves?

— A meu ver a senhora Travers deseja que o senhor vá imediatamente para lá, patrão.

— Você também achou isso, é?

— Achei, patrão.

— É, eu fiz uma leitura parecida. Mas por quê, Jeeves? Se ela esteve comigo durante quase dois meses.

— Pois é, patrão.

— E tem muita gente que considera dois dias a dose média adequada para um adulto.

— Pois é, patrão. Tenho de lhe dar razão quanto a isso. Entretanto a senhora Travers parece muito insistente. Acredito que o melhor seria obedecer.

— Você diz ir até lá?

— Exato, patrão.
— Bom, mas imediatamente não vai dar. Tenho uma reunião importantíssima no Drones esta noite. É a festa de aniversário de Pongo Twistleton, está lembrado?
— Estou, patrão.
Houve uma pausa rápida. Estávamos ambos pensando no pequeno desentendimento surgido entre nós. Senti-me na obrigação de fazer menção a ele.
— Você está redondamente enganado a respeito daquele paletó, Jeeves.
— Nesse terreno, é tudo questão de opinião, patrão.
— Quando eu ia ao Cassino de Cannes, belas mulheres se cutucavam e cochichavam entre si: "Quem é ele?".
— A etiqueta nos cassinos do continente é notória pela condescendência, patrão.
— E Pongo ficou fascinado, depois que eu descrevi o paletó para ele, ontem à noite.
— É mesmo, patrão?
—Assim como os demais presentes. Todos, sem exceção, reconheceram que eu estou de posse de um belo tesouro. Nem uma voz discordante.
— É mesmo, patrão?
— Estou convencido de que ao fim e ao cabo você acabará aprendendo a amar aquele paletó branco, Jeeves.
— Receio que não, patrão.
Desisti. É inútil tentar argumentar com Jeeves em ocasiões como essa. "Caturra, cabeça-dura, casmurro" são palavras que nos brotam dos lábios sem esforço. O jeito é soltar um suspiro e ir em frente.
— Bom, mas voltando à nossa agenda, não vai dar para ir a Brinkley Court nem a nenhum outro lugar por enquanto. Isso já está decidido. Mas vou fazer o seguinte, Jeeves. Me dê uma folha e um lápis. Vou mandar um telegrama para ela, dizendo que estarei lá em algum momento na próxima semana ou na outra. Caramba,

Jeeves, ela devia ao menos conseguir se agüentar alguns dias sem mim. Basta um pouco de força de vontade.

— Claro, patrão.

— Então tá. Vou escrever algo como "Chego daqui a quinze dias" ou coisa semelhante. Acho que isso resolve a questão. Depois você dá um pulo até a esquina, envia isto aqui e assunto encerrado.

— Muito bem, patrão.

E assim foi que o longo dia foi se gastando até chegar a hora de eu me vestir para a festa de Pongo.

Pongo me garantira, no papo que havíamos batido na noite anterior em torno do tema, que seu rega-bofe de aniversário seria numa escala destinada a aturdir a humanidade, e devo dizer que já participara de funções bem menos frutíferas. Passava das quatro horas quando cheguei em casa, num estado em que me achava pronto para ir para a cama. Lembro-me mal e mal de ter tateado em volta, à procura do colchão, e a mim pareceu que a cabeça tinha acabado de tocar no travesseiro quando o som da porta se abrindo me despertou.

Não que eu estivesse funcionando normalmente, mas dei um jeito de erguer uma pálpebra.

— Você trouxe meu chá, Jeeves?

— Não, senhor. É a senhora Travers.

E, instantes depois, acompanhada pelo som de uma forte rajada de vento, lá estava minha tia cruzando a soleira a oitenta quilômetros por hora; e de moto próprio.

4

EMBORA NÃO HAJA NINGUÉM MAIS CRÍTICO e sagaz quando se trata de julgar o sangue de meu sangue, há quem diga que Bertram Wooster adora fazer justiça quando ela se faz necessária. E se você acompanhou estas minhas memórias com o devido cuidado, saberá que por diversas vezes e em diferentes ocasiões tive a oportunidade de salientar que tia Dália não é uma má pessoa. Foi ela, se você está lembrado, que se casou com o velho Tomás Travers *en secondes noces*, acho que é essa a expressão que se usa, no ano em que Bluebottle ganhou a corrida de Suffolk e também foi ela que, uma vez, me convenceu a escrever um artigo discorrendo sobre "O Que o Homem Bem-Vestido Está Usando" para o jornal que ela dirige, o *Boudoir de Milady*. Tia Dália é uma alma generosa e solícita, para todos com quem convive, sempre um prazer. Em sua constituição espiritual não há o menor vestígio daquele nojo excessivo do mundo que transforma exemplares como minha tia Ágata, digamos, no terror dos condados de Surrey, Kent e Essex e numa ameaça geral para todos os mortais. Tenho a maior estima por ela e nunca, jamais, titubeei em meu cordial apreço por sua humanidade, qualidades esportivas e, no geral, seu bom caráter.

    Sendo esse o caso, imagine meu espanto ao vê-la em minha cabeceira em hora tão imprópria. Quer dizer, já me hospedei muitas vezes na casa dela, durante vários dias; tia Dália conhece meus hábitos. Está cansada de saber que, antes de tomar minha chávena de chá pela manhã, não recebo ninguém. Essa invasão num momento em que, como é do conhecimento de todos, a solidão e o repouso são de fundamental importância foi, e não posso me furtar a assinalar o fato, contrária a todas as regras de boa educação.

Além do mais, o que teria ela vindo fazer em Londres? Era a pergunta que eu me fazia. Quando uma dona-de-casa conscienciosa volta para seus domínios depois de uma ausência de sete semanas, ninguém espera que pegue a estrada de novo um dia depois da chegada. A sensação que se tem é que tal senhora deveria se demorar um pouco mais cuidando do marido, trocando idéias com a cozinheira, dando comida para o gato, penteando e escovando o lulu — em suma, deveria ficar ao menos alguns dias quietinha em casa. Apesar da vista meio turva, e até onde me permitiram as pálpebras um tanto pesadas, esforcei-me para lançar-lhe um olhar austero de censura.

Pelo visto ela não entendeu.

— Acorde, Bertie, sua mula velha! — exclamou titia, com uma voz que me acertou em cheio entre as sobrancelhas e seguiu direto para a nuca.

Se tia Dália tem algum defeito, talvez seja esse seu hábito de falar com quem está em frente como se estivesse a um quilômetro de distância em plena cavalgada precedida por dezenas de sabujos caçadores. Resquício, sem dúvida, dos tempos em que para ela qualquer dia que não se passasse acossando e atormentando alguma pobre raposa era um dia totalmente desperdiçado.

Lancei-lhe mais um dos meus olhares austeros de censura e, dessa vez, parece que ela registrou. Porém o único efeito visível foi fazê-la baixar a um nível mais pessoal.

— Não pisque para mim dessa forma indecente, Bertie — disse-me ela. — O que eu me pergunto — continuou titia, me olhando como eu imagino que Gussie olharia para um filhote de tritão de uma espécie rara — é se por acaso você faz alguma idéia de quão pavorosa está sua cara? Algo entre uma orgia cinematográfica e alguma forma de vida aquática inferior. Imagino que andou farreando de novo?

— Fui a uma festinha — respondi com frieza. — Aniversário de Pongo Twistleton. Não poderia deixar Pongo na mão. *Noblesse oblige*.

— Pois então levante-se e ponha uma roupa.

Senti que não era possível que eu tivesse escutado direito.

— Levantar e pôr roupa?

— É.

Virei-me no travesseiro com um pequeno gemido, no momento em que Jeeves entrou com o chá que me faltava. Agarrei-me a ele como um condenado às vestes do carrasco. Um gole ou dois e voltei a me sentir, não diria em forma — porque uma festa de aniversário como a de Pongo Twistleton não é coisa de que alguém se recupere com um simples gole de chá —, mas quase o mesmo Bertram de sempre, ao menos o bastante para poder ajustar a mente àquela situação pavorosa que se abatera sobre mim.

E quanto mais eu prestava atenção à dita-cuja, menos conseguia perceber quais seriam as tendências do momento.

— O que é isso afinal, tia Dália? — perguntei.

— Está me parecendo que é chá — foi a resposta que obtive.

— Mas deve saber melhor do que eu. Quem está tomando é você.

Não fosse o temor de respingar a bebida curativa, sem a menor sombra de dúvida eu teria esboçado um gesto de impaciência. Vontade não faltou.

— Não falo do conteúdo desta xícara. Falo de tudo isto. De você entrando aqui feito um tufão, mandando eu me levantar e me vestir, e essas tolices todas.

— Entrei feito um tufão, como você diz, porque meus telegramas não parecem ter surtido efeito. E mandei você se levantar e se vestir porque quero que você se levante e se vista. Vim buscá-lo. Você vai voltar comigo. Adorei a petulância de me telegrafar dizendo que só daria para aparecer no ano que vem ou sei lá quando. Você vem agora. Tenho trabalho para você.

— Mas eu não estou procurando emprego.

— O que você está procurando, meu jovem, e o que você vai ter são duas coisas bem diferentes. Há um serviço de homem para você executar em Brinkley Court. Esteja pronto e apresentável até o último botão em vinte minutos.

— Em vinte minutos é impossível. Seja em que botão for. Estou esbodegado.

Tia Dália fez cara de quem avaliava a situação.

— Claro — disse ela. — Desconfio que é uma questão de humanidade lhe dar um dia ou dois para se recuperar. Está bem, então. Eu o espero o mais tardar no dia 30.

— Caramba, o que significa tudo isso? Como assim, um trabalho? Por que um trabalho? Que tipo de trabalho?

— Eu lhe conto, se você parar um segundo de matraquear. É um trabalho fácil e agradável. Você vai gostar muito. Alguma vez já ouviu falar da Escola Secundária de Market Snodsbury?

— Nunca.

— É uma escola secundária em Market Snodsbury.

Eu disse a ela, com certa frieza de voz, que até aí eu tinha entendido.

— Bem, como é que eu iria adivinhar que um homem com uma cabeça como a sua iria pegar tudo tão rápido? — ela protestou. — Pois então, como eu ia dizendo, a Escola Secundária de Market Snodsbury é, como você já adivinhou, a escola secundária de Market Snodsbury, e eu sou um dos diretores.

— Você quer dizer diretora.

— Não, não quero. Escute, sua mula. Em Eton não havia uma série de diretores que dirigiam a escola? Pois muito bem. O mesmo acontece na Escola Secundária de Market Snodsbury e eu sou um deles. Fui encarregada de preparar a cerimônia de entrega dos prêmios de verão. E essa entrega de prêmios ocorre no último, ou no trigésimo primeiro dia deste mês. Deu para entender tudo, até aqui?

Ingeri mais uma dose fluida da infusão milagrosa e inclinei a cabeça. Mesmo depois de uma festa de aniversário de Pongo Twistleton, eu era capaz de compreender fatos simples como aquele.

— Entendi, sim, claro. Entendo o que você está tentando me dizer, com certeza. Escola... Secundária... de Market... Snodsbury... Diretores... Entrega de prêmios... Claro. Mas o que tudo isso tem a ver comigo?

— É você quem vai entregar os prêmios.

Esbugalhei os olhos. As palavras de minha tia não pareciam fazer o menor sentido. Pareciam ser meros vapores delirantes de um ente querido que se deixara ficar tempo demais ao sol sem a adequada proteção de um chapéu.

— Eu?

— Você.

Esbugalhei os olhos de novo.

— Mas você não está se referindo à minha pessoa em pessoa, está?

— Você mesmo.

Esbugalhei os olhos uma terceira vez.

— Você deve estar querendo pegar no meu pé.

— Não estou pegando no seu pé. Nada neste mundo me faria pegar no seu pé. Era o vigário que iria entregar os prêmios, mas, quando cheguei de viagem, encontrei uma carta dele dizendo que havia machucado o tornozelo e que teria de abrir mão da honraria. Você nem imagina o estado em que eu fiquei. Liguei para tudo quanto foi lugar. Ninguém quis aceitar. E aí, de repente, lembrei-me de você.

Resolvi que o melhor seria cortar o mal pela raiz e acabar logo com aquele absurdo. Ninguém, mais do que Bertram Wooster, realiza com tanto fervor as vontades de tias caridosas, mas há limite para tudo; limites muito bem definidos, por sinal.

— Quer dizer então que você acha que eu vou distribuir prêmios nesse seu raio de reformatório para delinqüentes, é?

— Acho.
— E fazer um discurso?
— Exato.

Ri com desdém.

— Pelo amor de Deus, agora não é hora de gargarejar. Isto é muito sério.

— Eu estava rindo.

— Estava, é? Pois olhe que muito me alegro de ver você aceitar seus deveres com tanta alegria.

— Alegria, não: desdém — expliquei. — Eu não vou entregar nada para ninguém. E assunto encerrado. Simplesmente não vou.

— Vai, sim, meu jovem Bertie. Ou vai ou nunca mais há de escurecer minha soleira com sua silhueta. E você sabe muito bem o que isso significa. Um adeus para sempre aos jantares de Anatole.

Um forte estremecimento me sacudiu por inteiro. Titia estava falando de seu *chef*, um artista soberbo. Monarca da profissão, insuperável — não, inigualável — na hora de transformar a matéria-prima de modo a derreter na boca do consumidor final, Anatole era o ímã que me arrastava com certa freqüência e com a língua de fora a Brinkley Court. Muitos dos meus momentos mais felizes foram gastos deglutindo os fantásticos assados e ragus desse grande homem, e a mera possibilidade de ser impedido de degustá-los no futuro era desumana.

— Não, isso não, caramba!

— Bem que imaginei que esta ameaça o chamaria de volta à realidade. Bacorinho mais guloso!

— Bacorinhos gulosos não têm nada a ver com o caso — disse eu, com um quê de empáfia. — Ninguém é um bacorinho guloso por apreciar a culinária de um gênio.

— Bem, confesso que eu também aprecio bastante — admitiu a parenta. — Mas você não comerá mais nem um bocadinho sequer se por acaso se recusar a fazer esse servicinho simples, fácil e muito agradável. Não, nem mesmo o direito de sonhar com as panelas você terá. Pense bem, Bertie, você não acha que podia dormir sem essa?

Eu começava a me sentir como um animal selvagem preso numa arapuca.

— Mas por que eu? Quer dizer, quem sou eu? Faça essa pergunta a si mesma.

— Faço com freqüência.

— O que eu quero dizer é que eu não sou o tipo. A pessoa tem de ser algum tipo de figurão para entregar prêmios. Parece que estou me lembrando de que, quando eu estava na escola, em geral era um primeiro-ministro ou coisa parecida.

— É, mas isso foi em Eton. Em Market Snodsbury, nós somos menos pernósticos. Qualquer um de polainas nos deixa impressionados.

— Por que você não pede para o tio Tomás?

— Tio Tomás!

— E por que não? Ele usa polainas.

— Bertie — ela disse —, eu vou lhe dizer por que o tio Tomás não. Lembra-se de todo aquele dinheiro que eu perdi no bacará, em Cannes? Pois muito bem, em breve vou ter de emparelhar com ele e lhe dar a notícia. Se, em seguida, eu for lhe pedir para calçar as luvas lilás, pôr a cartola e distribuir os prêmios da Escola Secundária de Market Snodsbury, haverá um divórcio na família. Ele deixaria um bilhete pregado no meu alfineteiro e tomaria chá de sumiço. Não, meu rapaz, o escolhido é você, portanto acho melhor tirar o melhor partido da situação.

— Mas, tia Dália, ouça a voz da razão. Eu lhe garanto que lançou mão do homem errado. Eu sou um fracasso em ocasiões como essa. Pergunte a Jeeves sobre o dia em que me pegaram para falar numa escola de meninas. Foi um vexame danado e eu fiz um tremendo papelão.

— E eu prevejo com toda a certeza que haverá novo vexame e que você fará um papelão pior no dia 31 deste mês. Justamente se você não aparecer. Da forma como eu enxergo a coisa, a situação vai estar preta de qualquer maneira, e o melhor que se faz é dar boas risadas. Eu vou me divertir muito de ver você entregando aqueles prêmios, Bertie. Bem, não vou mais atrapalhá-lo, porque, sem dúvida, deve estar na hora da sua ginástica sueca. Eu o espero dentro de um dia ou dois.

E com essas palavras insensíveis ela se foi, deixando-me às voltas com emoções mui soturnas. Sim, porque juntando-se a conseqüência natural da festa de Pongo com esse golpe inesperado, não seria demais dizer que eu estava completamente arrasado.

E ainda chafurdava nas profundezas do caso quando a porta se abriu e Jeeves apareceu.

— O senhor Fink-Nottle está aqui para vê-lo, patrão — anunciou ele.

5

Lancei-lhe uma daquelas minhas olhadas.
— Jeeves — eu disse —, eu não esperava isso de você. Eu fiquei acordado até altas horas ontem à noite e você sabe disso. Você também sabe que ainda mal tive chance de tomar meu chá. Certamente não há de ignorar o efeito da voz aguda de tia Dália sobre a dor de cabeça de qualquer criatura. E ainda assim você me entra aqui trazendo Fink-Nottles. Por acaso este é o momento mais apropriado para Fink ou qualquer outro tipo de Nottle?
— Mas não foi o senhor mesmo quem disse, patrão, que desejava ver o senhor Fink-Nottle e aconselhá-lo a respeito de suas dificuldades?
Isso, reconheço, abriu uma nova linha de raciocínio. Sob a tensão de tantas solicitações, eu me esquecera por completo de haver assumido a rédea dos interesses de Gussie. O que alterava tudo. Não se pode dar uma banana ao freguês. Quer dizer, você nunca viu Sherlock Holmes mandar embora um cliente só por ter ficado até tarde na festa de aniversário do dr. Watson. Claro que eu gostaria que o camarada tivesse escolhido uma hora um pouco mais propícia para me procurar, mas, como parecia que ele era uma espécie de ave que abandonava o ninho ao primeiro raio de sol da manhã, imaginei que seria melhor lhe conceder uma audiência.

— É verdade — eu falei. — Está bem. Traga-me o homem.
— Pois não, patrão.
— Mas, antes, traga-me um daqueles levanta-defuntos que só você sabe fazer.
— Pois não, patrão.

E dali a instantes Jeeves voltou com a essência vital.

Já tive ocasião, creio eu, de discorrer sobre esses levanta-defuntos de Jeeves e do efeito que na manhã seguinte têm sobre um camarada preso à vida por um fio. De que são feitos, eu não saberia dizer. Segundo ele, de algum tipo de molho, gema de ovo cru e uma pitada de pimenta vermelha, mas nada será capaz de me convencer de que a coisa não vai muito mais fundo do que isso. Seja como for, no entanto, os resultados de se engolir um copo dessa mezinha são espantosos.

Durante talvez uma fração de fração de segundo nada acontece. É como se a natureza inteira ficasse na expectativa. Aí, de repente, soa a Última Trombeta e o Dia do Juízo se instaura com uma severidade espantosa.

Irrompem fogueiras em várias partes da carcaça. O abdômen é tomado por jorros de lava derretida. Um vento forte parece soprar pelo mundo afora e a vítima se dá conta de que uma locomotiva a vapor acabou de atingi-la na nuca. Durante essa fase, os ouvidos zumbem muito alto, os olhos giram e há um formigamento na região da testa.

E então, justo na hora em que você começa a achar que é melhor ligar para o advogado e ver se a papelada está toda em ordem, antes que seja tarde demais, a situação começa a clarear. O vento cessa. Os ouvidos param de zumbir. Passarinhos gorjeiam. Uma orquestra de metais começa a tocar. O sol se ergue no horizonte de uma vez só.

E, momentos depois, você só tem consciência de uma paz infinita.

Enquanto eu esvaziava o copo, uma nova vida parecia crescer dentro de mim. Até me lembrei — e a verdade é que, embora equivocado em se tratando de trajes masculinos e conselhos aos apaixonados, Jeeves tem uma bela erudição — de ele ter feito menção, certa feita, a alguém que galgou as pedras de seu ser mortiço em direção a coisas mais elevadas. De fato, senti que o Bertram Wooster recostado nos travesseiros se tornara um Bertram melhor, mais forte, mais arguto.

— Obrigado, Jeeves.

— Não tem de quê, patrão.

— Atingiu o ponto exato. Agora já sou capaz de lidar com os problemas da existência.

— Fico satisfeito em ouvir isso, patrão.

— Loucura foi não ter tomado um desses antes de enfrentar tia Dália. Porém agora é tarde para chorar o leite derramado. Conte-me sobre Gussie. Como é que foram as coisas para ele no baile a fantasia?

— Ele não chegou a ir ao baile a fantasia, patrão.

Olhei-o com uma certa austeridade.

— Jeeves — disse eu —, reconheço que, depois daquele levanta-defunto seu, sinto-me bem melhor, mas não exija demais de mim. Não fique aí na beira de meu leito de enfermo falando tolices. Nós metemos Gussie dentro de um táxi e ele partiu rumo ao local onde iria se realizar o tal baile a fantasia. Ele deve ter chegado lá.

— Não, patrão. Pelo que entendi do que me contou o senhor Fink-Nottle, ele entrou no táxi convencido, em sua cabeça, de que o entretenimento para o qual fora convidado seria realizado na casa de número 17 da praça Suffolk, ao passo que na verdade ele seria realizado no número 71 de Norfolk Terrace. Tais aberrações da memória não são incomuns com pessoas que, a exemplo do senhor Fink-Nottle, pertencem essencialmente ao que poderíamos chamar de tipo sonhador.

— Também poderíamos chamar de tipo cabeça oca.

— Poderíamos, patrão.

— E...?

— Ao chegar à casa de número 17 da praça Suffolk, o senhor Fink-Nottle tentou entregar ao motorista o dinheiro da corrida.
— E o que o impediu?
— O fato de que ele não tinha dinheiro algum, patrão. O senhor Fink-Nottle descobriu que deixara todo o seu dinheiro, junto com o convite, no consolo da lareira de seu quarto, na casa do tio onde está hospedado no momento. Pedindo ao motorista que esperasse, já que não havia outro jeito, o senhor Fink-Nottle tocou a campainha e, quando o mordomo apareceu, pediu-lhe que pagasse o táxi, acrescentando que estava tudo bem, que ele era um dos convidados para o baile. O mordomo então negou ter qualquer conhecimento sobre bailes a serem realizados no local.
— E se recusou a arcar com a despesa?
— Exato, patrão.
— Ao que...
— O senhor Fink-Nottle mandou que o motorista o conduzisse de volta à residência do tio.
— Nesse caso, então por que não foi esse o final feliz da história? Bastaria ele entrar, pegar dinheiro e convite e pronto. Tudo nos eixos de novo.
— Eu deveria ter mencionado, patrão, que o senhor Fink-Nottle também deixou a chave da porta da frente sobre o consolo da lareira do quarto.
— Ele poderia ter tocado a campainha.
— Mas ele tocou a campainha, patrão, durante bem uns quinze minutos. Ao fim desse período, lembrou-se, primeiro, de que a casa estava oficialmente fechada e todos os empregados em férias, e, segundo, de que dera permissão ao caseiro para ir visitar o filho marinheiro que atracara em Portsmouth.
— Cruzes, Jeeves.
— Pois é, patrão.
— Esses tipos sonhadores têm uma vida bem agitada.
— Pois é, patrão.
— E o que aconteceu depois disso?

— O senhor Fink-Nottle parece ter percebido, nessa altura, que sua posição aos olhos do chofer do táxi se tornara um tanto dúbia. Os números no taxímetro já haviam atingido uma soma bastante razoável e ele não estava em condições de cumprir com suas obrigações.
— Ele poderia ter explicado.
— Não se pode explicar nada a um chofer de táxi, patrão. E quando foi tentar fazê-lo, percebeu no camarada um certo ceticismo em relação a sua boa-fé.
— Eu teria dado no pé.
— Foi justamente esse o expediente que, pelo visto, se afigurou como sendo o melhor, também na opinião do senhor Fink-Nottle. Ele escafedeu-se depressinha e o taxista, no afã de detê-lo, agarrou-lhe o sobretudo. O senhor Fink-Nottle conseguiu livrar-se do sobretudo e tudo indica que, ao vê-lo surgir nos trajes em que compareceria à mascarada, o chofer sofreu um certo choque. O senhor Fink-Nottle me disse ter ouvido uma espécie de arfar sibilante e, olhando em volta, notou que o sujeito se agachara junto às grades de uma casa e estava com o rosto escondido entre as mãos. Sem dúvida um camarada sem instrução e muito supersticioso, patrão. Quem sabe até um beberrão.
— Bem, se ele não bebia antes, aposto como deve ter começado logo depois. Imagino que mal conseguiu esperar pela abertura dos *pubs*.
— De fato, patrão, tendo em vista as circunstâncias, é bastante provável que ele tenha apreciado um restaurativo qualquer.
— Tendo em vista as circunstâncias, desconfio que Gussie não ficou atrás. E me diga, Jeeves, o que ele fez depois disso? Londres a altas horas da noite, ou mesmo durante o dia, na verdade, não é bem o lugar para um homem de calça de malha vermelha.
— Não, patrão.
— Dá margem a comentários.
— Dá, patrão.

— Já posso até ver o pobre infeliz se esgueirando por vielas, escondendo-se nos becos, jogando-se dentro de latas de lixo.

— Pelo que deduzi dos comentários do senhor Fink-Nottle, patrão, ocorreu algo muito parecido com isso. Ao fim e ao cabo, após uma noite dificílima, encaminhou-se para a residência do senhor Sipperley, onde teve a oportunidade de obter abrigo e uma muda de roupa, pela manhã.

Aninhei-me de volta nos travesseiros, a testa um tanto franzida. Nada mais positivo, óbvio, do que dar uma mãozinha a um velho colega de escola, mas impossível não concluir que, ao esposar a causa de um palerma capaz de estragar as coisas da forma como Gussie o fizera, eu havia abraçado uma empreitada quase grande demais para os padrões humanos. Estava começando a me parecer que Gussie precisava não dos conselhos de um homem experiente sobre as coisas do mundo, e sim de uma cela acolchoada no manicômio de Colney Hatch e de dois bons guardas para não deixá-lo botar fogo no lugar.

De fato, por alguns momentos acalentei a idéia de me retirar do caso e devolvê-lo a Jeeves. Mas o orgulho dos Woosters impediume. Nós, os Woosters, damos um boi para não entrar na briga, mas depois que entramos damos uma boiada para não sair dela. Além do mais, após o incidente com meu paletó branco a rigor, qualquer atitude próxima à fraqueza seria fatal.

— Imagino que você já se deu conta, Jeeves — disse eu, porque, ainda que não seja muito do meu agrado tripudiar, há certas coisas que precisam ser assinaladas —, de que isso tudo é culpa sua?

— Patrão?

— Não adianta dizer "patrão?". Você sabe que é. Se você não tivesse insistido para que ele fosse àquele baile, um plano maluco, como eu vi logo, isso não teria acontecido.

— Concordo, patrão, mas admito que eu não havia previsto...

— Há que se prever tudo, Jeeves — interrompi eu, com uma leve severidade. — É a única maneira. Se pelo menos você tivesse permitido que ele fosse de Pierrô, as coisas não teriam seguido o rumo que seguiram. Um traje de Pierrô tem bolsos. Entretanto — continuei eu, em chave mais bondosa — não precisamos esmiuçar isso agora. Caso tenha servido para lhe mostrar o resultado de sair por aí de calça de malha vermelha, já será um lucro. Gussie aguarda do lado de fora, você disse?

— Sim, patrão.

— Então faça o infeliz entrar e eu verei o que se pode fazer por ele.

6

GUSSIE AINDA GUARDAVA VESTÍGIOS da experiência soturna. De rosto pálido, com uns olhos que eram duas uvas-do-monte, tinha as orelhas caídas e, no geral, o aspecto de um homem que passou pela fornalha e ficou preso nas engrenagens. Ergui-me um pouco mais nos travesseiros e olhei-o, com especial atenção às minúcias. Vi que o momento pedia primeiros socorros e preparei-me para ir aos fatos.
— Pois então, Gussie.
— Olá, Bertie.
— Salve.
— Salve.
Concluídas essas civilidades, senti que era chegada a hora de tocar com delicadeza no passado.
— Soube que você passou um mau bocado.
— Passei.
— Graças ao Jeeves.
— A culpa não é dele.
— É toda dele.
— Eu não penso assim. Quem esqueceu o dinheiro e a chave...
— E agora é melhor esquecer Jeeves porque, talvez se interesse em saber, Gussie — falei eu, considerando que seria mais

avisado de minha parte colocá-lo a par da situação o mais rápido possível —, que Jeeves não está mais lidando com o seu probleminha. A medida pelo visto surtiu o efeito desejado. O queixo caiu e as orelhas murcharam um pouco mais. Se antes Gussie parecia um peixe morto, passou a parecer um peixe mais morto ainda — daqueles pescados muito tempo atrás, que acabam largados em alguma praia solitária, à mercê dos ventos e das marés.

— O quê!
— Exato.
— Você então está me dizendo que Jeeves não vai mais...
— Não.
— Mas, caramba...

Fui gentil, porém firme.

— Você ficará muito melhor sem ele. Não é possível que uma experiência tenebrosa durante uma noite igualmente horrenda já não o tenha alertado para a necessidade de dar um descanso a Jeeves. O mais arguto dos pensadores de vez em quando também tem seus dias. E foi bem o que ocorreu a Jeeves. De minha parte, já esperava por isso há algum tempo. Jeeves perdeu a forma. Anda precisando descarbonizar as velas. Imagino que para você seja um choque, sem dúvida. Suponho que tenha vindo aqui hoje para buscar um conselho dele.

— Claro que sim.
— A respeito do quê?
— Madeline Bassett foi embora, vai passar uns tempos na tal casa de campo, e eu quero saber o que ele acha que eu devo fazer.
— Bem, como eu falei, Jeeves não está mais encarregado do caso.
— Mas Bertie, poxa...
— Jeeves — repeti com uma certa aspereza — não está mais no caso. Doravante, sou o único encarregado.
— Mas o que é que você pode fazer a respeito?

Controlei o ressentimento. Nós, os Woosters, somos muito justos. E capazes de abrir uma exceção àqueles que zanzaram a noite toda por Londres dentro de calça de malha vermelha.

— Isso — falei em voz baixa — é o que veremos. Sente-se e vamos trocar idéias. Estou inclinado a dizer que a coisa me parece bastante simples. Você diz que a moça foi visitar amigos no interior. Parece-me óbvio que você deve ir também, e grudar nela feito um emplastro. Elementar.

— Mas eu não posso impor minha presença a um bando de desconhecidos.

— Você não conhece os donos da casa?

— Claro que não conheço. Eu não conheço ninguém.

Franzi os lábios. Isso tendia a complicar um pouco as coisas.

— Tudo que eu sei é que o sobrenome deles é Travers e que a casa, em Worcestershire, chama-se Brinkley Court.

Desfranzi os lábios.

— Gussie — eu falei, sorrindo paternalmente —, foi um dia de grande sorte para você, o dia em que Bertram Wooster manifestou interesse em seus problemas. Como eu previa desde o início, posso dar um jeito em tudo. Esta tarde mesmo, você estará de partida para Brinkley Court como convidado de honra.

O camarada tremelicou feito *mousse*. Imagino que deve ser sempre uma experiência muito emocionante para um novato verme assumir o controle.

— Mas, Bertie, não me diga que você conhece esses Travers?

— Eles são minha tia Dália.

— Não me diga!

— Percebe agora — eu ressaltei — a sorte imensa que você teve quando resolvi apoiá-lo? Você procura o Jeeves e o que é que ele faz? Veste você com calça vermelha de malha e a mais pavorosa das barbas postiças do planeta e o despacha para bailes a fantasia. Resultado: agonia do espírito e nenhum progresso. Eis então que eu apareço para colocá-lo de volta no bom caminho. Por acaso

Jeeves teria conseguido que o recebessem em Brinkley Court? Jamais. Tia Dália não é tia dele. Estou apenas relatando os fatos.

— Por Deus, Bertie, nem sei como agradecer.

— Ora, meu caro!

— Mas, não sei não...

— Não sabe o quê?

— O que eu faço quando chegar lá?

— Se você conhecesse Brinkley Court, não faria essa pergunta. Naquela atmosfera romântica, não tem como errar. Já houve vários e grandes amantes que, no decorrer dos séculos, concluíram as formalidades preliminares por lá. O lugar simplesmente destila essa atmosfera. Você vai dar passeios com a moça pelas alamedas sombreadas. Vai se sentar com ela em gramados sombreados. Vai remar no lago com ela. E, aos poucos, você se verá avançando até um ponto onde...

— Por Deus, acho que você tem razão.

— Claro que eu tenho razão. Já fiquei noivo três vezes em Brinkley Court. Não deram em nada, os noivados, mas fazer o quê? E olhe que fui para lá sem o menor propósito de embarcar em ternas paixões. Eu não tinha intenção nenhuma de pedir a mão de ninguém. Entretanto, assim que pus os pés naqueles jardins românticos, dei por mim procurando a moça mais próxima para despejar a seus pés toda a minha alma. É alguma coisa no ar.

— Entendo bem o que está dizendo. E é justamente o que eu gostaria de ser capaz de fazer: avançar. Mas em Londres, maldito lugar, é tudo tão apressado que ninguém tem chance de nada.

— Nem diga. Você vê uma jovem por cerca de cinco minutos ao dia, e se quiser lhe pedir que seja sua mulher, tem de dar conta do assunto como quem tenta acertar na argola andando num carrossel.

— Exato. Londres me deixa em pandareco. Hei de me tornar um homem muito diferente no campo. Não deixa de ser uma sorte que essa tal de Travers calhou de ser sua tia.

— Não sei o que você quer dizer com "calhou de ser minha tia". Ela é minha tia faz tempo.

— O que eu quis dizer é que é extraordinário que seja na casa de sua tia que Madeline vai passar uma temporada.

— Nem um pouco. Ela e minha prima Ângela são amigas íntimas. Em Cannes, ela ficava conosco o tempo todo.

— Ah, quer dizer que você conheceu Madeline em Cannes, é? Por Deus, Bertie — disse o pobre lagarto com ar devoto —, quem me dera ter visto Madeline em Cannes. Como ela deve ter ficado linda em trajes de praia! Ah, Bertie...

— Muito — respondi um tanto distraído. Mesmo depois de recuperado por uma das bombas de profundidade de Jeeves, não convinha me imiscuir naquele tipo de assunto depois de uma noite atribulada. Puxei a campainha e, quando Jeeves apareceu, pedi-lhe que me trouxesse um formulário de telegrama e um lápis. Em seguida escrevi um comunicado bem redigido para tia Dália, informando-a de que estava enviando um amigo, Augustus Fink-Nottle, para Brinkley Court para gozar de sua hospitalidade e entreguei-o a Gussie.

— Avie isso no primeiro correio por onde passar. Estará à espera, quando titia chegar.

Gussie tomou o caminho da roça, balançando o telegrama e parecendo um *close* de Joan Crawford, e eu me virei para Jeeves, com a intenção de lhe fazer um resumo das operações.

— Tudo muito simples, como deve ter percebido, Jeeves. Nada elaborado.

— Não, patrão.

— Nada muito ambicioso. Nada forçado ou bizarro. Apenas o remédio da natureza.

— Certamente, patrão.

— Este é o ataque, e na forma em que deveria ter sido lançado. Como é mesmo que se diz, quando duas pessoas de sexos opostos se vêem confinadas em grande proximidade num local isolado, encontrando-se todo santo dia e usufruindo bastante da presença uma da outra?

— Seria "propinqüidade" a palavra que procura, patrão?

— Essa mesma. Aposto tudo na propinqüidade, Jeeves. A propinqüidade, a meu ver, dará conta do recado. No momento, como você bem sabe, Gussie é uma mera gelatina quando na presença do assunto em questão. Mas pergunte-se como ele não estará se sentindo dentro de uma semana, depois que ele e ela tiverem se servido da mesma travessa de lingüiças dia após dia, à mesa do café da manhã. Fatiado o mesmo presunto, partilhado dos mesmos rins fritos com bacon... ora...
Interrompi o que ia dizendo de supetão. Ocorrera-me uma idéia.
— Caramba, Jeeves!
— Patrão?
— Eis um ótimo exemplo de como se deve pensar a respeito de tudo na vida. Você me ouviu mencionar lingüiças, rins, bacon e presunto.
— Ouvi, patrão.
— Pois muito bem, precisamos cortar isso tudo. É fatal. Seria a nota mais equivocada de todas. Passe-me aquele formulário telegráfico e um lápis. Preciso mandar um alerta a Gussie sem mais delongas. O que ele precisa fazer é criar na mente dessa jovem a impressão de estar definhando de amor por ela. O que não pode ser feito devorando-se uma travessa de lingüiças.
— Não, patrão.
— Muito bem, então.
E, lançando mão do formulário e do lápis, rascunhei o seguinte:

Fink-Nottle
   Brinkley Court
      Market Snodsbury
         Worcestershire
Não toque nas lingüiças. Evite o presunto.
Bertie

— Envie isso, Jeeves. Imediatamente.
— Pois não, patrão.

Afundei-me de volta nos travesseiros.

— Bem, Jeeves — falei —, olhe só como estou tomando as rédeas do assunto. Você reparou no meu comando da situação? Percebe quanto poderia lucrar se estudasse meus métodos?

— Naturalmente, patrão.

— E ainda assim não atinou com a profundidade da extraordinária argúcia que acabo de demonstrar. Por acaso você sabe o que trouxe tia Dália até aqui hoje de manhã? Ela veio me dizer que tenho de entregar os prêmios para os alunos de algum malfadado ginásio de Market Snodsbury.

— Mas que coisa, patrão. Executar essa tarefa não será do seu agrado, imagino.

— Ah, mas acontece que eu não vou executá-la. Vou empurrá-la para Gussie.

— Não entendi, patrão.

— Minha idéia, Jeeves, é telegrafar à tia Dália dizendo que não poderei comparecer, e sugerindo que transfira para Gussie os delinqüentes do reformatório em pauta.

— Mas e se o senhor Fink-Nottle resolver não aceitar o convite, patrão?

— Não aceitar? Por acaso você consegue enxergá-lo não aceitando? Faça uma imagem mental dele, Jeeves. Cenário, a sala de estar de Brinkley Court, com Gussie acossado num canto e tia Dália por cima, açulando a matilha, por assim dizer. Agora eu lhe pergunto, Jeeves: será que consegue enxergá-lo não aceitando?

— Não de imediato, patrão, concordo. A senhora Travers tem uma personalidade um tanto forte.

— Ele não terá a menor chance de não aceitar. A única saída seria se escafeder. Mas ele não pode se escafeder porque quer ficar ao lado da senhorita Bassett. O que significa que Gussie terá de andar na linha e que serei poupado de um trabalho diante do qual, confesso, minha alma se confrangia. Subir num palco e fazer um discurso curto e másculo para um bando de estudantes! Minha

nossa, Jeeves, eu já passei por isso uma vez. Lembra-se daquela ocasião, na escola para moças?
— Como se fosse hoje, patrão.
— O papelão que eu fiz!
— Sem sombra de dúvida já o vi sob luzes mais benignas, patrão.
— Acho melhor você me trazer mais uma dessas suas dinamites especiais, Jeeves. Escapei foi por um triz, dessa vez, e sinto-me um pouco debilitado.

Imagino que tia Dália deva ter levado umas três horas para chegar a Brinkley Court, porque só bem depois do almoço é que chegou a resposta dela. Sob a forma de um telegrama despachado no calor das emoções ferventes, uns dois minutos depois de ter lido o meu. Dizia o seguinte:

Estou buscando conselhos profissionais de advogados para saber se estrangular um sobrinho idiota é considerado homicídio. Se não for, cuidado. Achei sua conduta o fim. Como ousa me mandar seus amigos mais repelentes, assim sem mais nem menos? Está achando que Brinkley Court é alguma colônia para leprosos ou o quê? Quem é esse Spink-Bottle? Beijo. Travers.

Eu já esperava por uma reação inicial do gênero. Respondi em tom comedido.

Não é Bottle. É Nottle. Abraços. Bertie.

Logo depois de ela ter enviado o supracitado grito d'alma, Gussie deve ter chegado, porque nem vinte minutos haviam se passado desde o último comunicado quando recebi o seguinte:

Telegrama cifrado com sua assinatura chegou até minhas mãos. Diz "Não toque nas lingüiças. Evite o presunto." Telegrafe chave do código quanto antes. Fink-Nottle.

Respondi:

Rins também. Adeusinho. Bertie.

Eu havia apostado tudo na possibilidade de Gussie causar uma impressão favorável na anfitriã baseado no fato de ele ser um sujeito tímido e obsequioso que mulheres como tia Dália costumam adorar de saída, daqueles que vivem passando chávenas de chá, pratinhos de fatias delgadas de pão amanteigado e fazendo sim com a cabeça. Que não houve exagero na avaliação de minha astúcia ficou comprovado no comunicado seguinte; para gáudio meu, esse telegrama evidenciava a presença de uma porcentagem significativamente maior do leite da bondade humana. Dizia:

Bem, o tal amigo chegou e devo dizer que, para um amigo seu, ele até que me pareceu menos subumano do que eu esperava. Meio puxado para bezerro desmamado de olho arregalado, mas, no geral, asseado e polido e com certeza muito esclarecedor no que tange aos tritões. Estou pensando em arrumar uma série de palestras para ele, na vizinhança. Seja como for, gostei de sua ousadia em usar minha casa como hotel de verão e terei muito o que dizer sobre o assunto quando você vier. Espero você no dia trinta. Traga as polainas. Beijo. Travers.

Ao que respondi:

Ao consultar agenda de compromissos descobri ser impossível ir a Brinkley Court. Sinto muitíssimo. Até mais ver. Bertie.

A resposta que me chegou às mãos continha um quê de sinistro:

Quer dizer então que é assim, é? Você e sua agenda de compromissos! Sente muitíssimo uma ova. Pois eu lhe digo que vai sen-

tir muito mais, e bem mais fundo, se não vier. Se pensa ou pensou em algum momento que iria conseguir se safar da entrega daqueles prêmios, enganou-se redondamente. Eu é que sinto muitíssimo que Brinkley Court esteja a mais de cem quilômetros de Londres, o que me impede de atingi-lo com um tijolo. Beijo. Travers.

Foi então que resolvi testar a sorte; seria tudo ou nada dessa vez. E o momento pedia uma certa largueza. Não fiz economia e deixei o barco correr, apesar da despesa:

Não, caramba, escute o que estou dizendo. Acredite em mim, você não me quer aí. Peça a Fink-Nottle para entregar os prêmios. Um entregador nato, que só lhe trará orgulho. Prevejo com a maior confiança que Augustus Fink-Nottle, no papel de Mestre-de-Cerimônias no próximo dia 31, será uma sensação e tanto. Não perca essa oportunidade fantástica que pode nunca mais surgir. Té mais. Bertie.

Houve uma hora de suspense terrível, e então chegaram as boas-novas:

Está bem. Há um fundo de verdade no que me diz, suponho. Considere-se um verme traidor, desprezível, desfibrado e covarde. Só me restou Spink-Bottle. Não arrede pé daí, então. E tomara que seja atropelado por um ônibus. Beijo. Travers.

O alívio, como se pode bem imaginar, foi estupendo. Um peso enorme parecia ter sido retirado de minha cabeça. Era como se alguém tivesse me aplicado os levanta-defuntos de Jeeves com um funil. Cantei enquanto me vestia para o jantar aquela noite. No Drones, estava tão alegre e contente que houve até reclamações. E quando cheguei em casa e subi na velha cama, adormeci feito uma criancinha cinco minutos depois de ter me enfiado entre os lençóis. Parecia-me que toda aquela perturbadora questão poderia ser tida como definitivamente encerrada. Imagine meu espanto, por conseguinte, quando, ao acordar na manhã subseqüente e sentar-me para atacar minha chávena matinal de chá, vi na bandeja ainda um outro telegrama. Meu coração sofreu um baque. Seria possível que tia Dália tivesse pensado melhor e mudado de idéia? Que Gussie, incapaz de enfrentar a provação que o esperava, tivesse escapulido durante a noite pelo cano da calha? Com todas essas especulações passando pela cachola, rasguei o envelope. E, ao registrar o conteúdo, soltei um berro de susto.

— Patrão? — indagou Jeeves, parando na porta.

Li aquilo de novo. Exato, eu tinha acertado o grosso da coisa. Não, eu não me enganara quanto à substância.

— Jeeves — eu disse —, sabe de uma coisa?
— Não, patrão.
— Você conhece minha prima Ângela?
— Conheço, patrão.
— Você conhece o jovem Tuppy Glossop?
— Conheço, patrão.
— Eles romperam o noivado.
— Sinto muito, patrão.
— Recebi um comunicado de tia Dália especificamente em torno do assunto. Sobre o que terá sido a briga?
— Eu não saberia dizer, patrão.
— Claro que não. Não banque o burro, Jeeves.
— Não, patrão.

Remoí o assunto. Emocionei-me bastante.

— Bem, isso significa que teremos que ir até Brinkley Court. Tia Dália está naturalmente muito agitada e meu lugar é ao lado dela. Acho melhor você fazer as malas agora pela manhã e pegar o trem das 12h45 com a bagagem. Eu tenho um almoço marcado, de modo que vou depois, de carro.

— Muito bem, patrão.

Remoí um pouco mais.

— Devo dizer que o rompimento foi um choque para mim, Jeeves.

— Sem dúvida, patrão.

— Um choque enorme. Ângela e Tuppy... Tsc, tsc! Ora bolas, e eles que pareciam já estar com o pé no altar. A vida é cheia de tristezas, Jeeves.

— É, patrão.

— Entretanto, aí está.

— Sem sombra de dúvida, patrão.

— Então tá. Encha a banheira para mim, por favor, Jeeves.

— Pois não, patrão.

7

NAQUELA TARDE, ao volante da velha baratinha, não economizei massa cinzenta indo para Brinkley Court. A notícia do rompimento ou rompante entre minha prima e o noivo havia me abalado bastante. É que eu sempre vira o enlace de Ângela e Tuppy sob a mais favorável das luzes. Em geral, quando um camarada conhecido nosso planeja se casar com uma moça também conhecida nossa, quem acaba de cenho franzido, mordiscando o lábio, somos nós, naquela atitude indecisa de quem pressente que ou um ou outro, ou mesmo ambos, deveria ser avisado enquanto ainda há tempo.

Mas nunca senti nada parecido em relação a Ângela e Tuppy. Ele, quando não está bancando o idiota, até que tem a cabeça no lugar; a dela não chega a ser de todo desparafusada; e no item "paixão" sempre me pareceu que não fugiríamos muito à verdade se disséssemos que eram dois corações batendo num só ritmo.

Verdade que já tinham tido seus pequenos arranca-rabos, notadamente aquele do dia em que Tuppy — com o que ele diz ter sido uma honestidade destemida e eu considerei uma grande rata — disse que o chapéu novo de Ângela a deixara igualzinha a um cachorro pequinês. Mas, como em todo romance há que se prever um entrevero ou outro, depois daquele incidente, imaginei que o jovem aprendera a lição e que dali em diante a vida seria uma maviosa e doce canção.

E agora vinha esse corte totalmente imprevisto das relações diplomáticas saltando de repente do alçapão.

Durante todo o caminho, dediquei à questão a nata dos miolos de Wooster, mas mesmo assim não consegui atinar com o que poderia ter deflagrado o início das hostilidades, de modo que meti o pé no acelerador com afinco para chegar logo à casa de tia Dália e saber dos pormenores direto da fonte. E, estando todos os seis cilindros funcionando como deviam, fiz um bom tempo e me vi diante dela pouco antes da hora do coquetel vespertino.

Tia Dália parecia contente em me ver. Na verdade, chegou até a dizer que estava contente em me ver — declaração que nenhuma outra tia minha teria endossado; a reação de entes próximos e queridos ao espetáculo da chegada de Bertram para uma visita costuma ser uma espécie de horror aflito.

— Muito decente de sua parte vir me dar apoio, Bertie — ela falou.

— Meu lugar é a seu lado, tia Dália — eu respondi.

Deu para ver na hora que o assunto desasado a afetara em cheio. O semblante em geral alegre estava nublado e o sorriso amistoso se fazia notar pela ausência. Apertei-lhe a mão num gesto compassivo, para dizer que meu coração sangrava por ela.

— Mas que maçada tudo isso, sangue de meu sangue, carne de minha carne — falei. — Você deve estar passando o diabo. Deve estar preocupada.

Tia Dália soltou um ronco emotivo. Estava com cara de quem tinha acabado de comer uma ostra estragada.

— Preocupada é a palavra exata. Não tive um segundo de paz desde que voltei de Cannes. Desde o momento em que botei os pés nesta malfadada soleira — disse tia Dália, revertendo na ocasião ao *argot* animado dos campos de caça —, está tudo um charivari dos diabos. Primeiro, houve aquela confusão sobre a entrega dos prêmios.

Altura em que ela parou de falar uns instantes para me olhar.

— Minha intenção era ser muito franca acerca do seu comportamento, Bertie. Você ia ouvir poucas e boas. Mas, como acorreu com tanta presteza, acho que serei obrigada a perdoá-lo. De todo modo, foi melhor mesmo ter evadido a suas obrigações de forma tão asquerosamente covarde. Estou com um palpite de que esse tal de Spink-Bottle vai se sair muito bem. Quer dizer, se o camarada não botar os tritões no meio.
— Ele tem falado muito nos tritões?
— E como. Me olhando fixo com um olho brilhante, feito o Velho Marinheiro da lenda, obrigado a viajar sem descanso e a ensinar amor e respeito às criaturas divinas para o mundo inteiro. Mas, se isso fosse o pior que vocês me obrigam a agüentar, eu não me importaria. O que mais me preocupa agora é o que Tom vai dizer, quando começar a falar.
— Tio Tomás?
— Será que você não tem um outro jeito de dizer "Tomás", não? — retrucou tia Dália, um tanto irritada. — Toda vez que você diz isso, eu penso no Pai Tomás e vejo o meu Tom ir pretejando, com um banjo na mão. Mas que seja. É, estou falando do seu tio Tomás. Em algum momento vou ter de contar a ele sobre o dinheiro que eu perdi no bacará. E, quando eu contar, ele vai ficar uma arara.
— Mesmo assim, sem dúvida o tempo, que tudo cura...
— O tempo que tudo cura uma pinóia. Eu tenho de arrancar dele um cheque no valor de quinhentas libras até o dia 3 de agosto no máximo. É para o *Boudoir de Milady*.
Fiquei preocupado. Além do interesse natural de um sobrinho pelo refinado semanário de sua tia, sempre tive um xodó especial pelo *Boudoir de Milady*, desde o dia em que saiu publicado um artigo meu intitulado "O Que o Homem Bem-Vestido Está Usando". Meio sentimental, talvez, mas nós, velhos jornalistas, somos muito emotivos.
— O *Boudoir* está na pendura?
— Estará, se o Tom não me passar os cobres. O jornal precisa de ajuda, até superar a fase crítica.

— Mas ele não estava superando a fase crítica dois anos atrás?
— Estava. E continua. Só quando você tiver seu próprio semanário feminino vai poder saber o que é uma fase crítica.
— E você acha que as chances de comover o tio... de comover seu marido apelando aos laços do matrimônio são mínimas, é?
— Vou lhe contar uma coisa, Bertie. Até agora, sempre que tais subsídios se faziam necessários, eu podia abordar o meu Tom naquele espírito alegre e confiante de filha única que chega para pedir um chocolate. Mas ele acabou de receber uma notificação do fisco, dizendo que precisa pagar mais cinqüenta e oito libras e uns quebrados de imposto de renda, este ano, e, desde que eu cheguei de Cannes, o homem só fala em ruína, em tendências sinistras da legislação socialista e no que vai ser de nós daqui para a frente.

Não duvidei nem por um momento das palavras de tia Dália. O Tom em pauta possui uma peculiaridade que já notei em outros homens muito abonados. Esfole-o por uma ninharia qualquer, e o sujeito solta um berro que se ouve lá na ponta da Cornualha. O camarada tem dinheiro às pencas, mas detesta abrir mão dele.

— Se não fosse pela comida do Anatole, duvido que o meu Tom ainda se desse ao trabalho de continuar existindo. Graças a Deus por Anatole, é o que eu sempre digo.

Curvei a cabeça, reverente.

— Excelente Anatole — falei.

— Amém — retrucou tia Dália.

Mas logo aquele ar de êxtase sagrado, resultado indefectível de permitir que a mente se ocupe, ainda que por uns poucos momentos, da comida de Anatole, sumiu-lhe do rosto.

— Não quero me desviar do assunto em pauta — retomou ela.
— Eu ia dizendo que até os alicerces do inferno andam tremendo desde que eu cheguei. Primeiro a entrega de prêmios, depois Tom e agora, para completar, essa briga infernal entre Ângela e o jovem Glossop.

Meneei ponderoso a cabeça.

— Fiquei sentidíssimo ao saber. Muito chocado. Sobre o que foi a briga?
— Tubarões.
— Como?
— Tubarões. Ou, melhor dizendo, sobre um tubarão em especial. O brutamontes que atacou a pobre menina quando ela esquiava em Cannes. Lembra-se do tubarão de Ângela? Claro que eu me lembrava do tubarão de Ângela. Um homem de sensibilidade não se esquece de primas quase devoradas por monstros que habitam as profundezas do mar. O episódio continuava fresco em minha memória.

Resumindo, o que houve foi o seguinte: você sabe como se esquia. Uma lancha a motor vai na frente, rebocando uma corda amarrada numa prancha. Você se põe de pé na prancha, segura a corda e a lancha puxa você. De vez em quando você perde o controle da corda, cai na água e tem de nadar até sua prancha de novo. Algo bastante tolo, a meu ver, mas que muitos acham divertido.

Pois bem, na ocasião em questão, Ângela tinha acabado de voltar à prancha, depois de levar um tombo, quando um enorme tubarão desastrado apareceu, trombou nela e, lógico, lá se foi minha prima para a água de novo. E o pior é que levou um certo tempo até ela conseguir fazer o camarada da lancha entender o que estava acontecendo e tirá-la da enrascada. Imagine como a pobre não deve ter se sentido.

O ser de barbatanas não parou um segundo de tentar abocanhar-lhe os tornozelos, segundo relatos posteriores da própria vítima, de modo que, até chegar o socorro, a sensação foi a de estar mais para amêndoa salgada em banquete público do que para ser humano. A pobre menina ficou transtornada, pelo que me lembro, e durante várias semanas não falou noutra coisa.

— Lembro nitidamente do ocorrido — eu disse. — Mas como é que isso foi culminar em briga?

— Ela estava contando a história para ele, ontem à noite.

— E?

— Com os olhinhos brilhantes e as mãozinhas grudadas uma na outra, tamanha era a emoção juvenil.
— Não duvido.
— E em vez de oferecer a compreensão e a simpatia a que Ângela fazia jus, como acha que agiu o danado? Ficou lá escutando, feito uma bolota de massa crua, como se a noiva estivesse comentando sobre o tempo, e, quando ela terminou, ele tirou a piteira da boca e disse: "Imagino que não era mais do que um tronco flutuante!".
— Não acredito!
— Pois é verdade. E quando Ângela descreveu a maneira como a tal coisa saltou e arreganhou os dentes para ela, ele tirou a piteira da boca de novo e disse: "Ah! Com certeza nada mais que um linguado. Inofensivo. Sem dúvida estava só querendo brincar". Bom, quer dizer! O que você teria feito no lugar de Ângela? Ela tem orgulho, sensibilidade, enfim, todos os sentimentos naturais de uma boa mulher. E disse ao noivo que ele era um asno, um tolo e um idiota e que ela não fazia idéia do que ele estava falando.

Devo admitir que entendi a ótica da prima. Afinal, quantas vezes na vida nos acontece algo sensacional de fato? Uma, se tanto. E, quando acontece, você não vai querer estranhos tirando todo o brilho da coisa. Lembro-me de na escola ter lido aquela história em que o sujeito, aquele tal de Otelo, conta para a moça sobre o aperto passado entre os canibais e essa coisa toda. Pois bem, imagine a mágoa do camarada se, depois de descrever algum trecho especialmente acidentado do convívio com o chefe dos canibais, e à espera dos "Ah, que horror! É mesmo? Não me diga" espantados, a jovem tivesse se virado para ele e dito que sem dúvida aquilo tudo fora um baita de um exagero e que o indivíduo com toda a certeza não passava de um algum líder vegetariano da comunidade local.

Sim, eu entendia o ponto de vista de Ângela.

— Mas nem mesmo depois de ter visto como ela tinha se abespinhado o camarada recuou?

— Não recuou. E ainda argumentou. Uma coisa foi puxando a outra, devagarinho, até chegarem ao ponto em que ela dizia que, se ele não abrisse mão dos carboidratos e começasse a se exercitar todas as manhãs, acabaria mais gordo que um leitão, e ele comentava o hábito das moças modernas de usar maquiagem no rosto, coisa que ele nunca aprovou. E assim eles continuaram algum tempo, depois houve um estralo bem alto e o ar se encheu com os fragmentos retorcidos do noivado deles. Estou aturdida com isso. Ainda bem que você veio, Bertie.

— Nada me impediria de vir lhe oferecer apoio — respondi, emocionado. — Achei que precisava de mim.

— É.

— Pois é.

— Ou melhor dizendo — continuou ela —, não de você, claro, e sim do Jeeves. Assim que isso tudo aconteceu, pensei logo nele. A situação obviamente clama por Jeeves. Nunca na história das questões humanas houve tanta necessidade de se ter uma mente superior em casa quanto agora.

Acho que, se estivesse de pé, eu teria caído. Na verdade, tenho quase certeza. Mas a coisa fica mais complicada quando se está aboletado numa poltrona. Portanto apenas meu rosto mostrou quão fundo tais palavras haviam calado em mim.

— Jeeves! — exclamei entre dentes.

— Deusticri — falou tia Dália.

— Eu não estava espirrando. Estava dizendo "Jeeves!"

— E faz bem. Que grande homem! Vou apresentar o problema todo para ele. Não existe ninguém como Jeeves.

Minha frieza tornou-se mais acentuada.

— Arrisco-me a discordar, tia Dália.

— Arrisca-se a quê?

— A discordar.

— Ah é?

— De coração. Jeeves não presta mais para nada.

— O quê?

— Totalmente inútil. Ele perdeu o tino por completo. Não faz nem dois dias, fui forçado a retirá-lo de um caso, depois de constatar como estava sendo pé-de-chinelo a mão-de-obra. Seja como for, não concordo com essa presunção, se é que presunção é a palavra certa, de que Jeeves é o único camarada com cérebro por aqui. Não gosto da maneira como todo mundo leva os casos para ele sem me consultar e sem deixar que eu faça uma tentativa primeiro.

Tia Dália ia dizer qualquer coisa, mas interrompi-a com um gesto.

— É verdade que no passado julguei conveniente consultar a opinião de Jeeves em certas ocasiões. É possível que no futuro eu volte a fazê-lo. Mas reivindico o direito de ter vez nesses problemas, à medida que eles vão surgindo; quer dizer, eu mesmo, em pessoa, sem que todos se comportem como se Jeeves fosse o único tutano do cozido. Às vezes desconfio que Jeeves, em que pese sua boa dose de sucesso, coisa que eu reconheço, claro, tem tido mais sorte do que talento.

— Por acaso vocês brigaram?

— Em absoluto.

— Você parece que está magoado com ele.

— De jeito nenhum.

Entretanto devo admitir que havia um fundo de verdade no que ela disse. Eu passara o dia todo um tanto contrariado com a criatura, e vou contar por quê.

Você há de se lembrar que Jeeves tomou o trem das 12h45, com a bagagem, ao passo que eu fiquei em Londres por causa de um almoço marcado. Bem, pouco antes de sair para esse almoço, perambulando pelo apartamento, de repente — não sei dizer o que despertou minhas suspeitas, talvez quem sabe os modos furtivos do pilantra — alguma coisa parecia estar me cochichando ao pé do ouvido que seria melhor dar uma espiada no guarda-roupa.

E foi como eu desconfiava. Lá estava meu paletó branco a rigor ainda no cabide. Mas deixa estar, jacaré, que a lagoa há de secar.

Como qualquer pessoa no Drones poderá informá-lo, Bertram Wooster é um camarada duro na queda. Enfiei o paletó num saco de papel pardo, coloquei na traseira do carro e ele agora aguarda sobre uma cadeira, no saguão de entrada. No entanto isso não alterou o fato de Jeeves ter tentado me passar uma rasteira, e imagino que uma certa dose de "como é que é mesmo a palavra" infiltrouse em meus modos durante os supracitados comentários.

— Não houve um rompimento nas relações — eu disse. — Talvez uma frieza passageira, mas não mais que isso. O problema é que acabamos divergindo a respeito das qualidades do meu paletó branco, um que tem botões de latão, e fui forçado a fazer valer minha personalidade. Mas...

— Bom, mas isso não tem a mínima importância. O que realmente importa é que você está dizendo disparates, meu caro sobrinho. Jeeves perder o tino? Que absurdo. Ora, pois se eu o vi por alguns momentos, quando ele chegou, e tinha uns olhos reluzentes da inteligência de sempre. Eu até disse a mim mesma "Confie em Jeeves" e tenho toda a intenção de fazê-lo.

— Para o seu próprio bem, confie nos meus conselhos e me deixe antes ver o que posso conseguir, tia Dália.

— Jesus Cristo Nosso Senhor, fique fora disso, Bertie. Você só vai piorar as coisas se meter sua colher.

— Ao contrário. Talvez se interesse em saber que, enquanto vinha para cá, eu me dediquei de corpo e alma ao problema e consegui formular um plano, baseado na psicologia do indivíduo, que proponho pôr em prática quanto antes.

— Ai, ai, ai!

— Meu conhecimento da natureza humana me diz que vai dar certo.

— Bertie — disse tia Dália, e seus gestos me pareceram meio febris, não sei por quê —, não se meta, não se meta! Por tudo que lhe é mais sagrado, não se meta. Eu conheço esses seus planos. Imagino que você queira jogar Ângela no lago e depois empurrar o jovem Glossop para ir em socorro dela. Ou algo do gênero.

— Nada disso.

— É o tipo de coisa que você faria.

— Meu plano é muito mais sutil. Deixe-me esboçá-lo.

— Não, muito obrigada.
— Eu digo a mim mesmo...
— Mas não a mim.
— Ouça pelo menos o esboço.
— Não.
— Então tá. Vou calar o bico.
— Bom, assim não entra mosquito.

Dei-me conta de que não sairia mais nenhum leite daquela discussão. Fiz um gesto de mão e encolhi um ombro.

— Certo, tia Dália — falei com dignidade —, se você não quer embarcar nesta canoa, por medo que esteja furada, e eu lhe garanto que não está, o problema é todo seu. Mas vai perder um quitute intelectual e tanto. De todo modo, por mais que continue se comportando feito a serpente surda das Escrituras, aquela para quem não adiantava tocar a flauta porque ela não dançava nem amarrada, ou algo semelhante, você conhece a serpente de que estou falando, saiba que eu vou continuar em frente, conforme o planejado. Gosto muito de Ângela e não pouparei esforços para devolver o calor e o brilho ao coração da querida prima.

— Bertie, seu cabeça-dura de uma figa, estou lhe fazendo um apelo. Quer por favor ficar fora disso? Você só vai conseguir deixar as coisas dez vezes piores do que já estão.

Lembro-me de, certa feita, ter lido num romance histórico o caso de um camarada — devia ser um janota, um almofadinha ou coisa parecida — que, ao ouvir a frase errada, não fazia mais que soltar um risinho por entre as pálpebras preguiçosas e espanar um grão de poeira das impecáveis malinas dos punhos. Foi o que eu praticamente fiz naquele momento. Ao menos endireitei a gravata e sorri um daqueles meus sorrisos inescrutáveis. Em seguida me retirei e fui dar um giro pelo jardim.

E o primeiro indivíduo com quem cruzei foi o jovem Tuppy. De cenho franzido, melancólico, atirando pedras num vaso de flores.

8

ACHO QUE JÁ LHE CONTEI sobre o jovem Tuppy Glossop. Se você está lembrado, foi ele que, sem um pingo de sensibilidade e ignorando o fato de sermos amigos desde meninos, apostou uma noite que eu não conseguiria transpor a piscina do Drones usando as argolas pendentes do teto — coisa de criança para alguém com a minha elasticidade —, e que, depois, quando eu já estava na metade do caminho, retirou a argola derradeira, obrigando-me a cair na água trajado a rigor.

Dizer que não me ressenti dessa perfídia que, à época, me pareceu meritória do título de crime do século seria ludibriar a verdade. Fiquei profundamente magoado, agastei-me um bocado e continuei me agastando durante algumas semanas.

Mas você sabe como são essas coisas. A ferida cicatriza. O tormento se abranda.

Não digo que, se a oportunidade de atirar sobre Tuppy uma esponja molhada de um local bem alto, de botar-lhe uma enguia na cama ou de, por métodos semelhantes, expressar meu desagrado tivesse surgido, eu não a tivesse agarrado com unhas e dentes; mas a oportunidade não surgiu. E que fique bem claro — por mais grave que tenha sido a ofensa por ele cometida — que não obtive prazer nenhum em constatar que a vidinha do sujeito ia por água abaixo devido à rejeição de uma jovem por quem, apesar de tudo o que houvera, eu tinha certeza de que ele continuava apaixonado. Pelo contrário, eu era de corpo e alma a favor de consertar o estrago e deixar tudo divino e maravilhoso outra vez entre aquelas duas biscas estremecidas. Você há de ter depreendido isso de minha conversa com tia Dália e, se por acaso estivesse presente no jardim e tivesse visto o olhar de gentil compaixão que lancei a Tuppy, teria depreendido ainda mais.

Foi um daqueles olhares penetrantes e comoventes, e saiu acompanhado de um cumprimento caloroso com a mão direita e de um delicado pousar da mão esquerda na clavícula.

— E então, Tuppy, meu camarada? — eu falei. — Como vai você, meu velho?

Minha consternação agravou-se, depois de proferir tais palavras, porque não houve nenhum brilho no olhar, nenhuma pressão da palma da mão em reposta ao meu cumprimento, nenhum sinal, em suma, da mais leve disposição da parte dele para celebrar a chegada de um velho amigo. O sujeito parecia estar nocauteado. Lembrei-me de Jeeves dizendo uma vez, a respeito de Pongo Twistleton, que tentava parar de fumar, que a melancolia deixava marcas. Não que isso me surpreendesse, claro. Nas circunstâncias, uma certa dose de abatimento sem dúvida seria mais do que natural.

Soltei a mão, cessei de massagear-lhe o ombro e, puxando da velha cigarreira, ofereci-lhe um cigarro.

Ele aceitou desanimado.

— Você por aqui, Bertie? — ele perguntou.

— Pois é.

— Só de passagem ou pretende ficar uns dias?

Pensei uns momentos. Eu poderia ter dito a ele que estava em Brinkley Court com o objetivo expresso de fazê-los voltar às boas de novo, de tricotar os fios que se haviam rompido e por aí afora; e talvez durante meia tragada eu estivesse mesmo decidido a admiti-lo. Depois, refleti e, pensando bem, achei melhor não. Alardear o fato de que eu me propunha a manejar os sentimentos dele e de Ângela como se os dois fossem instrumentos de corda me pareceu uma imprudência. As pessoas nem sempre gostam de ser manuseadas como se fossem instrumentos de corda.

— Tudo depende. Talvez eu fique. Talvez eu vá. Meus planos são incertos.

Tuppy meneou a cabeça numa apatia total, mais ou menos como alguém que não estava nem um pouco preocupado comigo e com minhas andanças, e continuou fitando o jardim ensolarado. No porte e na aparência, Tuppy lembra um buldogue, e seu semblante era o de um desses magníficos animais a que tivessem acabado de recusar uma fatia de bolo. Não era difícil para alguém com minha capacidade de discernimento saber o que lhe ia pela cabeça, e, portanto, não foi surpresa nenhuma quando suas palavras seguintes trouxeram à tona o assunto marcado com um xis na agenda do dia.

— Já soube desse nosso entrevero, imagino? Entre mim e Ângela.

— De fato, já, Tuppy, meu velho.

— Nós terminamos.

— Eu sei. Um desentendimentozinho, imagino, referente ao tubarão de Ângela.

— Pois é. Eu falei que devia ser um linguado.

— Foi a informação que eu tive.

— De quem?

— Tia Dália.

— Imagino que ela tenha dito cobras e lagartos de mim.

— Não, não. Fora referir-se a você a certa altura como "esse malfadado Glossop", ela foi, eu achei, especialmente comedida na linguagem, para uma mulher que viveu a vida inteira em cima de um cavalo, correndo atrás de raposas. Mesmo assim, se você me permite, meu velho, deu para perceber que ela acha que você poderia ter sido um pouco mais diplomático.

— Diplomático?!

— E devo confessar que até concordo com ela. Por acaso foi bonito, Tuppy, por acaso foi gentil de sua parte tirar a graça do tubarão de minha prima daquele jeito? Não esqueça que Ângela tem um apreço todo especial por ele. Será que você não percebeu o soco no queixo que foi para a pobre menina ver seu monstro transformado em linguado pelo homem a quem ela entregou seu coração? Percebi que Tuppy lutava com alguma emoção fortíssima.

— E o meu lado da história, como é que fica? — ele quis saber, numa voz embargada de emoção.

— Seu lado?

— Você por acaso imaginou que eu — disse Tuppy, elevando a voz com mais veemência — teria desmascarado aquele maldito tubarão fajuto e mostrado que, sem dúvida, não passava de um linguado se não houvesse motivos para me levar a tais extremos? O que me induziu a falar como falei foi o fato de Ângela, aquela petulantezinha, ter sido muito malcriada comigo. Aproveitei a oportunidade para me vingar.

— Malcriada?

— Terrivelmente malcriada. Apenas com base no fato de eu ter feito um comentário muito casual (só para dizer alguma coisa e manter a conversa em andamento) sobre quais seriam os prováveis quitutes que Anatole iria nos servir ao jantar, ela disse que eu era materialista demais e que não devia pensar vinte e quatro horas por dia em comida. Materialista uma ova! Na verdade, sou uma pessoa muitíssimo espiritual.

— Bastante.

— E não vejo mal algum em querer saber o que Anatole iria nos servir para o jantar. Há algum mal nisso?

— Claro que não. Uma prova mais do que justa de respeito a um grande artista.

— Justamente.

— Mesmo assim...

— Mesmo assim o quê?

— Eu ia apenas dizer que me parece uma pena ver o frágil barco do amor encalhar desse jeito, quando umas poucas palavras de másculo arrependimento...

Tuppy me olhou bem fixo.

— Você por acaso está sugerindo que eu volte atrás?

— Seria o curso mais apropriado e correto a seguir, meu chapa.

— Nem em sonhos eu voltaria atrás.

— Mas, Tuppy...

— Não. Nem pensar.

— Mas você gosta dela, não gosta?

Isso atingiu o nervo. Ele estremeceu a olhos vistos e a boca se retorceu. A imagem de uma alma torturada.

— Não estou dizendo que eu não goste daquela praguinha — disse ele, com óbvia emoção na voz. — Eu a amo de paixão. O que não altera o fato de eu achar que a coisa de que ela mais precisa agora é de um bom pontapé no traseiro.

Um Wooster não poderia deixar tal comentário passar em branco.

— Tuppy, meu velho!

— Não adianta dizer "Tuppy, meu velho".

— Pois eu digo "Tuppy, meu velho". Seu tom me choca. Faz levantar a sobrancelha. Onde foi parar aquele excelente e tradicional espírito cavalheiresco dos Glossops?

— Com o excelente e tradicional espírito cavalheiresco dos Glossops eu concordo. Mas que é feito do espírito brando, gentil e feminino das Ângelas? Dizer para um sujeito que ele está ficando com papada!

— Ela fez uma coisa dessas?

— Fez.

— Bem, você sabe como são as jovens. Perdoe, Tuppy. Vá falar com ela e faça as pazes.

Ele sacudiu a cabeça.

— Não. Agora é tarde demais. Houve comentários sobre minha circunferência que são impossíveis de ignorar.

— Mas Tuppy, seja circunflexo... quer dizer, circunspecto. Reconheça que um dia você disse que ela estava igualzinha a um pequinês, por causa de um certo chapéu novo.

— E estava mesmo. Não foi nenhuma ofensa vulgar. Foi uma crítica construtiva, feita sobre bases sólidas, sem nenhum outro motivo a não ser o desejo amável de evitar que ela desse um vexame em público. Acusar injustificadamente um homem de ofegar quando sobe um lance de escadas é algo bem diferente.

Comecei a perceber que a situação exigiria todo meu empenho e engenhosidade. Para que algum dia os sinos matrimoniais bimbalhassem na igrejinha de Market Snodsbury, Bertram teria de executar um serviço assaz inteligente. Eu já depreendera, da conversa com tia Dália, que houvera uma certa sinceridade no diálogo travado entre as duas partes interessadas, mas não tinha entendido a profundidade da franqueza.

O *páthos* da coisa me prostrou. Tuppy admitira de forma inequívoca que o amor ainda ardia em seu peito e eu estava convencido de que, mesmo depois de tudo o que ocorrera, Ângela não deixara de amá-lo. Naquele momento, era bem possível que estivesse desejando com ardor poder tacar-lhe uma garrafa na cabeça, mas, lá no fundo, eu estava disposto a apostar que ainda perduravam a velha afeição e ternura. Apenas o orgulho ferido mantinha aqueles dois separados, e, a meu ver, se Tuppy desse o primeiro passo, tudo acabaria bem.

Tentei mais uma vez.

— Ela está com o coração partido por causa dessa briga entre vocês, Tuppy.

— Como é que você sabe? Por acaso já falou com ela?

— Não, mas aposto que está.

— Pois não parece.

— Colocou a máscara, sem dúvida. Jeeves faz isso, quando eu imponho minha autoridade.

— Pois Ângela franze o nariz para mim como se eu fosse um ralo entupido.

— É apenas a máscara. Estou convencido de que ela ainda o ama e de que basta uma palavra afável sua para tudo entrar nos eixos de novo.

Percebi que isso o comovera. Ele estremeceu a olhos vistos. Com os pés, fez uma espécie de corrupio na relva. E, quando abriu a boca, era perceptível o ligeiro *tremolo* na voz:

— Você acha mesmo?

— Não tenho a mais mínima dúvida.

— Hum...

— Se ao menos você fosse falar com ela e...

Ele sacudiu a cabeça.

— Não posso fazer isso. Seria fatal. Na mesma hora meu prestígio iria por água abaixo. Eu conheço as moças. Rasteje, e a melhor dentre elas vira uma esnobe. — Cismou alguns instantes. — A única maneira de fazer a coisa funcionar seria lhe dar uma pista, mas que fosse bem indireta, de que estou disposto a retomar as negociações. Acha que devo suspirar um pouco quando nos encontrarmos?

— Ela iria achar que você estava arfando.

— É verdade.

Acendi outro cigarro e pus-me a meditar sobre a questão. E logo de cara, ao primeiro envide da cachola, como em geral acontece com os Woosters, tive uma idéia. Lembrei-me do conselho dado a Gussie em relação às lingüiças e ao presunto.

— Já sei, Tuppy. Existe um método infalível de insinuar para uma moça que você está caído por ela, e que também funciona em casos de briga e reconciliação. Não coma nada durante o jantar, esta noite. Vai ver como isso a deixará impressionada. Ela sabe como é grande sua afeição pela comida.

Recebi de volta um olhar agressivo.

— Eu não tenho afeição pela comida!

— Claro que não.

— Não tenho afeição nenhuma pela comida.

— Lógico, claro. Tudo que eu quis dizer foi...

— Essa besteira de eu sentir afeição pela comida — continuou Tuppy, acalorado — tem de parar. Sou jovem, saudável e tenho bom apetite, mas isso não significa que eu tenha afeição pela comida. Admiro Anatole como um mestre de seu ofício e estou sempre disposto a levar em consideração qualquer coisa que ele ponha na minha frente, mas quando você diz que eu tenho afeição pela comida...

— Claro, claro. Tudo que eu quis dizer foi que, se ela vir você recusar o jantar sem prová-lo, vai perceber que seu coração sofre muito e é provável até que resolva dar ela mesma o primeiro passo para fazer as pazes.

Tuppy franzia o cenho, pensativo.

— Recusar o jantar, é?
— Exato.
— Recusar o jantar que Anatole preparou, é?
— Exato.
— Recusar o jantar sem prová-lo, é?
— Exato.
— Vamos ver se eu entendi direito. Hoje à noite, durante o jantar, quando o mordomo me oferecer um *ris de veau à la financière* ou seja lá o que for, saído das mãos de Anatole, você quer que eu recuse, sem provar?
— Exato.

Tuppy mordeu o lábio. Era possível perceber a luta que se travava em seu íntimo. E então, de repente, seu semblante iluminou-se com uma espécie de brilho. Os antigos mártires com toda a certeza tinham aquela cara.

— Está bem.
— Você topa?
— Topo.
— Ótimo.
— Claro que vai ser uma tremenda agonia.

Ressaltei o lado bom.

— Temporária. Você pode dar uma descida mais tarde, depois que já estiverem todos na cama, e fazer uma limpeza na despensa. Tuppy animou-se.

— É verdade. Eu posso fazer isso, claro.

— Imagino que vá haver algum prato frio por lá.

— Tem um prato frio lá, sim — disse Tuppy, com um contentamento crescente. — Uma torta de rins. Foi o que nós almoçamos hoje. Uma das melhores que Anatole já fez. O que eu mais admiro naquele homem — disse Tuppy, com reverência —, o que eu admiro enormemente em Anatole é que, embora sendo francês, ele não se limita, como fazem tantos outros *chefs*, apenas aos pratos franceses. Não! Anatole está sempre mais do que disposto a contrabalançá-los com os velhos e básicos quitutes ingleses, como a torta de rins a que eu me referi agora há pouco. Uma torta de mestre, Bertie, e sobrou mais da metade. Para mim, é o que basta.

— E durante o jantar você vai se recusar, conforme o combinado.

— Exatamente conforme o combinado.

— Ótimo.

— É uma idéia excelente. Uma das melhores de Jeeves. Diga a ele, quando o vir, que eu agradeço muitíssimo.

O cigarro caiu-me dos dedos. Foi como se alguém tivesse esbofeteado Bertram Wooster com um pano de prato molhado.

— Por acaso você estaria sugerindo que chegou a imaginar que esse plano foi idéia de Jeeves?

— Claro que foi idéia dele. Não adianta tentar me enganar, Bertie. Você não teria arquitetado uma maravilha dessas nem em um milhão de anos.

Houve uma pausa. Endireitei-me até a altura máxima; em seguida, vendo que Tuppy não olhava para mim, encolhi de novo ao tamanho normal.

— Vamos lá, Glossop — eu disse com frieza —, acho melhor irmos andando. Precisamos nos trocar para o jantar.

9

As palavras obtusas de Tuppy ainda me queimavam o peito quando subi para o quarto. Continuaram a me queimar enquanto eu removia os trajes que me cobriam e ainda não tinham cessado de me queimar quando, envolto em meu roupão velho de guerra, me dirigi à *salle de bain* no corredor.

Não seria exagero afirmar que me sentia magoado até os gorgomilos.

Isso não significa dizer que eu estivesse querendo elogios. A adulação das massas significa pouquíssimo para mim. Mas, convenhamos, quando a pessoa se dá ao trabalho de arquitetar um plano supimpa para beneficiar um amigo em apuros na sua hora de necessidade, é revoltante ver que o tal amigo atribui todo e qualquer mérito a nosso criado particular, sobretudo quando esse criado particular é um homem que vira e mexe não coloca na mala nosso paletó branco a rigor.

Mas, depois de passar alguns bons momentos espadanando na porcelana, comecei a recobrar a compostura. Sempre achei que, para prostrações da alma, nada melhor do que bons momentos com sabonete e água. Não digo que tenha chegado a cantar na banheira, mas faltou pouco, muito pouco, para que eu o fizesse.

A angústia espiritual provocada por aquele discurso insensato diminuiu a olhos vistos. A descoberta de um patinho de brinquedo na saboneteira, de propriedade decerto de algum visitante juvenil que o esquecera ali, contribuiu, e muito, para meu novo e mais contente estado de espírito. Afinal, com uma coisa e outra, fazia anos que eu não brincava com patos de banheira, e a experiência foi revigorante. Em proveito daqueles que talvez estejam interessados, digo que, se você forçá-lo a mergulhar com a ajuda de uma esponja e depois soltá-lo, nosso patinho torpedeia para fora da água de forma a divertir a mente mais atribulada. Dez minutos dessa atividade e pude voltar ao quarto já bem mais próximo do velho e contente Bertram.

Jeeves estava lá, aprontando um óbvio paletó negro, e cumprimentou o jovem patrão com a suavidade de hábito.

— Boa noite, patrão.

Respondi no mesmo diapasão afável.

— Boa noite, Jeeves.

— Espero que tenha feito boa viagem, patrão.

— Muito agradável, obrigado, Jeeves. Me passe uma meia ou duas, sim?

Jeeves me passou e comecei a me vestir.

— Bem, Jeeves — disse eu, alcançando a roupa branca —, cá estamos nós de novo em Brinkley Court, no condado de Worcestershire.

— Justamente, patrão.

— Um belo enrosco em que se meteram as coisas nesta morada rústica.

— Justamente, patrão.

— O rompimento entre Tuppy Glossop e minha prima Ângela parece coisa séria.

— A opinião corrente na ala dos criados é de que a situação é realmente grave, patrão.

— E a primeira coisa que lhe ocorre, sem dúvida, é que eu terei de dar tratos à bola para consertar tudo.

— Justamente, patrão.
— Pois se engana, Jeeves. Eu já estou com tudo bem planejado.
— O senhor me surpreende, patrão.
— Achei mesmo que isso ocorreria. Exato, Jeeves, ponderei sobre a questão quase o caminho todo até aqui, com excelentes resultados. Acabei de ter uma reunião com o senhor Glossop e está tudo delineado.
— É mesmo, patrão? Se me permite indagar...
— Você conhece meus métodos, Jeeves. Aplique-os. Por acaso — perguntei, envergando a camisa e começando a ajustar a gravata —, você já andou remoendo a questão?
— Mas é claro, patrão. Sempre gostei muito da senhorita Ângela e seria para mim uma grande alegria poder lhe ser útil.
— Sentimento louvável, Jeeves. Mas imagino que teve um branco?
— Não, patrão. Fui recompensado com uma idéia.
— E qual foi?
— Ocorreu-me que talvez seja possível haver uma reconciliação entre o senhor Glossop e a senhorita Ângela se recorrermos àquele instinto que leva todo cavalheiro, em momentos de perigo, a sair em socorro de...

Tive de soltar a gravata para poder erguer a mão. Eu estava chocado.

— Não me diga que você estava cogitando descer àquela velha rotina de mocinho impede mocinha de se afogar? Estou surpreso, Jeeves. Surpreso e contrito. Quando eu discutia o assunto com tia Dália, logo depois de chegar, ela me disse de nariz bem franzido que imaginava que eu fosse atirar minha prima Ângela no lago e empurrar Tuppy para salvá-la, e eu não perdi a oportunidade de deixar claríssimo a ela que tal suposição ofendia minha inteligência. E agora, se por acaso suas palavras tiverem o significado que vejo nelas, você está propondo justamente o mesmo plano imbecil. Deveras, Jeeves?

— Não, patrão. Não isso. Mas me passou pela cabeça, quando entrei na propriedade e passei pelo edifício onde fica pendurado o sino de incêndio, que talvez um repentino dobre de alarme, durante a noite, possa surtir um bom efeito e fazer com que o senhor Glossop não poupe esforços para socorrer a senhorita Ângela.
Estremeci.
— Péssimo, Jeeves.
— Bem, patrão...
— Não adianta. Não vai funcionar.
— Mas eu imagino, patrão...
— Não, Jeeves. Basta. Você já disse o suficiente. Vamos mudar de assunto.

Terminei de dar o laço em silêncio. Minhas emoções eram profundas demais para que pudessem ser ventiladas em voz alta. Eu sabia, claro, que o homem tinha perdido o tino, ao menos temporariamente, mas ainda não me dera conta da extensão dos estragos. Lembrando alguns belos feitos do passado, encolhi-me horrorizado diante do espetáculo da ineptidão atual. Ou seria inépcia? Falo dessa propensão pavorosa da parte dele de se comportar como se estivesse pancada e de falar como um asno consumado. Era a mesma velha história de sempre, suponho. O cérebro de um sujeito passa anos zumbindo acima do limite de velocidade, de repente surge algum problema com o volante, o camarada derrapa e acaba com a fuça na valeta.

— Um tanto elaborado demais — falei, tentando ser o mais gentil e leve possível. — Seu velho senil. Será que não percebe que é um tanto elaborado demais?

— É possível que o plano por mim sugerido possa ser tido como sujeito a críticas, patrão, mas *faute de mieux*...

— Não entendo você, Jeeves.

— Uma expressão francesa, patrão, que significa "na falta de algo melhor".

Momentos antes eu sentia por essa ruína, outrora exuberante pensador, nada além de branda piedade. As últimas palavras, porém, arranharam o orgulho dos Woosters, provocando aspereza.

— Eu sei perfeitamente bem o que *faute de mieux* significa, Jeeves. Não passei faz pouco tempo dois meses entre nossos vizinhos gauleses à toa. Além do mais, essa eu me lembro da escola. O que provocou meu espanto é que você tenha chegado a usar essa expressão, sabendo muito bem que não se aplica de maneira nenhuma o *faute de mieux* a respeito do caso. De onde foi que tirou isso de *faute de mieux*? Pois eu não lhe disse que estou com tudo planejado?
— Disse, patrão, só que...
— "Só que" o quê?
— Bem, patrão...
— Fale de uma vez, Jeeves. Estou pronto, até mesmo ansioso, para ouvir sua opinião.
— Bem, patrão, se me permite a ousadia, gostaria de lembrar que seus planos nem sempre obtiveram um sucesso uniforme no passado.

Houve um silêncio — daqueles palpitantes — durante o qual vesti o colete com extremo afinco. Só depois de estar com a fivela ajustada de maneira satisfatória nas costas é que falei.

— É bem verdade, Jeeves — e o tom foi formal —, que por uma ou duas vezes eu meti os pés pelas mãos no passado. Mas isso deveu-se inteiramente a uma falta de sorte.
— É mesmo, patrão?
— Mas desta vez a sorte não há de me faltar. E lhe digo por quê. Porque meu plano se baseia na natureza humana.
— É mesmo, patrão?
— É um plano simples. Nada elaborado. E, mais do que isso, está baseado na psicologia do indivíduo.
— É mesmo, patrão?
— Jeeves — eu falei —, pare de ficar respondendo "É mesmo, patrão?". Eu sei que nem lhe passa pela cabeça tal coisa, mas você tem um jeito de enfatizar o *mes* e terminar com um baque surdo do *mo* que torna a frase um equivalente quase exato do "Conta outra!". Corrija isso, Jeeves.
— Imediatamente, patrão.

— O que eu lhe digo é que tenho tudo muito bem preparado. Está interessado em ouvir que providências foram tomadas?

— Muito, patrão.

— Então escute. Hoje, ao jantar, recomendei a Tuppy que se abstenha de jantar.

— Como, patrão?

— Tsc-tsc, Jeeves, não é possível que não consiga acompanhar minha idéia, ainda que ela jamais fosse lhe ocorrer. Já se esqueceu do telegrama que eu mandei para Gussie Fink-Nottle, afastando-o das lingüiças e do presunto? Pois é a mesma coisa. Afastar o prato de comida sem provar nada é um sinal universalmente reconhecido de amor. Não tem como não dar certo. Vai ser fácil. Não percebe?

— Bem, patrão...

Franzi o cenho.

— Não quero dar a impressão de estar o tempo todo criticando seus métodos de emissão de voz, Jeeves — falei —, mas preciso informá-lo de que esse seu "Bem, patrão" é, sob muitos aspectos, tão desagradável quanto o seu "É mesmo, patrão?". Assim como este último, parece vir tingido de uma nota inegável de ceticismo. Sugere uma falta de fé em minha capacidade de visão. A impressão que se tem, depois de ouvir tais frases alguns pares de vezes, é que você acha que eu só digo asneiras e que apenas uma concepção feudal do que é apropriado o impede de substituir tanto uma quanto a outra pelas palavras "Custo a crer!".

— De jeito nenhum, patrão.

— Bem, mas é assim que me soa. Por que você acha que o plano não vai funcionar?

— Receio que a senhorita Ângela se limite a atribuir a abstinência do senhor Glossop à indigestão, patrão.

Eu não tinha pensado nisso e devo admitir que fiquei meio abalado. Mas logo me recuperei. Vi o que havia por trás daquilo tudo. Estando com o orgulho ferido pela própria ineptidão — ou inépcia —, o camarada tentava apenas estorvar e obstruir. Resolvi acabar com aquela prosa toda sem mais preâmbulos.

— Ah, é? — falei. — Receia, é? Bem, pois saiba que, seja como for, isso não altera o fato de que você tirou o paletó errado do armário. Tenha a bondade, Jeeves — falei, indicando com um gesto o reles paletó a rigor, ou *smoking*, como nós o chamamos na Côte d'Azur, que se achava num cabide suspenso na maçaneta do guarda-roupa —, de enfiar essa malfadada coisa preta de volta no armário e me trazer o paletó branco com botões de latão.

Jeeves me olhou de um modo significativo. E, quando digo de um modo significativo, quero dizer que houve um brilho respeitoso, mas ao mesmo tempo de superioridade nos olhos, junto com uma espécie de espasmo muscular repentino no rosto, algo que não era exatamente um sorriso calmo e, no entanto, não deixava de ser um sorriso calmo. E, para completar, uma tossinha branda.

— Lamento ter de dizer, patrão, que por descuido acabei não pondo na mala o item de vestuário ao qual o senhor se refere.

A visão do pacote no saguão de entrada avolumou-se à minha frente e com ele troquei um alegre piscar de olhos. Talvez tenha até cantarolado um acorde ou dois. Não estou muito certo.

— Eu sei disso, Jeeves — falei, rindo através de pálpebras preguiçosas, a espanar um grão de poeira das impecáveis malinas do punho. — Mas eu não me descuidei. Você vai encontrá-lo numa cadeira no saguão de entrada, dentro de um saco de papel pardo.

A informação de que suas manobras vis haviam sido anuladas e de que o objeto em questão se fizera presente deve ter provocado nele um certo sobressalto, mas não houve a menor mudança na expressão de suas bem cinzeladas feições que o indicasse. Raramente há, no rosto de Jeeves. Em situações desconfortáveis, como eu havia dito a Tuppy, ele usa uma máscara, conservando durante o processo todo a impassibilidade de um alce empalhado.

— Será que você me faria a gentileza de ir até lá embaixo pegá-lo?

— Claro, patrão.

— Então tá, Jeeves.

Dali a pouco, eu avançava para a sala de estar com o bom e velho paletó branco confortavelmente instalado por cima das omoplatas. Tia Dália já estava na sala e ergueu a vista com minha entrada.

— Olá, monstruosidade. Do que acha que está fantasiado, hoje?

Não peguei a substância do comentário.

— Fala do paletó? — indaguei, tateando o terreno.

— Justamente. Você mais parece um integrante do coro masculino no segundo ato de uma comédia musical itinerante.

— Não gosta deste meu paletó?

— Não.

— Mas gostava em Cannes.

— Bem, não estamos em Cannes.

— Com efeito, titia...

— Ah, esqueça. Deixe estar. Que importância tem meu mordomo dar uma boa risada? Que importância tem qualquer coisa agora?

Havia um quê de "onde está, ó morte, o teu aguilhão" nas maneiras de tia Dália que achei repelente. Afinal não é toda hora que consigo alguns pontos de vantagem sobre Jeeves de forma tão devastadora quanto a descrita acima, e, quando isso acontece, gosto de ver rostos felizes e sorridentes à minha volta.

— Ânimo, tia Dália — conclamei ruidosamente.

— Ânimo uma pinóia — foi sua resposta soturna. Acabei de dar uma palavrinha com Tom.

— Contou?

— Não, escutei. Ainda não tive coragem para contar.

— Ele continua nervoso a respeito daquele dinheiro do imposto de renda?

— Nervoso não é bem a palavra. Ele diz que a civilização se tornou um caldeirão prestes a explodir e que todos os homens pensantes já viram que o destino está selado.

— Onde?

— No Velho Testamento, besta. Na festa de Baltasar, na última noite de seu reinado.

— Ah, sei. Sempre me perguntei como foi que Daniel fez aquele truque de ler as três palavras. Com espelhos, imagino.

— Quem me dera ter uns espelhos para poder dar a Tom a notícia do resultado do bacará.

Eu, porém, tinha uma palavra de consolo a oferecer. Desde nosso último encontro, havia dado tratos à bola, tentando achar uma solução para a crise financeira de tia Dália, e acreditava ter visto onde ela se enganara. O erro, a meu ver, era achar que precisava contar tudo ao marido. No meu modo de pensar, existem certos assuntos que ficam bem melhor quando revestidos de uma discreta reserva.

— Não vejo por que mencionar que você perdeu todo aquele dinheiro no bacará.

— E o que você sugere, então? Que eu deixe o *Boudoir de Milady* se unir à civilização no mesmo caldeirão? Porque é isso que vai acontecer, sem tirar nem pôr, a menos que eu consiga um cheque dele até a semana que vem. A gráfica vem mostrando sinais de impaciência já faz alguns meses.

— Você não entendeu. Escute. É sabido que tio Tom arca com todas as contas do *Boudoir*. Se a maldita da folha ainda está superando a fase crítica há dois anos, a esta altura ele já deve ter se acostumado com suas mordidas. Pois então. Simplesmente peça a ele que pague a conta da gráfica.

— Foi o que eu fiz. Antes de ir para Cannes.

— E ele não quis lhe dar?

— Claro que me deu. Desembolsou os cobres como um militar e um cavalheiro. Foi esse dinheiro que eu perdi no bacará.

— Ah, é? Disso eu não sabia.

— Há carradas de coisas que você não sabe.

O amor de sobrinho permitiu que eu relevasse a alfinetada.

— Tsc! — eu disse.

— O que foi que você disse?

— Eu disse "Tsc!".

— Pois diga mais uma vez e leva um murro na cara. Já tenho de agüentar muita coisa e não preciso de ninguém me dizendo "tsc!".

— Claro.

— Qualquer expressão do gênero que se faça necessária, pode deixar que eu providencio. E o mesmo se aplica a estalidos de língua, se por acaso está pensando em usá-los.

— Longe de mim.

— Ótimo.

Perdi-me durante alguns momentos em devaneios. Eu estava profundamente preocupado. Meu coração, se você se lembra, já sangrara uma vez por tia Dália naquela tarde. E voltava a sangrar. Eu sabia quanto ela era apegada àquele seu jornalzinho. Vê-lo ir por água abaixo seria o mesmo que ver um filho amado afundar pela terceira vez em alguma lagoa ou na areia movediça.

E não havia a menor dúvida de que, a menos que fosse cuidadosamente preparado para a mordida, tio Tom preferiria ver mil *Boudoirs de Milady* indo para o brejo a levar a facada.

E foi então que percebi de que forma as coisas poderiam ser manejadas. Quer dizer, contanto que a tia em questão seguisse a trilha de meus outros clientes. Tuppy Glossop iria dispensar o jantar para derreter o coração de Ângela. Gussie Fink-Nottle abdicaria do jantar para impressionar a Bassett. Tia Dália teria de prescindir do jantar para amolecer tio Tom. Sim, porque a beleza desse meu plano é que não havia limite para o número de participantes. Venha um, venham todos, quanto mais gente, melhor; com satisfação garantida em todos os casos.

— Já sei — eu falei. — Só existe um rumo a seguir. Negar a carne.

Tia Dália me olhou com um jeito meio de súplica. Eu não chegaria ao ponto de jurar que os olhos dela estavam úmidos de lágrimas represadas, mas foi a impressão que tive. O fato é que ela juntou as mãos num apelo fervoroso.

— Bertie, você precisa mesmo ficar dizendo essas sandices? Será que não dá para parar pelo menos hoje? Só hoje, para fazer um agrado a sua tia Dália?

— Eu não estou dizendo sandices.

— Eu diria que, para alguém com um padrão tão alto quanto o seu, esses diálogos não viriam sob o verbete de sandice, mas...

Entendi o que tinha acontecido. Eu não me fizera suficientemente claro.

— Tudo bem — falei. — Não há o que recear. Não vamos confundir alhos com bugalhos. Quando eu falei "Negar a carne", o que eu quis dizer é que você deve se mostrar inapetente ao jantar de hoje. Deixe-se ficar lá sentada, com um semblante empolado, e dispense todos os pratos que lhe servirem com um gesto de enfado e resignação. Espere e verá. Tio Tom vai reparar na sua falta de apetite, e estou disposto a apostar que até o final da refeição ele já terá se aproximado de você e dito "Dália, querida" (eu imagino que ele a chama de "Dália"), "Dália, querida", ele dirá, "reparei que você não se alimentou direito hoje no jantar. Alguma coisa a preocupa, Dália, querida?" "Pois é, Tom, meu querido", você vai responder. "É muita bondade sua me perguntar, meu querido. A verdade, meu querido, é que eu estou preocupadíssima." "Minha querida", ele dirá...

Tia Dália me interrompeu mais ou menos aí para dizer que aquela minha interpretação dos Travers estava lhe parecendo um casal de pacóvios xaroposos, a se julgar pelo diálogo. Também quis saber quando é que eu iria chegar ao xis da questão.

Dei-lhe uma daquelas olhadas.

— "Minha querida", ele dirá com ternura, "alguma coisa que eu possa fazer para ajudá-la?". E você então responderá que sim, que há, sim, algo que ele pode fazer para ajudá-la. E nesse momento ele já terá puxado o talão de cheques do bolso e começado a preencher uma folha.

Vigiei tia Dália bem de perto, enquanto falava, e fiquei satisfeito de ver o respeito despontar-lhe nos olhos.

— Mas, Bertie, isso é decididamente brilhante.

— Eu não lhe disse que Jeeves não é o único camarada com tutano por aqui?

— Talvez até funcione.
— Claro que vai funcionar. Recomendei-o a Tuppy também.
— Ao jovem Glossop?
— Para amolecer a prima Ângela.
— Esplêndido!
— E também para Gussie Fink-Nottle, que quer impressionar a Bassett.
— Ora, ora, ora! Que cabecinha mais ocupada essa sua.
— Sempre em funcionamento, tia Dália, sempre em funcionamento.
— Você até que não é o parvo que eu achava que fosse, Bertie.
— Quando foi que você achou que eu era parvo?
— Ah, em algum momento no verão passado. Esqueci o que foi que me deu essa impressão. Sim, Bertie, esse seu plano é excelente. Imagino, já que estamos no assunto, que tenha sido sugestão do Jeeves?
— Jeeves não sugeriu nada parecido. Essas são insinuações que me magoam muito. Jeeves não teve nada que ver com isso, nadinha de nada.
— Bem, está certo, também não precisa se alterar. É, acho que pode até dar certo. Tom é muito afeiçoado a mim.
— E quem não seria?
— Eu topo.

Dali a instantes os demais convivas começaram a chegar e lá fomos nós, rumo ao jantar.

Tendo em vista a situação reinante em Brinkley Court — quer dizer, estando a casa com uma carga de corações partidos bem acima dos limites estatutários e considerando o número de lugares, mal dava para acomodar tantas almas torturadas —, eu não contava com muita efervescência na hora do jantar. De fato, foi como eu temia. Silêncio. Tudo sombrio. A coisa toda estava mais para almoço de Natal na Ilha do Diabo.

Fiquei feliz quando terminou.

Sim, porque, além de todos os outros problemas, ter de se abster do cocho não contribuiu grande coisa para o brilhantismo de tia Dália, tanto no terreno das pilhérias quanto no dos diálogos animados. Quanto a tio Tom — que sempre me fez pensar num pterodáctilo tomado por uma grande mágoa secreta —, estar devendo cinqüenta libras ao fisco e no aguardo de uma reviravolta da civilização a qualquer momento bastou para mergulhá-lo numa melancolia ainda mais profunda. A Bassett apenas esmigalhava, calada, o miolo do pão. Ângela parecia ter sido talhada em pedra. Tuppy estava com uma cara de assassino condenado à morte que rejeita o (em geral) substancioso desjejum na manhã de sua execução.

Quanto a Gussie Fink-Nottle, sei de um bom número de agentes funerários que teriam se confundido e começado a embalsamá-lo ali mesmo.

Não nos víamos desde as despedidas em Londres, e devo confessar que o comportamento dele me decepcionou. Eu esperava encontrar algo bem mais esfuziante.

Se você está lembrado, em meu apartamento, na aludida ocasião, ele praticamente me dera uma garantia assinada de que bastaria um toque campestre para colocá-lo em marcha. No entanto não enxerguei nada em seu aspecto que pudesse indicar, nem ao menos de leve, que o "eu quero" estivesse ganhando do "não me atrevo". Gussie continuava igualzinho ao gato do adágio, e não levei muito tempo para me dar conta de que a primeira providência a ser tomada, após escapulir daquela morgue, seria puxá-lo de lado e dar uma animada no pobre coitado.

Se algum dia alguém precisou ouvir clarins matrimoniais, esse sujeito pelo visto era Fink-Nottle.

Durante o êxodo coletivo dos enlutados, porém, perdi-o de vista e, devido ao fato de tia Dália ter me laçado para uma partida de gamão, não foi de imediato que pude organizar a busca. Mas, depois de jogarmos algumas partidas, o mordomo entrou e perguntou se ela poderia dar uma palavrinha com Anatole, de modo que consegui me escafeder. E, cerca de dez minutos depois, não tendo conseguido encontrar seu rastro pela casa, comecei a lançar a rede pelos jardins e pesquei-o no roseiral.

Estava cheirando uma rosa na hora em que o encontrei, com um jeito todo lânguido, mas desfez o bico assim que me aproximei.

— Pois então, Gussie — eu disse.

Eu o cumprimentara com um amplo sorriso no rosto, sendo esse o meu método de agir, sempre que encontro um antigo companheiro; entretanto, em vez de me devolver um sorriso satisfeito, Gussie me lançou um olhar muito desagradável. Essa atitude me deixou perplexo. Era como se não estivesse contente de ver o velho Bertram. Durante alguns momentos, ele simplesmente deixou que esse tal olhar enfezado se entretivesse com minha pessoa, digamos assim, e só então falou.

— Você e seu "Pois então, Gussie"!

Disse isso entre dentes, o que nunca é algo muito amistoso de se fazer, e eu me vi mais pasmo do que nunca.

— Como assim, "eu e meu 'Pois então, Gussie'"?

— É preciso ser muito caradura mesmo, para chegar todo garrido dizendo "Pois então, Gussie". Para mim, esse seu "Pois então, Gussie" é mais do que suficiente, Wooster. E não adianta fazer careta. Você sabe muito bem o que estou querendo dizer. Aquela maldita entrega de prêmios! Foi um dos atos mais desprezíveis que eu já vi na vida, escapulir daquele jeito e empurrar tudo para mim. Eu não vou medir minhas palavras. Foi uma atitude de um velhaco e de um tratante.

Pois então. Como eu já mencionei, mesmo tendo dedicado a maior parte da viagem aos problemas envolvendo Ângela e Tuppy, não me abstive de repassar uma ou duas vezes o que iria dizer quando me encontrasse com Gussie. Já havia previsto a possibilidade de um pequeno desentendimento temporário quando nos avistássemos, e, sempre que há um diálogo meio espinhoso pela frente, Bertram Wooster gosta de estar com sua parte da história bem ensaiada.

De modo que, naquele momento, pude retrucar com uma franqueza ao mesmo tempo viril e afabilíssima. A súbita introdução desse tópico na conversa provocara em mim um ligeiro sobressalto, é verdade, porque, com toda a tensão dos últimos acontecimentos, eu de certa forma deixara a entrega de prêmios em segundo plano, mas me recuperei com bastante rapidez e fui capaz de reagir com uma defesa digna.

— Mas, meu caro — falei —, eu presumi que você soubesse e fosse entender que aquilo era parte integrante do plano.

Gussie disse qualquer coisa a respeito de meus planos que eu não peguei.

— Claro. "Escapulir" é a forma mais equivocada de se referir ao assunto. Você por acaso acha que eu não queria entregar aqueles prêmios, Gussie? Se me fosse possível escolher, não haveria nada na vida que eu considerasse mais interessante. Mas percebi que o mais certo, a coisa mais generosa a fazer, era abdicar desse enorme prazer e deixar que você assumisse. E foi o que fiz. Entendi que suas necessidades eram bem maiores do que as minhas. Não vá me dizer que não está contando as horas para chegar o dia da cerimônia.

Gussie deixou escapar uma expressão vulgar que eu jamais imaginaria ser do conhecimento dele. O que prova que qualquer um pode se isolar nos cafundós do judas e ainda assim, de um jeito ou de outro, adquirir um vasto vocabulário. Sem dúvida, a pessoa aprende alguma coisa com os vizinhos — o vigário, o médico da aldeia, o leiteiro e por aí afora.

— Mas, caramba — eu disse —, será que não vê o que a ocasião pode fazer por você? Sua cotação vai subir feito um rojão. Lá estará você, no alto de um palanque, uma figura romântica de peso, o astro da cerimônia toda, o sei lá o quê de todo mundo. Madeline Bassett vai se derreter inteira. Ela o verá sob uma luz novinha em folha.

— Verá, é?

— Claro que verá. Augustus Fink-Nottle, o amigo dos tritões, ela já conhece. Ela está familiarizada com Augustus Fink-Nottle, o pedicuro dos cães. Porém para Augustus Fink-Nottle, o orador, ela há de tirar o chapéu, ou eu não sei nada do coração das mulheres. As moças ficam doidinhas por qualquer figura pública. Se algum dia alguém fez uma gentileza ao seu semelhante, esse alguém fui eu no dia em que lhe dei de bandeja esse compromisso para lá de atraente.

Gussie parecia bem impressionado com minha eloqüência. Não poderia tê-lo evitado, claro. O fogo apagou-se atrás dos óculos de aro de chifre e, no lugar dele, surgiu o velho olhar de peixe morto.

— Sei — disse ele, meditabundo. — Você já discursou alguma vez na vida, Bertie?

— Dezenas de vezes. É sopa. Fácil, fácil. Pois se eu até já falei para uma escola de moças.

— E não ficou nervoso?

— Nem um pouco.

— E como se saiu?

— Elas beberam avidamente minhas palavras. Estavam todas na palma da mão.

— Elas não jogaram ovos nem nada em cima de você?

— Nadinha.

Gussie soltou o ar que vinha prendendo nos pulmões e, durante uns momentos, em silêncio total, ficou observando uma lesma passar.

— Bem — disse por fim —, talvez dê tudo certo. É possível que eu esteja pensando demais no assunto. Talvez eu esteja enganado pensando que ter de fazer isso é pior do que morrer. Pensar naquela entrega de prêmios no dia 31 deste mês transformou minha existência num pesadelo. Não consigo dormir, pensar ou comer... Por falar nisso, agora me lembrei. Você acabou não me explicando o significado daquele seu telegrama cifrado sobre lingüiças e presunto.

— Não era um telegrama cifrado. Eu queria que você fosse moderado na comida, para ela perceber que está apaixonado.

Gussie soltou uma risada oca.

— Entendo. Bem, pois é justamente o que ando fazendo.

— Pois é. Eu reparei no jantar. Esplêndido.

— Não estou vendo nada de esplêndido. E não vai me levar a parte alguma. Nunca vou conseguir pedir a mão dela. Não conseguiria encontrar coragem para fazer isso nem que passasse a biscoito de água e sal pelo resto da vida.

— Caramba, Gussie. Com uma atmosfera romântica destas. Seria de se imaginar que só as árvores sussurrantes...

— A mim pouco importa o que seria de se imaginar. Eu não consigo e pronto.

— Ora, vamos!

— Não consigo. Ela me parece tão distante, tão remota.

— Parece nada.

— Parece, sim. Sobretudo quando você olha para ela de perfil. Você já viu Madeline de perfil, Bertie? Um perfil tão frio, tão puro. Acaba com o pouco de coragem que eu tenho.

— Acaba nada.

— Pois se estou lhe dizendo que acaba... Dou uma olhada de lado para ela e as palavras congelam em meus lábios.

Tudo isso foi dito com um desespero meio embotado, com uma falta tão manifesta daquele espírito do sucesso que, por instantes, confesso que me senti meio desacorçoado. Parecia inútil continuar tentando instilar um pouco de brio em tamanha água-viva. Foi então que vislumbrei uma possibilidade. Com a rapidez extraordinária que me é peculiar, percebi exatamente o que precisaria ser feito para que o tal do Fink-Nottle fosse capaz de alcançar a linha de chegada com uma cabeça de vantagem.

— Ela precisa de uma amansada.

— De uma o quê?

— Uma amansada. Uma adoçada. Uma amaciada. Há que se fazer um trabalho preliminar de preparação do terreno. Eis aqui o procedimento que eu proponho que seja adotado: eu vou entrar de novo e convencer essa Bassett a vir dar uma volta. Durante o passeio, vou discorrer sobre corações despedaçados, dando a entender que há um nesta casa. Vou dar o recado em alto e bom som, sem poupar esforços. Você, nesse meio-tempo, fica por aí, rondando, e daqui a coisa de quinze minutos aparece e a leva de mim. E então, depois que eu tiver atiçado as emoções dela, você será capaz de fazer o restante brincando. Será como tirar doce de criança.

Lembro que, quando estava na escola, tive de aprender um poema, acho que era um poema, falando de um sujeito chamado não-sei-o-quê-lião — com toda a certeza era um escultor, não podia ser outra coisa — que fez a estátua de uma moça. E não é que um belo dia a criatura amanhece viva? Para o sujeito, deve ter sido um choque e tanto, claro, mas na verdade o que estou tentando contar a você, leitor, é que havia dois versos nesse poema que diziam, se não me engano:

Ela se mexe. Ela se move. Parece que sente
O sopro da vida.

Tudo para lhe dizer que não se poderia fazer uma descrição mais adequada de Gussie quando pronunciei as tais palavras reanimadoras. O cenho se desfranziu, os olhos clarearam, o semblante perdeu o aspecto piscoso e ele fitou a lesma, que continuava em sua longa, longuíssima trilha, com um olhar que beirava a beatitude. Uma acentuada melhora.

— Entendo o que está querendo dizer. Você vai asfaltar meu caminho, digamos assim.

— Justamente. Preparar o terreno.

— É uma idéia fabulosa, Bertie. Há de fazer efeito.

— Exato. Mas não se esqueça de que, depois, é você quem vai ter de tocar sozinho. Vai ter de arregaçar a calça e tirar azeite das pedras, caso contrário todos os meus esforços terão sido em vão.

Parte daquele seu típico "Deus-me-livre-e-guarde" parecia estar de volta. Ele ofegou de leve.

— É verdade. E que diabos eu digo?

Refreei sua impaciência com certa dificuldade. O camarada fora meu colega de escola.

— Caramba, Gussie, tem centenas de coisas que você pode dizer. Converse sobre o pôr-do-sol.

— Pôr-do-sol?

— Claro. Metade dos homens casados que você conhece começaram com o pôr-do-sol.

— Mas o que é que eu digo do pôr-do-sol?

— Bem, o Jeeves se saiu com uma muito boa, outro dia, no parque. Ele estava passeando o cachorro e calhamos de nos cruzar. Então ele me disse: "Eis que de súbito se apaga a paisagem tremeluzente, patrão, e tomba em volta uma calmaria solene". Você podia usar isso.

— Paisagem o quê?

— Tremeluzente. T de "taquigrafia". R de "remédio"...

— Ah, de tremeluzir? É, até que não é mau. Paisagem tremeluzente... calmaria solene... É, eu acho que é muito bom.

— E aí então você poderia dizer que sempre achou que as estrelas são o colar de margaridas de Deus.

— Mas eu nunca achei isso.

— Imagino que não. Mas ela sim. Diga isso para ela e não vejo como ela conseguirá evitar de pensar que encontrou sua alma gêmea.

— Colar de margarida de Deus?

— Colar de margaridas de Deus. E depois você continua falando que o crepúsculo sempre o faz ficar muito triste. Eu sei que você vai me dizer que não faz, mas, neste momento, acho melhor que faz, sim senhor.

— Por quê?

— Precisamente, é o que ela vai querer saber e aí então você estará com a faca e o queijo na mão. Porque irá responder que é por causa de sua vida tão solitária. Não seria má idéia fazer uma descrição muito rápida de um entardecer típico em sua casa em Lincolnshire, contando como você perambula pelos prados relvados com passos pesados.

— Em geral eu não saio a essa hora. Escuto rádio.

— Não escuta nada. Você perambula pelos prados relvados com passos pesados, desejando ter alguém para amá-lo. E aí então você fala do dia em que ela surgiu em sua vida.

— Como uma princesa encantada.

— Justamente — falei, aprovando a escolha. Não esperava nada assim tão bom daquele setor. — Como uma princesa encantada. Bom trabalho, Gussie.

— E depois?

— Bem, depois disso é fácil. Você diz que tem algo para dizer a ela e aí vai direto ao assunto. É batata. Se eu fosse você, faria isso aqui no roseiral. É sabido que não há expediente mais seguro do que arrastar o objeto adorado para roseirais no crepúsculo. E acho melhor você providenciar uma caninha ou duas, primeiro.

— Caninha?

— Birita.

— Bebidas? Mas eu não bebo.

— O quê?

— Nunca tomei uma gota de bebida na vida.

Isto me deixou um tanto receoso, devo admitir. Em ocasiões similares, tem-se como regra geral que um pileque moderado é essencial.

Contudo, se os fatos eram aqueles que haviam sido declarados, não havia muito que eu pudesse fazer a respeito.

— Bem, então vai ter de fazer o melhor que conseguir com *ginger ale* mesmo.

— Eu sempre tomo suco de laranja.

— Suco de laranja, então. Me diga uma coisa, Gussie, só para resolver uma aposta, você gosta mesmo daquela bisca?

— Muito.

— Então não há mais nada a dizer. Vamos só repassar tudo para ver se estamos com o planejamento em ordem. Comece com a paisagem tremeluzente.

— Estrelas são o colar de margaridas de Deus.

— O entardecer entristece.

— Devido a minha solitária vida.

— Descrever sua vida.

— Depois falo sobre o dia em que a conheci.

— Não esqueça do negócio da princesa. Diga que tem algo para confessar. Dê uns dois ou três suspiros. Pegue na mão dela. E solte o verbo. Isso.

E, certo de que ele absorvera os pormenores e de que tudo seguiria conforme o esperado pelos canais competentes, chispei para dentro.

Foi só quando atingi a sala de estar e lancei uma boa olhada na tal Bassett que a jovialidade afável com a qual eu havia me envolvido no assunto começou a se esvair de leve. Com ela assim tão perto, de repente me dei conta de onde eu fora me meter. Era inegável que a simples idéia de dar uma voltinha com aquele espécime esdrúxulo me dava arrepios. Quantas vezes, em Cannes, eu não me vira reduzido a ter de simplesmente fitá-la com o ar mais estúpido do mundo, torcendo para que algum piloto caridoso de carro de corrida viesse aliviar a tensão com uma freada bem em cima das costelas da moça. Como eu já deixei claro inúmeras vezes, Madeline Bassett não era das companhias mais agradáveis, pelo menos não para mim.

No entanto, a palavra de um Wooster não volta atrás. Os Woosters até podem desanimar, mas jamais fogem da raia. Apenas o ouvido mais apurado teria detectado o tremor em minha voz quando perguntei se ela gostaria de passear durante uma meia hora.

— Noite deliciosa — falei.

— Pois é, deliciosa, não é mesmo?

— Deliciosa. Me faz lembrar de Cannes.

— Como eram deliciosas as noites lá...

— Deliciosas — eu disse.
— Deliciosas — disse a Bassett.
— Deliciosas — repeti.

E com isso completamos o boletim de notícias e a previsão do tempo na Riviera Francesa. Mais um minuto e estávamos ao léu nos grandes espaços abertos, ela discorrendo amorosamente sobre a paisagem, e eu respondendo "De fato, é mesmo" e me perguntando qual seria a melhor maneira de abordar o assunto em pauta.

10

QUÃO DIFERENTES NÃO TERIAM SIDO AS COISAS — e não pude me furtar a essa reflexão — se aquela moça fosse o tipo de moça com quem se pode tagarelar sem problemas ao telefone e levar para um giro em minha simpática baratinha. Bastaria que eu dissesse "Olhe..." e ela "O quê?", complementados a seguir com um "Você conhece o Gussie Fink-Nottle" e um "Conheço". Depois eu diria apenas um "Ele ama você" que poderia provocar nela tanto um "O quê?! Aquele pateta? Bem, só me resta agradecer pela risada do dia!" quanto, numa veia mais emotiva, um "Que maravilha! Conte mais".

Vale dizer, numa ou noutra circunstância, tudo estaria feito e encerrado em menos de um minuto.

Mas, com essa Bassett, algo um pouco menos vigoroso e mais pegajoso era obviamente o caminho indicado. Sim, porque, com essa história de aproveitar a luz do dia, tínhamos alcançado os tais vastos espaços abertos num momento em que o lusco-fusco ainda não cedera lugar às sombras da noite. Havia uma brasinha de pôr-do-sol acesa ao longe. As estrelas começavam a despontar, os morcegos se divertiam ao redor, o jardim recendia inteiro com o cheiro daquelas flores brancas escandalosas que só pegam no pesado no fim da jornada — em suma, a paisagem tremeluzente apagava-se a olhos vistos e tombava em volta a tal calmaria solene. E, nesse momento, ficou muito claro que aquilo estava tendo um efeito devastador sobre a moça. Os olhos arregalaram-se e o semblante apresentou mostras de um despertar de alma intenso demais para meu gosto.

O aspecto dela era o de uma jovem esperando algo bastante suculento da parte de Bertram.

Diante das circunstâncias, a conversa murchou um pouco. Nunca me saí lá muito bem quando a situação clama por derrames açucarados e já ouvi outros membros do Drones dizerem a mesma coisa em suas confidências. Lembro-me de Pongo Twistleton me contando que uma vez saiu para dar uma volta de gôndola com uma moça, um passeio ao luar, e que só abriu a boca para contar a ela aquela história do camarada que era tão bom de natação que acabou nomeado policial de trânsito em Veneza.

Parece que a moça achou a piada meio chocha, pelo menos foi o que ele me garantiu, e não demorou muito para que dissesse que estava ficando meio frio e que tal eles irem voltando para o hotel?

De modo que, naquele momento, a conversa se arrastava antes de deslanchar. Tudo bem que eu prometera a Gussie deitar o verbo e discorrer sobre corações despedaçados, mas para isso era preciso uma deixa, ao menos uma. E, quando atingimos a beira do lago e ela finalmente se manifestou, imagine qual não foi minha tristeza ao perceber que o assunto eram as estrelas.

Não me serviam para nada, as estrelas.

— Ah, veja — ela disse. A jovem era uma "ah, veja" de marca maior. Eu já havia notado isso em Cannes, onde ela chamara minha atenção dessa forma em diversas ocasiões para objetos tão variados quanto uma atriz francesa, um posto de gasolina provençal, o pôr-do-sol no Estorels, Michael Arlen, um homem vendendo óculos coloridos, o azul aveludado do Mediterrâneo e o ex-prefeito de Nova York banhando-se com um traje listrado inteiriço. — Ah, veja aquela doce estrelinha lá no alto, sozinha.

De fato eu vi a tal, uma criaturinha operando de forma um tanto isolada logo acima de um arvoredo.

— É — eu disse.
— Será que ela se sente sozinha?
— Não, que nada.
— Uma fada deve ter chorado.
— Como?
— Não se lembra? "Toda vez que uma fada derrama uma lágrima, nasce uma estrelinha bem pequena na Via-Láctea." Já pensou numa coisa dessas, senhor Wooster?

Não, nunca. Muito improvável, pensei cá com os meus botões. Sem falar que não combinava com a declaração anterior de que as estrelas eram o colar de margaridas de Deus. Quer dizer, não dá para assobiar e chupar cana ao mesmo tempo.

Entretanto minha intenção não era analisar e criticar. Percebi que me enganara ao supor que as estrelas fugiam ao tema. Na verdade, elas forneciam uma excelente deixa e eu a agarrei no ar.

— E por falar em derramar lágrimas...

Mas ela já tinha passado para o assunto dos coelhos, sendo que vários deles zanzavam no parque à nossa direita.

— Ah, veja. Os coelhinhos!

— E por falar em derramar lágrimas...

— O senhor não adora esta hora do dia, senhor Wooster, quando o sol vai se deitar e todos os coelhinhos do mundo saem para jantar? Quando eu era criança, eu achava que os coelhos eram gnomos e que, se eu prendesse a respiração e ficasse bem quietinha, eu veria a rainha das fadas.

Indicando com um gesto comedido que esse era bem o tipo de coisa amalucada que eu esperaria dela em criança, voltei ao ponto.

— Por falar em derramar lágrimas — falei com firmeza —, talvez se interesse em saber que há um coração despedaçado aqui em Brinkley Court.

Isso a deteve. Ela largou o tema dos coelhos. O rosto, que reluzia com o que eu supunha fosse vivacidade, anuviou-se. Depois liberou um suspiro que soou como o ar que escapa de um pato de borracha.

— Pois é. A vida é muito triste, não é verdade?
— Para alguns, é. Para esse coração despedaçado, por exemplo.
— Aquele olhar melancólico dela. De íris encharcadas. E eles que costumavam dançar como elfos encantados. E tudo por causa de um mal-entendido bobo a respeito de tubarões. Que tragédia, os mal-entendidos. Aquele lindo romance rompido e acabado só porque o senhor Glossop insistiu que era um linguado.

Vi que ela estava cruzando as linhas.

— Eu não estou falando de Ângela.
— Mas o coração dela está despedaçado.
— Eu sei que está. Assim como o de uma outra pessoa.

Ela me olhou, perplexa.

— O de uma outra pessoa? Fala do senhor Glossop?
— Não, não falo.
— Da senhora Travers?

O singular código de conduta dos Woosters impediu-me de lhe dar um sopapo na orelha, mas eu teria dado bem um xelim para poder fazê-lo. A mim, parecia que havia algo propositadamente imbecil na maneira como ela insistia em não entender qual era o assunto.

— Não, também não estou falando de tia Dália.
— Eu tenho certeza de que ela está chateadíssima.
— Bastante. Mas esse coração do qual lhe falo não está despedaçado por causa da briga entre Tuppy e Ângela. Está despedaçado por um motivo bem diferente. O que eu quero dizer, ora bolas, a senhorita sabe muito bem por que os corações se despedaçam!

Tive a impressão de que ela teve um estremecimento. A voz, quando falou, saiu sussurrada.

— Por amor, quem sabe?
— Exato. Na mosca. Por amor.
— Ah, senhor Wooster!
— Presumo que acredite em amor à primeira vista?
— Acredito, claro.

— Bem, pois foi isso que aconteceu com esse coração despedaçado. Apaixonou-se à primeira vista e, desde então, vem amargando em silêncio... se não me engano é assim que se diz.

Fez-se um silêncio. Ela se virara e observava um pato nadando no lago. O pato ciscava uns talos de capim, algo para mim muito sem graça, seja para que criatura for. No entanto desconfio que, vistos com toda a honestidade, não são piores que espinafre. Madeline Bassett ficou ali, embebida naquilo, até que o pato de repente se pôs de cabeça para baixo e sumiu, rompendo o feitiço.

— Ah, senhor Wooster! — ela disse de novo, e, pelo tom da voz, percebi que a tinha fisgado.

— Pela senhorita, é o que estou tentando dizer — continuei, começando a aplicar as firulas. Imagino que você já tenha reparado que, nessas ocasiões, o difícil é plantar a idéia principal, fixar bem direitinho os contornos gerais da coisa. O resto é quase só detalhe. Não digo que tenha me tornado loquaz nesse ponto, mas não resta dúvida de que me tornei um tanto mais loquaz do que fora até então.

— E está passando maus bocados. Não consegue comer, não consegue dormir... tudo por amor. E o que torna tudo tão mais difícil é que ele... esse coração despedaçado, não consegue criar coragem e lhe expor a situação atual porque seu perfil entra no meio e tira dele toda a coragem. Sempre que está prestes a desabafar, dá com seu perfil e as palavras lhe escapam. Tolice, claro, mas assim é.

Ouvi quando ela engoliu em seco e vi que os olhos haviam dado uma umedecida. Íris encharcadas, se você preferir.

— Quer um lenço?

— Não, obrigada. Estou bem.

Era mais do que eu poderia dizer de mim mesmo. Meu empenho me deixara fraco. Não sei se você também passa por isso, mas, comigo, falar qualquer coisa vagamente aparentada com sentimentos relacionados ao sexo oposto sempre provoca uma comichão desagradável, uma sensação pavorosa de vergonha, junto com um fluxo acentuado de suor por todos os poros.

Lembro uma ocasião na casa de tia Ágata, em Hertfordshire, em que fiquei na berlinda e tive de fazer o papel do rei Eduardo III se despedindo daquela namorada dele, a Rosamunda, numa espécie de festa beneficente em auxílio às Filhas Aflitas do Clero. A cena contava com um diálogo medieval meio inflamado, remanescente dos tempos em que aos bois dava-se o nome de bois, e, até o árbitro apitar, duvido que houvesse uma única Filha do Clero mais aflita do que eu. Eu pingava.

E minha reação naquele momento assemelhou-se muitíssimo à ocasião citada. Foi um Bertram bastante líquido que, ao ouvir a interlocutora dar uns dois ou três soluços e começar a falar, aguçou os ouvidos.

— Por favor, não diga mais nada, senhor Wooster.

— Bem, eu não ia mesmo, é claro.

— Compreendo.

Fiquei satisfeito de ouvir isso.

— Sim, eu compreendo. Não serei tão tola a ponto de fingir que não sei do que o senhor está falando. Suspeitei disso em Cannes, quando o senhor costumava parar na minha frente e ficar me olhando, sem dizer uma palavra, mas com um olhar que confessava tantas coisas.

Se por acaso o tubarão da prima Ângela tivesse me mordido a perna, eu não teria dado um pulo de forma mais convulsiva. Eu me concentrara de tal maneira nos interesses de Gussie que em momento nenhum me passara pela cabeça a possibilidade de que uma outra interpretação mais desafortunada pudesse ser atribuída às minhas palavras. A transpiração, já me orvalhando a testa, tornou-se um Niágara.

Todo meu destino dependia da palavra de uma mulher. Quer dizer, eu não podia recuar. Se uma jovem pensa que um homem está lhe pedindo a mão e, com essa presunção, reserva-o para si, esse homem não pode depois chegar e explicar que ela meteu os pés pelas mãos e que ele não tinha a mais mínima intenção de lhe sugerir algo do gênero. O camarada simplesmente tem de deixar o barco correr. E a simples idéia de me ver noivo de uma moça que falava abertamente sobre fadas nascendo porque estrelas assoaram o nariz, ou seja lá o que for, me deixava no mínimo atordoado. Ela continuou com seus comentários, e, enquanto escutava, cerrei os punhos com tanta força que me espantaria se os nós dos dedos não tivessem esbranquiçado com a tensão. Parecia-me que ela não conseguiria nunca chegar ao xis da questão.

— Pois é, durante todos aqueles dias em Cannes pude perceber o que estava querendo me dizer. Uma moça sempre sabe essas coisas. Depois o senhor me seguiu até aqui e, quando nos encontramos agora à noite, percebi que seu olhar trazia aquele mesmo ar envergonhado e sonhador de antes. Depois, insistiu tanto para que eu saísse e desse uma volta consigo ao entardecer. E agora gagueja essas palavras hesitantes. Não, elas não são uma surpresa para mim. No entanto eu sinto muito, mas...

Essa última frase foi como um daqueles levanta-defuntos de Jeeves. Como se eu tivesse ingerido um copázio de caldo de carne, pimenta vermelha e uma gema de ovo — se bem que, como eu sempre digo, esteja convencido de que esses não são os únicos ingredientes —, expandi-me qual uma flor adorável desabrochando ao sol. Estava tudo bem, no fim das contas. Meu anjo da guarda não cochilara na guarita.

— ... receio que seja impossível.

E calou-se.

— Impossível — repetiu em seguida.

De minha parte, eu estivera tão ocupado sentindo-me a salvo do cadafalso que não percebi durante alguns momentos que uma pronta resposta era o que se esperava.

— Ah, então tá — apressei-me em dizer.

— Eu sinto muito.

— Não faz mal. Sossegue.

— Sinto muito mais do que eu seria capaz de lhe dizer.

— Nem pense mais no assunto.
— Podemos continuar amigos.
— Claro, lógico.
— Então vamos manter o que houve aqui, hoje, como nosso pequeno segredo cheio de ternura.
— Apoiado.
— Assim faremos. Qual um objeto adorável e fragrante, guardado entre ramos de lavanda.
— Ramos de lavanda... certo.

Houve uma pausa mais extensa. Ela me olhou com um ar divinamente consternado, na verdade me olhou como se eu fosse uma lesma sobre a qual tivesse pousado sem querer o salto de seu sapatinho francês; de minha parte, quis muito lhe contar que estava tudo bem e que Bertram, longe de ser uma vítima do desespero, nunca tinha se sentido tão esfuziante na vida. Mas, é claro, não se pode fazer uma coisa dessas. E eu então não disse nada e fiquei ali, parado, dando uma de corajoso.

— Quem me dera poder — ela sussurrou.
— Poder? — disse eu, porque me distraíra um pouco.
— Sentir pelo senhor o que o senhor gostaria que eu sentisse.
— Ah, oh.
— Mas não posso. Desculpe.
— Claro. Sem problema. Falta nos dois campos.
— Porque eu o quero muito bem, senhor... não, acho que devo chamá-lo de Bertie. Posso?
— Claro, claro.
— Porque somos amigos de verdade.
— Muito.
— Eu gosto muito de você, Bertie. E se as coisas fossem diferentes... não sei...
— Como?
— Afinal de contas, somos amigos de verdade... Temos essas lembranças em comum... Você tem o direito de saber... Não quero que você pense... A vida é tão confusa, não é mesmo?

Para muitos homens, essas afirmações aos soquinhos teriam, sem dúvida, parecido meros balbucios e sido descartados como tais. Mas nós, os Woosters, somos mais perspicazes que os mortais comuns e sabemos ler nas entrelinhas. De repente, adivinhei o que Madeline Bassett estava tentando me dizer.

— Quer dizer que há outra pessoa?

Ela fez que sim.

— Você está apaixonada por um outro sujeito?

Ela fez que sim.

— Noiva?

Dessa vez ela sacudiu a cachola.

— Não, noiva, não.

Bem, já era alguma coisa. Mesmo assim, pelo jeito como ela falou, começava a parecer que seria melhor o coitado do Gussie ir apagando seu nome da lista de concorrentes ao páreo, e eu não via lá com muito bons olhos a perspectiva de ter de ser eu o encarregado de lhe dar a notícia. Eu examinara o camarada de perto e era da opinião de que aquilo seria o fim dele.

Sim, porque, veja, Gussie não era como alguns de meus companheiros — o nome de Bingo Little é um dos que vêm à mente — que, ao receberem um não da bem-amada, dizem apenas "Ora, bolas!" e partem felizes da vida em busca de uma outra. Gussie era obviamente do tipo que, se não consegue levar a bola até as balizas na primeira partida, abandona o cavalo e o capacete e passa o resto da vida preocupado com seus tritões, usando longas suíças grisalhas como as daqueles sujeitos dos romances, que moram em enormes casas brancas visíveis por entre o arvoredo, isolados do mundo, sempre de semblante pesaroso.

— Eu acho que ele não sente o mesmo por mim. Pelo menos até agora não disse nada. Entenda que estou lhe contando isso apenas porque...

— Claro, claro.

— É estranho que tenha me perguntado se eu acredito em amor à primeira vista. — Altura em que semicerrou os olhos. —

"Quem jamais amou sem amar à primeira vista?" — disse ela com uma voz estrambótica que me fez pensar, não sei por quê, em tia Ágata, na pele de Budica, declamando naquela festa beneficente da qual já lhe falei. — É uma historinha muito boba. Fui passar alguns dias na casa de amigos, no interior, e saí para dar uma volta com o cachorro; e não é que o coitadinho do pobrezinho enfiou um espinho na patinha e eu fiquei desesperada. E aí, de repente, surgiu esse homem e...

Voltando de novo àquela tal festa beneficente, ao esboçar as emoções que se apoderaram de mim, na ocasião, mostrei apenas meu lado mais sombrio. Houve, e sinto-me na obrigação de mencionar isso, um fecho esplêndido para a festança, quando, tendo saltado fora de minha armadura de cota de malha e me esgueirado até o *pub* mais próximo, adentrei o salão e pedi ao taberneiro que começasse a servir. Momentos depois, um caneco da infusão especial feita no próprio estabelecimento estava em minhas mãos e o êxtase daquele primeiro gole de cerveja continua fresco em minha memória. A lembrança da agonia pela qual eu passara tornava mais que perfeito aquele momento.

E a mesma coisa acontecia de novo. Quando me dei conta, escutando as palavras dela, que Madeline devia estar se referindo a Gussie — sim, porque era impossível que houvesse um batalhão de homens tirando espinhos da pata do cachorro dela, naquele dia; afinal o animal não era um porta-alfinetes — e entendi que Gussie, cujas chances, sob todos os prismas, haviam recuado tanto no quadro de apostas que seu nome não aparecia mais nem como azarão, era, ao fim e ao cabo, o vencedor, um frêmito positivo permeou o degas aqui e de meus lábios escapuliu um "Uau!" tão animado e sincero que a Bassett saltou cerca de uma polegada e meia do chão.

— Como foi que disse? — ela perguntou.

Fiz um gesto lépido com a mão.

— Nada, nada — falei. — É que me lembrei de que preciso escrever uma carta sem falta esta noite. Se não se importa, acho que vou indo. E ali — completei — vem Gussie Fink-Nottle. Ele cuidará da senhorita.

E, enquanto eu falava, Gussie surgiu de trás de uma árvore.

Afastei-me e deixei-os às voltas um com o outro. No que dizia respeito àqueles dois, estava tudo, sem a menor sombra de dúvida, em absoluta e perfeita ordem. Tudo que Gussie tinha a fazer era manter a cabeça baixa e não forçar demais as rédeas. Eu achava inclusive que o final feliz já devia ter começado a se desenrolar. Quer dizer, quando você deixa uma moça e um rapaz que admitiram, cada qual de forma categórica, que ela e ele gostam muito dele e dela, quando você os deixa lado a lado sob a luz do poente, não me parece que haja muito mais a fazer além de começar a pesquisar o preço das espátulas de peixe.

Cumprida a empreitada, parecia-me que eu tinha ganho o direito a alguns brindes na saleta de fumar.

E foi para lá que me dirigi.

11

Os APETRECHOS ESTAVAM TODOS sobre o aparador, muito bem arrumados, e, de minha parte, despejar uns dois dedos de destilado puro num copo e esguichar água gasosa por cima foi obra de instantes. Feito isso, recolhi-me a uma poltrona, pus os pés para cima e comecei a bebericar a essência com uma satisfação serena, talqualmente César tomando um trago em sua tenda no dia em que derrotou os nérvios.

Ao pensar no que sem dúvida acontecia no plácido jardim lá fora, naquele mesmo instante, senti-me refeito e sublime. Embora sem me desviar nem por um segundo da convicção de que Augustus Fink-Nottle representava a última palavra da Mãe Natureza em bestas rematadas, não poderia me sentir mais profundamente envolvido no sucesso da empreitada se fosse eu, e não ele, o camarada sob os efeitos do éter.

Pensar que àquela altura ele podia muito bem já ter terminado os *pourparlers* preliminares e estar enfronhado numa discussão informal em torno dos planos para a lua-de-mel me era deveras agradável.

Claro que, tendo em vista o tipo de moça que Madeline Bassett parecia ser — estrelas, coelhos e essa coisa toda —, poderíamos dizer que uma tristeza sóbria estaria mais de acordo. Contudo nessas questões é preciso entender que os gostos diferem. O impulso de um homem normal talvez fosse o de sair correndo por uns dois quilômetros ao menor sinal da proximidade dela, mas, por algum motivo, a Bassett calara fundo em Gussie, de modo que isso encerrava o assunto.

Eu atingira esse ponto em minhas meditações quando me vi despertado pelo ruído da porta se abrindo. Alguém entrou e começou a se mover qual um leopardo na direção do aparador e eu, baixando os pés, percebi se tratar de Tuppy Glossop.

Visão que provocou em mim uma pontada momentânea de remorsos, pois lembrou-me de que, naquela comoção toda para arrumar a situação de Gussie, acabara me esquecendo do outro cliente. É o que em geral acontece quando se tenta cuidar de dois casos ao mesmo tempo.

No entanto, tendo tirado Gussie da cabeça, agora poderia me dedicar de corpo e alma ao problema de Glossop.

Na verdade, eu havia ficado satisfeitíssimo com a maneira como, durante o jantar, ele levara a cabo a tarefa que lhe fora atribuída. E olhe que não foi nada fácil, eu lhe garanto, porque os comes e bebes estavam soberbos e houve uma iguaria em especial — falo das *nonnettes de poulet Agnès Sorel* — que poderia ter posto a perder a mais ferrenha determinação. Mas Tuppy passara por elas feito um faquir profissional e eu me orgulhava dele.

— Ah, olá, Tuppy — falei. — Estava mesmo querendo vê-lo.

Ao se virar, copo de conhaque na mão, foi fácil verificar que as privações haviam deixado nele marcas indeléveis. Tuppy parecia um lobo das estepes russas que tivesse acabado de divisar a canela de um dileto campônio no último galho de uma árvore muito alta.

— Pois não? — respondeu ele, de forma pouco acolhedora. — Cá estou.

— E?

— O que quer dizer com "E?"?

— Faça o relatório.

— Que relatório?

— Não tem nada a me dizer sobre Ângela?
— Só que ela é uma peste.
Fiquei preocupado.
— Ela ainda não caiu a seus pés?
— Não.
— Muito estranho.

Tuppy soltou um resmungo áspero, como se tivesse as amígdalas da alma inflamadas.

— Falta de apetite! Estou tão oco quanto o Grand Canyon.
— Coragem, Tuppy! Pense em Gandhi.
— O que tem Gandhi?
— Ele não faz uma refeição decente há anos.
— Nem eu. Pelo menos eu poderia jurar que não. Gandhi que se dane.

Percebi que talvez fosse melhor deixar o *motif* Gandhi de lado. Voltei ao ponto por onde havíamos iniciado.

— Ela deve estar à sua procura neste exato momento.
— Quem? Ângela?
— É. Ela deve ter reparado em seu sacrifício supremo.
— Pois acho que ela não notou nada, a songamonga. Aposto como ela nem percebeu que eu não comi nada.
— Ora, o que é isso, Tuppy — bradei. — Quanta morbidez. Não veja as coisas pelo lado mais sombrio. Ela deve ao menos ter percebido que você recusou aquelas *nonnettes de poulet Agnès Sorel*. Foi uma renúncia sensacional, impossível ter passado em branco. E os *cèpes à la Rossini*...

Um brado rouco escapou dos lábios retorcidos de Tuppy Glossop:

— Quer fazer o favor de parar, Bertie! Você acha que eu sou feito de mármore? Já não basta ter ficado ali sentado, vendo um dos jantares mais sublimes de Anatole passar por mim intocado, prato por prato? Será que preciso escutar você tecendo loas a respeito? Não me lembre daquelas *nonnettes*. Eu não suportaria.

Empenhei-me em encorajar e consolar.

— Seja valente, Tuppy. Fixe seus anseios naquela torta de rins que o espera na despensa. Como diz a Bíblia, é de manhã que vem.

— Pois é, de manhã. E agora são nove e meia da noite. Precisava trazer aquela torta fria à baila? Bem quando eu estava quase conseguindo tirá-la da cabeça?

Entendi o que ele quis dizer. Seria necessário esperar horas e horas até poder atacar a torta. Deixei o assunto de lado e continuamos um bom tempo em silêncio. A certa altura Tuppy levantou-se e começou a andar de lá para cá, de um jeito um tanto tenso, qual um leão de zoológico que, ao ouvir o gongo do jantar, torce para o guardador não se esquecer dele na hora de distribuir o rancho. Desviei a vista com o maior tato, mas ainda assim escutei chutes em cadeiras e quejandos. Era óbvio que a alma do camarada sofria e que a pressão sanguínea subira.

Ele acabou voltando para a poltrona e então percebi que ele encarava fixamente. Foi o que me levou a pensar que havia algo a ser comunicado.

E não me enganei. Ele me deu um cutucão significativo no joelho e falou:

— Bertie

— Sim?

— Posso lhe dizer uma coisa?

— Mas é claro, meu velho — falei com a maior cordialidade. — Eu estava justamente começando a pensar que a cena ficaria melhor com um pouco mais de diálogo.

— Essa história entre Ângela e mim.

— Sim?

— Andei pensando muito solidamente no assunto.

— Ah, é?

— Analisei a situação sem dó nem piedade e uma coisa ficou mais clara que água para mim. Aqui tem treta.

— Não entendi.

— Muito bem. Deixe-me repassar os fatos. Até partir para Cannes, Ângela me amava. Estava caída por mim. Para ela, eu era uma dádiva de olhos azuis, em todos os sentidos. Até aí você concorda?

— Indiscutivelmente.

— Entretanto assim que ela voltou nós tivemos esse arranca-rabo.

— Exato.

— A troco de nada.

— De nada, meu velho? Caramba! Você foi meio desastrado com o tubarão dela.

— Fui franco e direto a respeito daquele tubarão. E é justamente essa a questão. Você acredita de fato que um desentendimento tão reles quanto esse por causa de tubarões faria uma moça dar com a porta na cara de um homem se o coração dela fosse de fato dele?

— Mas é claro.

Como é que ele não entendia algo tão simples? Verdade que o pobre coitado nunca fora muito bom de sutilezas. Tuppy é um daqueles sujeitos pesados e rijos que adoram uma boa partida de rúgbi e a quem faltam maiores delicadezas, para usar uma frase de Jeeves. Excelente para bloquear jogadas ou pisar na cara do adversário com chuteiras de travas, mas não tão bom na hora de compreender o complicadíssimo temperamento feminino. A verdade é que jamais lhe passaria pela cabeça que uma moça pudesse estar mais disposta a abrir mão da felicidade de toda uma vida do que a abandonar seu tubarão.

— Besteira! Isso foi só um pretexto.

— O que foi um pretexto?

— Esse negócio de tubarão. Ela queria se livrar de mim e agarrou a primeira desculpa que apareceu.

— Não, não.

— Pois eu digo que sim.

— Mas por que cargas d'água ela haveria de querer se livrar de você?
— Justamente. É a mesma pergunta que venho fazendo a mim mesmo. E eis a resposta: porque ela se apaixonou por um outro. Está na cara. Não existe outra solução possível para o dilema. Ela vai para Cannes apaixonada por mim, volta de Cannes e não pode mais me ver pintado. Obviamente, durante esses dois meses, ela deve ter transferido seu afeto para algum mequetrefe nojento que conheceu por lá.
— Não, não.
— Veja se pára de dizer "Não, não". Só pode ter sido isso. Bem, uma coisa eu lhe digo, e pode escrever. Se porventura algum dia eu topar com essa víbora escorregadia e visguenta, é melhor que o sujeito já esteja com tudo providenciado no cemitério que mais lhe aprouver, porque eu vou fazer picadinho dele. Minha intenção agora é, se e quando o sujeito for encontrado, pegá-lo pelo maldito pescoço, chacoalhar-lhe a carcaça até ele começar a espumar, virá-lo do avesso e obrigá-lo a engolir a própria cabeça.

E com tais palavras nosso amigo se foi; e eu, depois de lhe dar um ou dois minutos de corda, levantei-me e fui para a sala de estar. Sendo bem notória a tendência das mulheres de irem se alojar em salas de estar depois do jantar, eu esperava encontrar Ângela no local. Era minha intenção trocar uma palavrinha com a prima.

À teoria de Tuppy de que algum sujeito insinuante roubara o coração da menina em Cannes, eu havia dado, conforme já indiquei, pouquíssimo crédito, considerando-a fruto de meras asneiras distorcidas de um indivíduo consternado. O tubarão, lógico, e nada além do tubarão, levara ao resfriamento temporário do jovem idílio amoroso, e eu tinha certeza de que uma palavrinha ou outra com a prima naquela altura poria todos os pingos em todos os is.

Porque, para ser franco, eu achava inacreditável que uma moça de natureza tão doce e coração tão generoso não tivesse ficado profundamente abalada pelas cenas presenciadas durante o jantar. O próprio Seppings, o mordomo de tia Dália, um homem frio e racional ao extremo, soltara uma exclamação abafada de surpresa e quase desmaiara quando Tuppy recusou aquelas *nonnettes de poulet Agnès Sorel*, ao passo que o lacaio, postado ao lado com a bandeja de batatas, o havia fitado como se estivesse vendo um fantasma. Não, eu simplesmente me recusava a cogitar a possibilidade de que o significado daquilo não tivesse sido captado por uma moça como Ângela. E tinha absoluta certeza de que iria encontrá-la na sala de estar, com o coração sangrando caudalosamente, prontinha para uma reconciliação imediata.

Na sala de estar, contudo, só vi tia Dália quando entrei. Pareceu-me que ela me lançou um olhar algo ressentido na hora em que assomei ao longe, mas, tendo acabado de presenciar a agonia de Tuppy, atribuí isso ao fato de ela, assim como ele, ter guardado distância do cardápio. Não se pode esperar que uma tia vazia sorria com a mesma alegria de uma tia repleta.

— Ah, então é você? — ela disse.

Bem, claro que era.

— Onde está Ângela? — eu perguntei.

— Foi se deitar.

— Já?

— Disse que estava com dor de cabeça.

— Sei.

Eu não tinha certeza de estar gostando muito daquela história. Uma moça que viu o namorado de quem está separada recusar comida de forma tão sensacional não vai para a cama com dor de cabeça se o amor ainda estiver vivo em seu coração. Ela fica por perto e lhe dá aquela olhada rápida e arrependida por sob as pestanas pendentes e, no geral, se empenha em fazê-lo saber que, se a intenção é reunir os contendores em volta de uma mesa redonda para tentar encontrar uma saída, ela topa. Sim, sou forçado a confessar que achei aquela história de ir para a cama um tanto inquietante.

— Foi deitar, é? — murmurei pensativo.

— O que você queria com ela?

— Achei que ela pudesse querer dar uma volta e conversar.

— Você vai dar uma volta? — disse tia Dália, com uma súbita demonstração de interesse. — Onde?

— Ah, por aí.

— Então quem sabe não se importaria de me fazer um favor.

— Diga qual.

— Não vai tomar muito seu tempo. Você sabe aquela alameda que passa em frente à estufa e que dá na horta? Se você segui-la, vai dar no lago.

— Isso mesmo.

— Muito bem. Então, por favor, pegue um bom pedaço de corda bem resistente e siga aquela alameda até dar no lago...

— Até dar no lago. Certo.

— ... depois procure em volta até achar uma pedra bem pesada. Um tijolo de bom tamanho também serve.

— Entendo — falei, embora fosse mentira e eu continuasse no escuro. — Pedra ou tijolo. Sim. E depois?

— Depois — continuou tia Dália —, como um bom menino que você é, prenda a corda ao tijolo, em seguida amarre a corda no seu malfadado pescoço, salte no lago e morra afogado. Daqui a alguns dias, mando alguém tirá-lo da água e enterrá-lo, porque eu ainda vou ter de dançar sobre sua tumba.

Eu estava mais no escuro do que nunca. E não apenas no escuro — magoado e ressentido também. Lembro-me de ter lido um livro em que a moça "de repente deixou a sala, com medo de que coisas pavorosas jorrassem de seus lábios, se ficasse; resolvida a não permanecer nem mais um dia numa casa onde fora insultada e incompreendida". Eu sentia coisa muito parecida.

No entanto chamei minha própria atenção para o fato de que era preciso abrir concessões para uma mulher com apenas meia colherada de sopa no organismo, e interrompi o chiste esquentado que me subira à boca.

— O que significa — falei com doçura — isso tudo? A senhora me parece enfezada com Bertram.

— Enfezada!

— Visivelmente enfezada. Qual o motivo dessa mal disfarçada animosidade?

Uma faísca brusca disparou dos olhos de titia e me chamuscou o cabelo.

— Quem foi a besta, quem foi o cretino, quem foi o idiota que me convenceu, apesar dos pesares, a ficar sem jantar? Eu já deveria ter adivinhado que...

Percebi que havia presumido corretamente a causa primordial daquele estranho estado de espírito.

— Tudo bem, tia Dália. Sei exatamente como está se sentindo. Um tantinho para o lado oco da vida, certo? No entanto a agonia vai passar. Se eu estivesse no seu lugar, desceria mais tarde, quando estiverem todos dormindo, e assaltaria a despensa. Consta que tem uma ótima torta de rins lá. A inspeção vale a pena. Tenha fé, tia Dália — eu pedi. — Não vai demorar para que o tio Tom se aproxime, cheio de compaixão e de perguntas ansiosas.

— Não vai, é? Por acaso você sabe onde ele está no momento?

— Não o vi mais, desde o jantar.

— Está no gabinete dele, com o rosto enterrado nas mãos, resmungando coisas sobre a civilização e seu fim iminente.

— Como? E por quê?

— Porque foi meu penoso dever ter de informá-lo que Anatole pediu as contas.

Admito que cambaleei.

— O quê?

— Pediu as contas. Em conseqüência daquele seu plano idiota. O que esperava que um cozinheiro francês sensível e temperamental fizesse se alguém saísse por aí conclamando todo mundo a recusar a comida dele? Fiquei sabendo que, quando as duas primeiras travessas voltaram para a cozinha praticamente intocadas, Anatole ficou tão magoado que chorou feito uma criança. E, quando os demais pratos do jantar voltaram também, ele chegou à conclusão de que a coisa toda fora um insulto proposital e calculado, e decidiu-se pelo bilhete azul.

— Minha Nossa Senhora!

— E é caso mesmo de invocar "Minha Nossa Senhora!" porque Anatole, esse dom de Deus aos sucos gástricos, foi-se como o orvalho se vai de uma pétala de rosa. Graças à sua idiotice. Talvez agora entenda por que eu quero que você se jogue no lago. Eu já devia saber que algum desastre pavoroso despencaria sobre esta casa como um raio assim que você se metesse a inteligente.

Palavras duras, sem dúvida, vindas de uma tia a um sobrinho, mas não guardei ressentimentos. Claro que, olhando de um certo ângulo, talvez fosse justificável pensar que Bertram tinha dado um fora.

— Desculpe.

— De que adianta se desculpar?

— Agi segundo o que me parecia ser o melhor.

— Numa outra vez, aja segundo o que lhe parecer o pior. Assim quem sabe a gente consiga escapar só com umas poucas punhaladas.

— Tio Tom não está lá muito satisfeito com a notícia, foi isso que disse?

— Está gemendo feito uma alma penada. E toda e qualquer chance que eu tinha de arrancar aquele dinheiro dele se foi.

Afaguei pensativo o queixo. Havia, era preciso admitir, um fundo de razão no que ela dissera. Ninguém melhor do que eu sabia quão terrível seria para ele ver Anatole partir.

Já tive a oportunidade de afirmar anteriormente nesta crônica que esse curioso espécime de nossa costa, com quem tia Dália uniu seu destino, lembra bastante um pterodáctilo vitimado por alguma catástrofe, e isso porque todos os anos dedicados a ganhar milhões no Extremo Oriente deram cabo de seu sistema digestivo, e o único cozinheiro capaz de fazê-lo engolir uma comida, sem com isso provocar algo como uma nova revolução russa abaixo do terceiro botão do colete, é o extraordinário e inimitável Anatole. Privado dos serviços de Anatole, era bem provável que tio Tom não desse à cara-metade mais que uma olhada feia. Sim, sem a menor sombra de dúvida, as coisas pareciam entaladas num trecho acidentado de terreno, e, de minha parte, devo admitir que me peguei, no momento de ir ao prelo, um tanto destituído de idéias construtivas.

Confiante, porém, de que estas viriam em breve, mantive a fleuma.

— Mau — admiti. — Muito mau, sem sombra de dúvida. Seguramente um golpe e tanto para todos os envolvidos. Mas sossegue, tia Dália, que eu vou resolver tudo.

Já aludi antes à dificuldade de se cambalear sentado; trata-se de façanha da qual eu, pessoalmente, não me sinto capaz. Entretanto tia Dália, para meu espanto, realizou-a pelo visto sem o menor esforço. Ela estava bem instalada numa poltrona funda, mas, assim mesmo, cambaleou que foi uma beleza. Uma espécie de espasmo de horror e apreensão contorceu-lhe o rosto.

— Se você se atrever a experimentar mais um dos seus planos amalucados...

Vi que seria inútil tentar argumentar com ela. Era patente que tia Dália não se achava no espírito. Contentando-me, tendo em vista as circunstâncias, com um gesto de compaixão amorosa, deixei o aposento. Se ela jogou ou não um volume muito bem encadernado das Obras Completas de Lorde Alfred Tennyson em mim, não me encontro em condições de dizer. Eu tinha visto o livro largado sobre a mesinha ao lado dela e, quando fechei a porta, lembro de ter tido a nítida impressão de que algum objeto rombudo atingiu a madeira, mas estava preocupado demais para reparar e observar.

Claro que a culpa era minha. Eu deixara de levar em conta os possíveis efeitos de uma súbita abstinência por parte da maioria dos comensais em alguém com o temperamento provençal impulsivo de Anatole. Esses gauleses, eu devia ter lembrado, não agüentam muita pressão. A tendência que têm de perder as estribeiras à menor provocação é muito conhecida. Sem dúvida o camarada pusera toda a sua alma naquelas *nonnettes de poulet* e vê-las voltando intocadas deve tê-lo rasgado feito um punhal.

Entretanto, seria chover no molhado ficar chorando sobre o leite derramado. A tarefa que se erguia diante de Bertram era a de endireitar tudo e, meditando com tal fito, eu andava de lá para cá no gramado quando escutei, de repente, um gemido de tamanho desalento que pensei até ter sido obra de tio Tom, que teria escapulido do cativeiro para chorar suas mágoas no jardim.

Olhando em volta, contudo, não vislumbrei nenhum tio. Intrigado, estava prestes a retomar minhas meditações quando lá veio o som de novo. E, espiando entre as sombras, divisei uma silhueta indistinta sentada num dos bancos rústicos de madeira que com tanta generosidade pontilham aquele jardim de recreio, e outra silhueta indistinta parada ao lado da primeira. Com uma segunda olhada mais penetrante, consegui reunir os dados.

As silhuetas indistintas eram, na ordem mencionada, de Gussie Fink-Nottle e de Jeeves. E o que Gussie fazia, gemendo pelos cantos daquele jeito, estava além de meu alcance compreender.

Porque, convenhamos, não havia a menor possibilidade de erro. E ele não estava cantando. Quando me aproximei, concedeu-me um bis que era, para além de qualquer dúvida, outro gemido. E mais, eu não conseguia vê-lo com muita clareza, mas o aspecto geral era decididamente de alguém arrasado.

— Boa noite, patrão — disse-me Jeeves. — O senhor Fink-Nottle não está se sentindo muito bem.

Eu tampouco. Gussie começara a fazer um ruído baixo, borbulhante, e não dava mais para esconder de mim mesmo que algo devia ter saído muito às avessas naquela história. Quer dizer, eu sei que o casamento é um troço soleníssimo e perceber que se está caminhando nessa direção em geral mexe um pouco com a pessoa, mas eu nunca havia cruzado com um caso de alguém recém-comprometido sofrendo daquele jeito.

Gussie ergueu a vista. Os olhos estavam opacos. Ele puxou os cabelos.

— Adeus, Bertie — disse ele, levantando-se.

Parecia-me haver um erro.

— Você quis dizer "Olá", não é verdade?
— Não, não quis. Eu quis dizer adeus. Estou de saída.
— De saída para onde?
— Para a horta. Vou me afogar.
— Não banque o asno.
— Não estou bancando o asno... Estou bancando o asno, Jeeves?
— Talvez esteja sendo um tantinho imprudente.
— Por me afogar, é isso?
— Justamente.
— Você então acha que, tudo somado, o melhor é não me afogar?
— Eu diria que é o melhor a fazer.
— Muito bem, Jeeves. Aceito seu conselho. Afinal, seria muito desagradável para a senhora Travers encontrar um corpo inchado boiando em sua lagoa.
— Justamente.
— E ela tem sido muito boa comigo.
— Justamente.
— E você tem sido muito bom comigo.
— Obrigado.
— E você também, Bertie. Muito bom. Todos têm sido muito bons comigo. Muito, muito bons. Muito bons mesmo. Não tenho nenhuma queixa a fazer. Está bem, então vou dar uma volta.

Segui-o de olhos esbugalhados enquanto ele desaparecia na escuridão.

— Jeeves — eu falei, e vou admitir sem rodeios que, na comoção do momento, bali qual carneirinho tentando chamar a atenção do carneiro responsável —, que diabos significa isso tudo?

— O senhor Fink-Nottle está meio fora de si, patrão. Ele passou por uma experiência muito angustiante.

Fiz o possível e o impossível para montar um rápido sumário dos acontecimentos prévios.

— Eu o deixei com a senhorita Bassett.

— Exato, patrão.
— Já amaciada. Por mim.
— Exato, patrão.
— Ele sabia exatamente o que fazer. Eu o treinei da primeira à última linha quanto aos trâmites da questão.
— Justamente, patrão. Foi o que o senhor Fink-Nottle me informou.
— Bom, então...
— Lamento ter de dizer, patrão, que houve um pequeno imprevisto.
— Você quer dizer que algo deu errado?
— Exato, patrão.

Eu não imaginava o que pudesse ser. Meu cérebro parecia estar tremendo na caixa.

— Mas como é que algo podia dar errado? Ela gosta do Gussie, Jeeves.
— É mesmo, patrão?
— Ela mesma me disse, com todas as letras. Tudo que ele tinha a fazer era pedir a mão dela.
— Exato, patrão.
— E, então, ele não pediu?
— Não, patrão.
— Então sobre que diabos foi que aqueles dois conversaram?
— Sobre tritões, patrão.
— Sobre tritões?
— Sobre tritões, patrão.
— Tritões?
— Tritões, patrão.
— Mas por que cargas d'água ele foi falar nos tritões?
— Ele não queria falar nos tritões, patrão. Pelo que entendi do que me disse o senhor Fink-Nottle, nada poderia estar mais distante de seus planos.

Eu simplesmente não estava conseguindo seguir o fio da meada.

— Mas não se pode forçar um homem a falar sobre tritões.
— O senhor Fink-Nottle foi vítima de um súbito e infausto ataque de nervosismo, patrão. Ao se pegar sozinho em companhia da jovem dama, ele admite ter perdido toda confiança. Em circunstâncias semelhantes, os cavalheiros muitas vezes falam ao léu, dizem a primeira coisa que lhes passa pela cabeça. E isso, no caso do senhor Fink-Nottle, parece ter sido a forma de tratar dos tritões, na saúde e na doença.

A venda caiu-me dos olhos. Compreendi. Já me ocorrera coisa muito parecida, num momento de crise. Lembro que detive um dentista, que já estava com a broca num de meus bicúspides inferiores, durante quase dez minutos com uma história sobre um escocês, um irlandês e um judeu. Coisa puramente automática. Quanto mais ele tentava me atacar, mais eu enfeitava a piada com expressões típicas. Quando perdemos a coragem, passamos tão-somente a tagarelar.

Eu poderia me colocar no lugar de Gussie. Até via a cena. Lá estavam ele e a Bassett, sozinhos, lado a lado na calmaria da noite. É claro que, seguindo meus conselhos, ele devia ter entrado com ocasos, princesas encantadas e essa coisa toda, até chegar ao ponto onde teria de repetir aquele trechinho sobre precisar dizer uma coisa a ela. Ao ouvir isso, imagino que ela tenha baixado os olhos e dito "Ah, é?".

Ele então, é o que imagino, disse que se tratava de algo muito importante; ao que ela respondeu, é de se presumir, com qualquer coisa parecida com um "É mesmo?" ou um "Não me diga!" ou, quem sabe, até com uma respirada funda e pronto. E então os olhares se cruzaram, assim como o meu cruzou com o do dentista, ele sentiu uma fisgada na boca do estômago, fez-se uma escuridão em volta e, de repente, eis que começa a ouvir a própria voz tagarelando a respeito dos tritões. Sim, não me era difícil acompanhar a psicologia.

O fato é que eu me vi pondo a culpa do fiasco no próprio Gussie. Ao perceber que estava enfatizando o tema do tritão um pouco além da conta, ele deveria, claro, ter deixado o assunto de lado, ainda que isso significasse sentar-se ao lado dela sem dizer nada. Não obstante quão tagarela estivesse se sentindo naquele momento, deveria ter tido o bom senso de ver que estava botando areia na engrenagem. Mulher nenhuma, quando levada a crer que um homem está prestes a despejar sua alma inteira num lance fervoroso de paixão, gosta de vê-lo engavetar o assunto e embarcar num discurso sobre os salamandrídeos aquáticos.

— Mau, Jeeves.

— Pois é, patrão.

— E quanto tempo durou essa cantilena?

— Por um tempo, digamos, mais do que razoável, pelo que entendi, patrão. Segundo o senhor Fink-Nottle, ele forneceu à senhorita Bassett informações completas e por extenso não só a respeito do tritão comum, como também do tritão de crista e do tritão palmado. Contou a ela como os tritões, durante a temporada de acasalamento, vivem na água, comendo girinos, larvas de insetos e pequenos crustáceos; como, mais tarde, eles vêm à terra e comem lesmas e minhocas; e também que os recém-nascidos têm três pares de guelras externas compridas, como se fossem penas. E estava tecendo considerações sobre as diferenças entre as salamandras e os tritões no formato da cauda, que, nos tritões, é comprimida, e que existe um dimorfismo sexual bem acentuado na maior parte das espécies de tritão, quando a jovem dama se levantou e disse que achava melhor entrar.

— E aí...

— Ela entrou, patrão.

Continuei pasmo e pensativo. Cada vez mais, eu me dava conta do sujeito especialmente difícil de ser ajudado que Gussie era. Ele parecia carecer um bom bocado de acabamento e verve. Veja só: depois de um trabalho insano, você consegue manobrá-lo até uma posição de onde só lhe restaria ir em frente. Mas, em vez de ir em frente, ele descamba para o lado e erra em cheio o alvo.

— Está difícil, Jeeves.

— Pois é, patrão.

Em circunstâncias mais amenas, claro, eu teria procurado saber qual era a opinião de Jeeves a respeito do assunto. Mas, depois do incidente com aquele paletó a rigor, meus lábios estavam selados.

— Bem, tenho de pensar um pouco a respeito.
— Sim, patrão.
— Polir o cérebro de leve e me empenhar em encontrar a saída.
— Sim, patrão.
— Bem, então boa noite, Jeeves.
— Boa noite, patrão.

E a silhueta de Jeeves tremeluziu ao longe, deixando um Bertram Wooster imóvel entre as sombras. A mim, parecia dificílimo saber o que seria melhor fazer.

12

NÃO SEI SE ALGUMA VEZ já lhe aconteceu o mesmo, mas o que reparei que ocorre comigo, muitas vezes, é que, diante de um problema sob todos os aspectos insolúvel e intransponível, nada como uma boa noite de sono para trazer a resposta na manhã seguinte.
E assim foi na ocasião.
Os bambas que estudam esses assuntos dizem, se não me engano, que isso tem a ver com o subconsciente, e há uma grande possibilidade de que estejam certos. Eu não diria, assim de pronto, que possuo um subconsciente, mas imagino que devo ter, sem sabê-lo, e que ele sem dúvida ficou lá, suando com toda a diligência no posto de sempre, enquanto o Wooster corpóreo tirava suas oito horas reparadoras.
Sim, porque tão logo abri os olhos no dia seguinte, eu vi a luz. Mas entenda, não falo em sentido literal, porque é claro que eu vi. O que eu quero dizer é que descobri que estava com tudo já mapeado. Meu fiel escudeiro, o subconsciente, entregara a mercadoria e eu entendi com precisão que passos precisariam ser dados para colocar Augustus Fink-Nottle no caminho dos Romeus empedernidos.
Se você ainda tem um momento de sobra de seu tempo valiosíssimo, gostaria que voltasse a mente para aquela conversa que ele e eu tivemos no jardim, na noite anterior. Não aquele trecho da

paisagem tremeluzente, não, esse não, mas o excerto que concluiu nosso diálogo. Tendo feito isso, você há de lembrar que, quando Gussie me informou que nunca punha bebidas alcoólicas na boca, eu sacudi um pouco a cabeça, achando que o fato sem sombra de dúvida haveria de enfraquecê-lo em seu poder, sempre que pedir a mão de uma moça fosse o assunto em pauta.

E os desdobramentos do caso haviam mostrado que meus temores tinham fundamento.

Posto à prova, sem nada além de suco de laranja por dentro, Gussie se mostrara um malogro total. Numa situação que pedia palavras de paixão liqüefeita, de natureza tal a atravessar o âmago de Madeline Bassett como uma broca em brasa passa por meio quilo de manteiga, Fink-Nottle não dissera uma sílaba que pudesse fazer corar a face da modéstia; em vez disso, limitara-se a dar uma bem urdida, mas, nas circunstâncias, inconveniente aula sobre os tritões.

Não se obtêm os favores de uma moça romântica com táticas semelhantes. Estava claro que, antes de qualquer outra tentativa de ir adiante, Augustus Fink-Nottle precisaria ser induzido a se desvencilhar dos grilhões inibidores do passado; Gussie precisava se animar. Para enfrentar a Bassett no segundo *round*, era preciso um Fink-Nottle calibrado e confiante.

Só assim o *Morning Post* ganharia seus cinqüenta pence, ou seja lá quanto, para publicar o anúncio das núpcias vindouras.

Atingida essa conclusão, achei o resto fácil e, até Jeeves aparecer com meu chá, eu já tinha desenvolvido um plano completo em todos os detalhes. E estava prestes a expor tudo a ele — na verdade já tinha chegado à fase preliminar do "Pois então, Jeeves" — quando fomos interrompidos pela chegada de Tuppy.

Ele entrou muito apático no quarto e doeu-me ver que uma noite de descanso não provocara melhora nenhuma na aparência daquele farrapo humano. Na verdade eu deveria ter dito que vinha com um aspecto ainda mais estraçalhado do que aparentava da última vez. Se você conseguir visualizar um buldogue que acabou de levar um chute nas costelas e teve seu jantar afanado pelo gato, terá a imagem perfeita de Hildebrand Glossop tal como ele surgiu na minha frente.

— Mais essa agora, Tuppy, meu bom cadáver — falei, preocupado —, você está me parecendo meio arroxeado nas extremidades.

Jeeves esgueirou-se para fora do quarto naquele seu jeito diplomático de enguia escorregadia e eu fiz um sinal para que os destroços se sentassem.

— O que foi? — falei.

Tuppy lançou âncoras na cama e, por alguns momentos, não fez mais do que cutucar a colcha em silêncio.

— Eu desci aos infernos, Bertie.

— Aonde?

— Aos infernos.

— Ah. E o que o levou até lá?

Uma vez mais, Tuppy calou-se, fitando o horizonte em frente com olhos sombrios. Seguindo seu olhar, vi que ele mirava uma fotografia ampliada de meu tio Tom que fica sempre sobre o consolo da lareira e na qual o parente enverga uma espécie de uniforme maçom. Tentei argumentar com tia Dália a respeito dessa foto durante muitos anos, dando a ela duas sugestões alternativas: (a) queimar aquele horror; ou (b) se ela precisava mesmo guardá-la, me botar num outro quarto quando eu viesse visitá-la. Mas ela se recusa a me atender. Diz que é bom para mim. Uma disciplina útil, insiste ela, um lembrete salutar de que há um lado mais sombrio da vida e também de que não viemos ao mundo apenas para ter prazer.

— Tuppy, pode virar essa coisa para a parede, se estiver perturbando — falei com doçura.

— O quê?

— Essa foto do tio Tom vestido de líder da banda.

— Eu não vim até aqui falar de fotografias. Eu vim em busca de solidariedade.

— E vai tê-la. Qual é o problema? Preocupado com a Ângela, imagino. Bem, meu caro, não tema. Já estou com um outro plano muito bem esquematizado para conquistar o brotinho. Garanto que ela estará se desfazendo em lágrimas em seu pescoço antes que o sol se ponha.

Tuppy rosnou alto.

— Pois sim!

— Deixa de ser túpido, Teppy.

— Como é?

— Eu quis dizer "Deixa de ser tépido, Tuppy". Pois se estou lhe dizendo que vai dar certo. Na verdade, eu ia começar a explicar esse meu plano ao Jeeves, quando você entrou. Quer ouvir?

— Eu não quero ouvir nem mais uma palavra a respeito dos seus planos idiotas. Plano não adianta. Ela foi se apaixonar por esse outro sujeito e agora tem um ódio figadal de mim.

— Tolice.

— Não é tolice.

— Pois eu lhe digo, Tuppy, como alguém capaz de ler a alma feminina, que nossa Ângela ainda o ama.

— Não foi o que me pareceu ontem na despensa.

— Ah, quer dizer que esteve na despensa, ontem à noite?

— Estive.

— E Ângela estava lá?

— Estava. E sua tia. E seu tio também.

Percebi que iria precisar de notas de rodapé. Tudo aquilo era novidade para mim. Eu freqüentava Brinkley Court havia já um bom tempo, mas não fazia idéia de que a despensa fosse tamanho vórtice social. Mais para balcão de petiscos de hipódromo do que qualquer outra coisa, era o que tinha virado, pelo visto.

— Conte-me a história toda com suas próprias palavras — falei —, sem omitir nenhum detalhe, por insignificante que pareça, porque nunca se sabe quão importante pode vir a ser o menor dos pormenores.

Tuppy inspecionou a fotografia de novo com um descontentamento crescente.

— Está bem. Eis o que aconteceu. Você já sabe o que eu penso a respeito daquela torta de carne e rins.

— Claro.

— Pois então, lá por volta da uma da madrugada, achei que seria uma boa hora. Saí pé ante pé do quarto e desci. A torta parecia me chamar.

Meneei a cabeça. Eu sei como fazem as tortas.

— Entrei na despensa. Tirei a torta de lá. Pus sobre a mesa. Encontrei faca e garfo. Peguei o sal, a mostarda e a pimenta-do-reino. Havia umas batatas frias. Peguei algumas também. E estava para atacar tudo aquilo quando escutei um ruído atrás de mim e lá estava sua tia, na porta. Vestida com um roupão azul e amarelo.

— Embaraçoso.

— Nem me diga.

— Imagino que você não sabia nem para que lado olhar.

— Olhei para Ângela.

— Ela entrou com minha tia?

— Não. Com o seu tio, um ou dois minutos depois. Ele estava usando o pijama roxo e trazia uma pistola. Alguma vez você já viu seu tio de pijama e pistola?

— Nunca.

— Não perdeu muita coisa.

— Me diga uma coisa, Tuppy — perguntei, porque estava ansioso para me certificar disso —, no que se refere à Ângela. Em algum momento você detectou um abrandamento nos olhos que, imagino, estavam grudados em você?

— Ela não estava de olho grudado em mim. Ela estava de olho grudado na torta.

— Disse alguma coisa?

— Não de imediato. Seu tio foi o primeiro a falar. Ele disse para sua tia: "Com os diabos, Dália, o que você está fazendo aqui?". E ela respondeu: "Se a questão é essa, meu solerte sonâmbulo, e você? O que faz aqui?". Seu tio então explicou que tinha achado que havia bandidos na casa; ele ouvira um barulho.

Meneei de novo a cabeça. Estava acompanhando os desdobramentos. Desde o dia em que a janela da copa fora encontrada aberta, no ano em que Shining Light foi desqualificado da Cesarewitch por ter empurrado um cavalo da raia, tio Tom adquiriu um sério complexo em relação a ventanistas. Lembro-me bem de minhas emoções no dia em que, fazendo a primeira visita após a colocação de grades em todas as janelas, e tentando enfiar a cabeça entre elas para poder sentir um bafo do ar campestre, quase fraturei o crânio numa espécie de rede de ferro como as que eram usadas nas masmorras mais severas da Idade Média.

— "Que tipo de barulho", perguntou sua tia. "Barulhos esquisitos", disse seu tio. Momento em que Ângela, com um tilintar maldoso e férreo na voz, a pestinha, comentou: "Imagino que fosse o senhor Glossop comendo". E só então foi que ela me olhou. Com aquele tipo de olhar revoltado e inquisidor que uma mulher ultra-espiritual reservaria a um gordo tomando sopa num restaurante. O tipo de olhar que faz um camarada sentir que está com quase um metro e vinte de diâmetro na cintura e que tem grandes pregas de carne sobrando por cima do colarinho. E, ainda falando no mesmo tom desagradável, ela acrescentou: "Eu devia tê-lo avisado, papai, de que o senhor Glossop gosta de fazer uma boa refeição três ou quatro vezes durante a noite. Ajuda a controlar a fome até a hora do café-da-manhã. Ele tem um apetite e tanto. Veja, ele praticamente já acabou com uma enorme torta de carne e rins".

E, ao dizer essas palavras, uma animação febril tomou conta de Tuppy. Os olhos cintilaram com uma luz estranha e ele socou a cama com extrema violência; escapei por pouco de levar um murro na perna.

— E foi o que mais doeu, Bertie. Foi o que machucou de fato. Eu não tinha nem começado a comer a torta. Para você ver como são as mulheres.

— O eterno feminino.

— E ela continuou com os comentários. "O senhor não faz idéia, papai", ela disse, "como ele gosta de comida. O senhor Glossop vive para comer. Sempre ingere entre seis a sete refeições por dia, e recomeça tudo de novo depois de se deitar. Eu acho isso maravilhoso." Sua tia, que me pareceu interessada, disse que eu fazia com que ela se lembrasse de uma jibóia. Ângela perguntou se ela não estava querendo dizer píton e aí as duas começaram a discutir sobre qual das duas serpentes seria. Seu tio, nesse meio-tempo, zanzava com aquela maldita pistola dele para lá e para cá, pondo em risco qualquer um que estivesse por perto. E a torta lá, abandonada sobre a mesa, e eu impossibilitado de tocá-la. Acho que você começou a perceber por que eu disse que desci aos infernos.

— Lógico que sim. Não deve ter sido nem um pouco agradável.

— Pouco depois, Ângela e sua tia resolveram a pendenga, tendo ficado decidido que a razão estava com Ângela e que eu as fazia lembrar de um píton. Logo em seguida, voltamos todos para a cama. Ângela não perdeu a oportunidade de me advertir, naquela sua odiosa voz maternal, para não subir muito rápido. Depois de sete ou oito refeições completas, ela disse que um homem com a minha estatura tem de ser muito cuidadoso, por causa dos perigos de ataques apopléticos. Disse que ocorria o mesmo com os cães. Quando eles ficam muito gordos, superalimentados, é preciso tomar cuidado e não permitir que subam a escada correndo, porque isso os deixa ofegantes e faz mal ao coração. Ela inclusive perguntou a sua tia se ela se lembrava de um falecido spaniel, chamado Ambrose; e sua tia disse: "Coitadinho do Ambrose, ninguém conseguia dissuadi-lo de revirar uma lata de lixo"; e Ângela completou: "Exato. Por isso, tenha muito cuidado, senhor Glossop". E aí vem você me dizer que ela ainda me ama!

Fiz o possível para encorajá-lo.

— Brincadeira de mocinha, ora!

— Brincadeira de mocinha uma ova. Ela não me quer mais. Eu, que já fui seu ideal, hoje não passo de poeira sob as rodas de sua carruagem. Ela caiu de amores por esse sujeito, seja ele quem for, lá em Cannes, e agora não pode me ver nem pintado.

Ergui uma sobrancelha.

— Tuppy, meu caro, você não está mostrando seu bom senso costumeiro com essa história do caso de Ângela em Cannes. Se me permite dizê-lo, acho que você está com uma *idée fixe*.

— Uma o quê?

— Uma *idée fixe*. Você sabe. Uma dessas coisas que nós, os homens, temos. Como esse delírio do tio Tom de que qualquer um que tenha passado perto de uma delegacia, mesmo que só de visita, ficará rondando o jardim dele, à espera de uma oportunidade de entrar na casa. Você não pára de falar nesse indivíduo em Cannes, e nunca houve um indivíduo em Cannes, e eu lhe digo por que tenho tanta certeza disso. Durante aqueles dois meses na Riviera, nós dois, Ângela e eu, fomos inseparáveis. Se alguém tivesse posto as manguinhas de fora, eu lhe diria sem pestanejar.

Ele me fitava. Vi que isso o impressionara.

— Ah, quer dizer que ela esteve com você esse tempo todo em Cannes, é?

— Não creio que ela tenha trocado duas palavras com qualquer outra pessoa, exceto, claro, conversinhas tolas à mesa do jantar ou um comentário ou outro num grande grupo no cassino.

— Entendo. Quer dizer então que qualquer coisa beirando o banho de mar misto e passeios ao luar, ela só tomou e deu a seu lado, é isso?

— Correto. Acabamos até virando piada no hotel.

— Você deve ter achado muita graça.

— Claro. Sempre fui muito dedicado a Ângela.

— Ah, é?

— Quando éramos crianças, ela costumava dizer que era minha namoradinha.

— Não me diga.

— Pura verdade.

— Entendo.

Tuppy Glossop entranhou-se nos próprios pensamentos enquanto eu, contente de ter lhe sossegado a mente, continuei com meu chá. Logo depois soou o gongo no vestíbulo abaixo, momento em que ele se animou qual um cavalo de guerra ao toque dos clarins.

— O desjejum! — exclamou, saindo feito uma bala e deixando a mim a tarefa de ponderar e matutar. E, quanto mais eu ponderava e matutava, mais as coisas me pareciam ganhar um aspecto favorável. Tuppy, logo vi, apesar da cena penosa na despensa, ainda amava Ângela com todo o fervor.

O que significava que eu poderia confiar naquele plano já mencionado para botar as coisas nos eixos. E, como eu encontrara uma forma de resolver a dificuldade no caso Gussie-Bassett, não parecia haver mais nada com que me preocupar.

E foi com o coração aliviado que me dirigi a Jeeves, quando ele apareceu para tirar a bandeja do chá.

13

— Jeeves — falei.
— Patrão?
— Acabei de ter uma conversa com Tuppy. Você também não achou o rapaz meio murcho esta manhã?
— Achei, patrão. De fato, fiquei com a impressão de que do pensamento já o palor lhe cobria o rosto.
— O quê? Certo. Parece que ele topou com minha prima ontem à noite na despensa e os dois travaram um diálogo um tanto penoso.
— Lamento, patrão.
— Mas não lamenta nem a metade do que ele está lamentando, Jeeves. A prima o encontrou às voltas com uma torta de rins e tudo indica que foi um pouco cáustica a respeito dos gordos que vivem apenas para comer.
— Muito perturbador, patrão.
— Bastante. Na verdade, alguns diriam que as coisas já foram tão longe entre esses dois que nada mais poderia transpor o abismo que se abriu entre eles. Moças capazes de fazer pilhérias sobre pítons humanos que devoram de nove a dez refeições por dia e que não podem subir escadas correndo para não ter um ataque apoplé-

tico são moças, muitos diriam, em cujo coração o amor feneceu. Você não acha que muita gente diria isso, Jeeves?

— É inegável, patrão.

— Pois estariam todos errados.

— Acha mesmo, patrão?

— Tenho certeza que sim. Eu conheço esse tipo de mulher. Não se pode escrever o que elas dizem.

— Então acha que as censuras da senhorita Ângela não devem ser levadas demasiadamente *au pied de la lettre*, patrão?

— Como?

— Em vernáculo, deveríamos dizer "literalmente".

— Literalmente. Foi bem isso que eu quis dizer. Você sabe como são as moças. Ocorre um arranca-rabo e elas perdem a tramontana. Mas, lá no fundo, o antigo amor permanece. Estou certo?

— Corretíssimo, patrão. O poeta Scott...

— Mais tarde, Jeeves.

— Muito bem, patrão.

— E para poder trazer aquele antigo amor de volta à tona, tudo que é preciso é um tratamento adequado.

— Com "tratamento adequado" o patrão quer dizer...

— Saber lidar com a situação, Jeeves. Uma pitada da boa e velha estratégia cavilosa. Eu sei o que é preciso para trazer a prima Ângela de volta à normalidade. E vou lhe contar, quer?

— Por favor, patrão.

Acendi um cigarro e lancei-lhe um olhar perspicaz por entre a fumaça. Ele aguardou respeitoso até que eu proferisse minhas palavras de sabedoria. Uma coisa é preciso que se diga acerca de Jeeves — quer dizer, enquanto ele não começa, como sói acontecer com freqüência, a meter o bedelho, contestar e obstruir: Jeeves sabe ouvir. Não sei se ele se sente de fato ansioso para escutar o que vai ser dito, mas dá a impressão de estar ansioso, e isso é o que importa de fato.

— Suponha que você estivesse dando uma volta por uma selva interminável, Jeeves, e de repente topasse com um filhote de tigre.

— A possibilidade é remota ao extremo, patrão.
— Isso não vem ao caso. Vamos supor.
— Muito bem, patrão.
— Vamos supor ainda que você dê uma baita surra naquele filhote e que o boato de suas ações chegue aos ouvidos da mãe. Que atitude você esperaria dessa mãe? Com que disposição de espírito você acha que ela se aproximaria de você?
— Suponho que haveria uma certa mostra de irritação, patrão.
— E com razão. Devido ao que se chama de instinto materno, pois não?
— Correto, patrão.
— Muito bem, Jeeves. Vamos agora supor que nos últimos tempos tenha havido uma certa frieza entre o filhote de tigre e a tigresa. Durante, digamos, os últimos dias, eles não têm se falado. Você acredita que haveria alguma diferença no vigor com que ela avançaria para defender o filhote?
— Não, patrão.
— Justamente. Eis aqui, então, em resumo, o que planejei, Jeeves. Eu vou atrair minha prima Ângela para um canto tranqüilo e deitar lenha na fogueira até fritar o Tuppy todinho.
— Fritar, patrão?
— Fritar. Chamuscar. Queimar. Vilipendiar. Denunciar. Serei duríssimo com ele, direi que, a meu ver, e em todos os aspectos, Tuppy está mais para um javali africano do que para ex-integrante de um dos melhores colégios internos ingleses. E o que acontecerá em seguida? Ao vê-lo sendo atacado, o coração feminil da prima Ângela vai se tornar um charco de águas pestilentas. A tigresa maternal que há nela despertará. Pouco importam as divergências que tenham tido no passado, ela lembrará apenas que Tuppy é o homem de sua vida e acorrerá em sua defesa. Daí a cair nos braços do amado e enterrar todo o passado morto será um pulo. O que lhe parece?
— É uma idéia engenhosa, patrão.
— Nós, os Woosters, somos engenhosos, Jeeves, muito engenhosos mesmo.

— Claro, patrão.
— Para ser sincero, não estou falando sem conhecimento prévio do histórico. Já testei esse teoria.
— É mesmo, patrão?
— Em pessoa, Jeeves. E saiba você que funciona. Eu estava em Antibes, o mês passado, observando despreocupado os folguedos aquáticos, quando uma moça que eu conhecia muito por alto apontou um banhista e me perguntou se eu não achava que o sujeito tinha as pernas mais engraçadas do mundo. Respondi que sim, que achava de fato que, dentre os acessórios distribuídos à raça humana, aqueles eram os mais engraçados que eu já vira na vida e, de fato, durante quem sabe uns dois minutos, fui de uma vivacidade ímpar nas sátiras que fiz aos gambitos do camarada. No final desse intervalo de tempo, de repente senti como se tivesse sido apanhado no rabo de um ciclone.
— Começando com uma *critique* dos meus próprios gambitos, os quais ela acusou, com justeza, aliás, de não serem lá grande coisa, a moça enveredou por uma dissecação de minhas maneiras, moral, intelecto, aspecto geral e método de comer aspargos com tamanho azedume que, até terminar, o melhor que se poderia dizer de Bertram é que, até onde se sabia, o rapaz só deixara de cometer homicídio e de pôr fogo em orfanato. Investigações posteriores constataram que ela era noiva do camarada das tais pernas e que tivera um ligeiro desentendimento com ele, na noite anterior, em torno da conveniência ou não de pedir duas cartas, tendo sete na mão, mas não o ás. Naquele mesmo dia, eu os vi jantando juntos, e tudo levava a crer que satisfeitos da vida, depois de resolvidas as desavenças e restabelecida a luz do amor em seus olhares. Para você ver, Jeeves.
— Pois é, patrão.
— Espero obter os mesmíssimos resultados de Ângela assim que começar a fritura de Tuppy. Até a hora do almoço, imagino, o noivado já estará reatado e o anel de platina e brilhantes, reluzindo

como dantes no terceiro dedo da mão de Ângela. Ou será que é o quarto?

— Dificilmente até a hora do almoço, patrão. A criada da senhorita Ângela informou-me que sua patroa saiu hoje cedo, no próprio carro, com planos de passar o dia na casa de amigos que moram nas vizinhanças.

— Pois bem, meia hora depois de seja lá qual for a hora em que ela volte. Isso são ninharias, Jeeves. Não vamos começar a esmiuçá-las.

— Não, patrão.

— O importante é que, no que se refere a Tuppy e Ângela, podemos dizer sem receio de errar que dentro em breve tudo voltará a ser o mesmo mar de rosas de antes. E que agradável é lembrar disso, Jeeves.

— É verdade, patrão.

— Se há uma coisa que me deixa agastado é ver dois corações enamorados distantes um do outro.

— Entendo muito bem, patrão.

Coloquei a ponta do cigarro no cinzeiro e acendi outro, para indicar que isso encerrava o primeiro capítulo.

— Então tá. O front ocidental está encerrado. Agora precisamos pensar na frente oriental de batalha.

— Como, patrão?

— Falo por parábolas, Jeeves. O que eu quero dizer é que, agora, vamos abordar a questão de Gussie e da senhorita Bassett.

— Pois não, patrão.

— E aqui, Jeeves, é necessário usar um método mais direto. Ao lidarmos com o caso de Augustus Fink-Nottle, devemos ter sempre em mente o fato de estarmos lidando com um pateta.

— Uma planta sensível seria, quem sabe, uma expressão mais generosa, patrão.

— Não, Jeeves, um pateta. E com patetas é preciso empregar medidas fortes, diretas e eficazes. A psicologia não nos leva a parte alguma. Você, se me permite lembrá-lo sem com isso provocar mágoas, cometeu o erro de brincar com essa história de psicologia, no caso do nosso Fink-Nottle, e o resultado foi um desastre total. Você tentou empurrá-lo para a linha de chegada enfiando no camarada uma fantasia de Mefistófeles e mandando que ele fosse a um baile a fantasia sob a equivocada impressão de que a calça de malha vermelha iria encorajá-lo. Em vão.

— A eficácia do estratagema não chegou a ser testada, patrão.

— Não, porque ele não foi ao baile. O que só reforça meu argumento. Um homem capaz de tomar um táxi para ir a um baile a fantasia e não chegar lá é, sem sombra de dúvida, um pateta de marca maior. Não creio jamais ter conhecido ninguém assim tão asinino que não tenha conseguido chegar a um baile a fantasia. Você já, Jeeves?

— Não, patrão.

— Mas não se esqueça disso, porque é isso, acima de tudo, que eu desejo frisar: mesmo que Gussie tivesse chegado ao baile; mesmo que aquela calça escarlate, vista em conjunto com os óculos de aro de chifre, não tivesse provocado um ataque qualquer na moça; mesmo que ela tivesse se recuperado do choque e ele tivesse conseguido dançar e, digamos, circular com ela no baile; mesmo assim, seus esforços teriam sido infrutíferos, porque, com ou sem fantasia de Mefistófeles, Augustus Fink-Nottle jamais teria conseguido se munir de coragem suficiente para pedir a ela que fosse sua. Tudo que teria acontecido é que Madeline Bassett iria escutar aquele seminário sobre tritões com alguns dias de antecedência. E por que, Jeeves? Quer saber por quê?

— Quero, patrão.

— Porque ele teria pela frente a tarefa inglória de tentar fazer a coisa movido a suco de laranja.

— Patrão?

— O Gussie é viciado em suco de laranja. Ele não bebe outra coisa.

— Eu não tinha conhecimento disso, patrão.

— Soube por ele mesmo. Se é alguma tara hereditária, ou se porque prometeu à mãe que jamais o faria, ou simplesmente porque não gosta do gosto de bebida, o fato é que Gussie Fink-Nottle nunca, em todo o decurso de sua existência, enfiou nem mesmo um gim-tônica goela abaixo. E ele ainda tem esperanças, Jeeves, esse pateta, esse ser vacilante, timorato, medroso ainda tem esperanças de pedir a mão da moça em casamento. O difícil é saber se é caso para rir ou chorar, bolas.

— Então a abstinência total vem a ser uma desvantagem num cavalheiro que deseja propor casamento, patrão?

A pergunta me surpreendeu.

— Ora, bolas — falei aturdido —, você deve estar cansado de saber que sim. Use sua inteligência, Jeeves. Reflita sobre o que significa propor casamento. Significa que um camarada decente, que tem respeito por si próprio, tem de escutar a própria boca dizendo coisas que, se ditas na tela de cinema, o levariam de imediato à bilheteria para pedir o dinheiro de volta. E tentar fazer uma coisa dessas movido a suco de laranja provoca o quê? Vergonha, Jeeves. Os lábios emudecem ou, pior, o sujeito perde o moral e começa a tagarelar. Gussie, por exemplo, como já tivemos oportunidade de observar, tagarela sobre tritões sincopados.

— Palmados, patrão.

— Palmados ou sincopados, são detalhes que não vêm ao caso. O fato é que ele tagarela e vai tagarelar de novo, se optar por uma segunda chance. A menos que, e é nesse ponto que eu quero que você acompanhe meu raciocínio com cuidado, Jeeves, a menos que sejam tomadas medidas imediatas, através dos canais apropriados. Apenas medidas enérgicas, aplicadas de imediato, poderão fornecer a esse pobre pateta pusilânime o pontapé inicial. E é por isso, Jeeves, que amanhã pretendo reservar uma garrafa de gim para batizar com fartura o suco de laranja dele na hora do almoço.

— Patrão?

Estalei a língua.

— Já tive ocasião, Jeeves — falei em tom de censura —, de comentar a forma como você diz "Bem, patrão" e "É mesmo, patrão?". Aproveito a oportunidade para informá-lo de que tenho objeções quase tão veementes contra o seu "Patrão?" puro e simples. A palavra parece sugerir que, a seu ver, eu emiti um parecer ou ventilei um plano tão bizarro que seu cérebro até titubeia. Nas atuais circunstâncias, não há o menor motivo para que você me diga "Patrão?". O plano apresentado é inteiramente razoável e geladamente lógico e não requer nenhuma manifestação de espanto de sua parte. Ou será que não concorda comigo?

— Bem, patrão...

— Jeeves?

— Eu peço perdão, patrão. A expressão escapou sem querer. O que eu pretendia dizer, uma vez que estou sendo pressionado a dizê-lo, é que a ação proposta me parece um tanto, digamos, imprudente.

— Imprudente? Não estou entendendo você, Jeeves.

— A meu ver, implica uma certa dose de risco, patrão. Nem sempre é algo muito simples julgar o efeito que terá o álcool em alguém não habituado a tal estimulante. Sei que pode ter efeitos calamitosos no caso de papagaios.

— Papagaios?

— Estava pensando num incidente de juventude, patrão, antes de vir trabalhar para o senhor. Eu estava a serviço do falecido lorde Brancaster, na época, um cavalheiro dono de um papagaio pelo qual tinha um afeto imenso. Um belo dia, estando a ave um tanto letárgica, sua excelência, com a generosa intenção de lhe restaurar a animação habitual, ofereceu-lhe um pedaço de bolo embebido num ótimo porto. O papagaio aceitou de bom grado o bocado e consumiu-o com todos os sinais de satisfação. Logo após ingeri-lo, no entanto, seus modos se tornaram nitidamente febris. Tendo bicado sua excelência no polegar e cantado parte de uma canção de marinheiro, desmaiou no fundo da gaiola e lá ficou por um período considerável de tempo, de pernas para o ar, incapaz de se mexer. Menciono esse incidente, patrão, apenas para que...

Pus o dedo na falha. Na verdade, já havia percebido qual era ela desde o princípio.

— Mas Gussie não é um papagaio.

— Não, patrão, mas...

— É mais do que hora, na minha opinião, de deixarmos de lado de uma vez por todas essa questão do que o jovem Gussie é ou deixa de ser. Ele parece pensar que é um tritão macho, e você, se não me engano, sugere que ele é um papagaio. A verdade é que Gussie não passa de um simples pateta dos mais comuns, que precisa de um bom trago como qualquer outro homem. De modo que chega de discussões, Jeeves. Eu já decidi. Só existe uma maneira de lidar com esse caso dificílimo: a que eu apresentei.

— Muito bem, patrão.

— Então tá, Jeeves. Estamos combinados. Mas tem mais. Você há de ter reparado que eu disse que iria pôr esse projeto em prática amanhã e, sem sombra de dúvida, deve ter se perguntado por que amanhã. Por quê, Jeeves?

— Porque acha que, caso esteja feito quando estiver feito, então o melhor é fazê-lo sem delongas, patrão?

— Em parte, Jeeves, mas não de todo. O principal motivo para fixar tal data, embora, sem sombra de dúvida, você já tenha esquecido, é o fato de amanhã ser o dia da entrega de prêmios na Escola Secundária de Market Snodsbury, na qual, como se sabe, Gussie será o grande astro e o mestre-de-cerimônias. De modo que, ao batizarmos aquele suco, iremos não só encorajá-lo a pedir a mão da senhorita Bassett como também colocá-lo em melhor posição para manter a platéia de Market Snodsbury fascinada.

— Na verdade o senhor irá matar dois coelhos com uma só cajadada, patrão.

— Precisamente. Uma bela maneira de resumir tudo. E agora chegamos a uma questão de somenos importância. Pensando melhor,

acho mais conveniente que você, e não eu, batize aquele suco de laranja.
— Patrão?
— Jeeves!
— Eu peço desculpas, patrão.
— E eu lhe digo por que é a melhor solução. Porque você tem condições de obter acesso rápido e fácil à substância. Que aliás é servida a ele todos os dias, já reparei, numa jarra individual. Essa jarra, é de se presumir, estará dando sopa na cozinha ou numa outra parte qualquer da casa antes do almoço, amanhã. Será uma tarefa simplíssima, para você, acrescentar alguns dedos de gim na bebida.
— Sem dúvida, patrão, mas...
— Não diga "mas", Jeeves.
— Receio, patrão...
— "Receio, patrão" é igualmente inaceitável.
— Estou envidando todos os meus esforços para lhe dizer, patrão, que eu sinto muito mas que receio ser desaconselhável, de minha parte, entrar num *nolle prosequi* inequívoco.
— Fazer o quê?
— Trata-se de uma expressão jurídica, patrão, que significa não dar prosseguimento a uma questão. Em outras palavras, por mais sedento que eu me sinta, via de regra, por obedecer a suas ordens, patrão, nesta ocasião específica devo, com todo o respeito, me recusar a cooperar.
— Você não vai fazer o que eu pedi, é isso?
— Exatamente, patrão.
Fiquei pasmo. Comecei a entender como um general deve se sentir quando, ao ordenar o início de um ataque, recebe de seu regimento a resposta de que os homens estão sem vontade.
— Jeeves — falei —, eu não esperava isso de você.
— Não, patrão?
— Decididamente, não. Estou ciente, claro, de que batizar o suco de laranja de Gussie não é uma das tarefas regulares pelas

quais você recebe seu estipêndio mensal, e, com base apenas na letra do contrato, imagino que não há nada que se possa fazer a respeito. Mas, se me permite observar, eu diria que esse não é bem o espírito feudal.

— Eu sinto muito, patrão.

— Está tudo bem, Jeeves, tudo bem. Não estou bravo, apenas um pouco magoado.

— Muito bem, patrão.

— Então tá, Jeeves.

14

As investigações constataram que os amigos com os quais Ângela fora passar o dia atendiam pelo nome de Stretchley-Budd e que eram donos do solar Kingham, uma dessas mansões imponentes que há por aí, a coisa de doze quilômetros de Brinkley Court, na direção de Pershore. Eu não os conhecia, mas deviam ser uma gente deveras fascinante porque a prima só os largou no final da tarde, com o tempo justo de se vestir para o jantar. De modo que só depois de ser servido o café é que pude dar andamento às coisas. Encontrei-a na sala de estar e de imediato pus mãos à obra.

Foi com sentimentos muito diversos daqueles que se aninhavam em meu peito ao me aproximar da Bassett, vinte e quatro horas antes, daquela mesma maneira e naquela mesma sala de estar, que me dirigi para o lugar onde ela estava sentada. Como já tinha tido oportunidade de dizer a Tuppy, sempre fui muito apegado a Ângela, e não há nada que eu aprecie mais do que um passeio em companhia dela.

E pude ver pelo aspecto da prima quão necessitada estava de minha ajuda e consolo.

Para ser franco, fiquei chocado com a aparência da pestinha. Em Cannes, ela fora uma sorridente inglesinha da gema, muito feliz, cheia de ânimo e coragem. Mas estava pálida, com o rosto encovado, como a centroavante de um time de hóquei num campeonato escolar que, além de ter levado uma bordoada na canela, tivesse acabado de ser expulsa por falta. Em qualquer reunião social normal, seu aspecto teria provocado comentários imediatos, mas o nível de abatimento em Brinkley Court era tal que passou despercebido. De fato, não me espantaria se tio Tom, enfurnado em seu canto, à espera do fim, não estivesse achando o estado de espírito da filha indecentemente feliz.

Entrei no expediente com meu jeito afável de sempre.

— Ora, ora, Ângela, minha cara.
— Olá, Bertie, querido.
— Que bom que você resolveu voltar. Senti sua falta.
— Sentiu, querido?
— Senti de fato. Topa dar um giro por aí?
— Eu adoraria.
— Ótimo. Tenho muita coisa para dizer que não serve para os ouvidos públicos.

Creio que nesse momento o coitado do Tuppy deve ter sofrido um ataque súbito de cãibra. Até então estivera sentado muito rígido, fitando o teto, mas deu um salto como se fosse um salmão arpoado e derrubou uma mesinha que continha um vaso, um pote de cerâmica com pétalas aromáticas, dois cães de porcelana e um exemplar de Omar Khayyam encadernado em couro macio.

Tia Dália emitiu um grito surpreso de caça. Tio Tom, que provavelmente imaginou pelo barulho que aquela fosse enfim a civilização desabando, ajudou as coisas quebrando uma xícara de café.

Tuppy pediu desculpas. Tia Dália, com um estertor de leito de morte, disse que não fazia mal. E Ângela, depois de encará-lo por alguns instantes qual uma princesa do antigo regime diante de algum exemplo admirável de inaptidão de algum integrante especialmente repugnante do submundo, acompanhou-me soleira afora. Logo eu a depusera, junto com minha pessoa, num dos rústicos bancos do jardim e estava pronto para engatilhar meu plano.

Achei melhor, entretanto, antes de iniciar a ordem do dia, acalmar um pouco as coisas com uma conversinha informal. Não convém apressar um assunto tão delicado quanto o que eu tinha em mente. De modo que, por uns tempos, falamos de tópicos neutros. Ela me disse que o motivo de ter ficado tanto tempo na residência dos Stretchley-Budds fora o fato de Hilda Stretchley-Budd ter solicitado a ela que ajudasse nos preparativos do baile dos criados, a ser realizado na noite seguinte, tarefa que ela não poderia em hipótese alguma recusar, já que todos os empregados de Brinkley Court haviam sido convidados. Eu falei que uma boa noite de festa talvez fosse o remédio de que Anatole precisava para se aprumar e não levar tudo tão a ferro e fogo. Ângela me respondeu dizendo que Anatole não iria ao baile. Ao ser encorajado a ir, por tia Dália, contou-me a prima, ele se limitara a abanar a cabeça com muita tristeza, sem deixar de mencionar seu desejo de voltar à Provença, onde era apreciado.

Foi depois do sombrio silêncio provocado por essa declaração que Ângela falou que a grama estava molhada e que ela achava melhor entrar.

Isso, é claro, era totalmente estranho à minha política.

— Não, não faça isso. Não tive oportunidade de conversar com você, desde que voltou.

— Eu vou estragar meus sapatos.

— Ponha os pés no meu colo.

— Está bem. E você pode fazer cócegas no meu calcanhar.

— Combinado.

Tudo foi então arranjado segundo as tendências do momento e, durante mais alguns minutos, continuamos proseando de forma incoerente. Depois a conversa extinguiu-se. Teci algumas considerações *in re* aos efeitos cênicos, estrelado pela calma do poente, por astros surgindo curiosos na abóbada celeste e pelo tremeluzir suave das águas do lago, e ela concordou. Alguma coisa farfalhou nos arbustos à nossa frente e eu aventei a hipótese de que talvez fosse uma fuinha, e ela disse que talvez fosse. Mas era óbvio que prima Ângela estava distraída e achei melhor não perder nem mais um segundo.

— Bem, cara prima — falei —, andei sabendo sobre o entrevero que houve entre vocês. Quer dizer então que os sinos nupciais não vão tocar?

— Não.
— Acabou mesmo, é?
— Acabou.
— Pois olhe, se quer minha opinião, eu acho até que para você foi um bônus, Ângela minha cara. Desconfio que você saiu ganhando. Aliás, sempre foi um mistério para mim, como conseguiu agüentar o Glossop tanto tempo. Se nós o tomarmos por inteiro, completinho, ele não é lá muito boa cepa de vinhos e destilados. Um fiasco, é como eu o qualificaria. Um bocó de fivela, um traste inútil. Ai da moça que resolver seguir pelo resto da vida ao lado de um coió sem sorte como Tuppy Glossop.

Momento em que emiti uma risada áspera — uma das desdenhosas.

— Sempre pensei que vocês fossem tão amigos — disse Ângela.

Soltei mais uma bem ríspida, com um pouco mais de efeito do que da primeira vez:

— Amigos. De jeito nenhum. Tínhamos a obrigação de agir com polidez, claro, sempre que cruzávamos com o sujeito, mas seria absurdo dizer que fôssemos amigo dele. Éramos conhecidos do clube, nada mais que isso. E depois fomos colegas de escola.

— Em Eton?
— Não, imagine, em hipótese alguma. Jamais aceitaríamos um sujeito como aquele em Eton. Numa escola primária que freqüentei antes de ir para lá. Um brutamontes encardido, era o que ele era, disso eu me lembro. Sempre coberto de tinta e de lama; tomava banho em quintas-feiras alternadas. Em suma, o azarão de todos os páreos, evitado por todos.

Calei-me uns momentos. Eu estava bastante perturbado. Além da aflição de ter de falar dessa forma de alguém que, exceto quando afanava algumas argolas e me obrigava a mergulhar em traje completo a rigor, sempre fora um colega estimado e querido, eu não estava obtendo nenhum efeito. O negócio não rendia. Olhando fixo para as moitas em frente, sem dar um pio, Ângela parecia estar recebendo aquelas calúnias e insinuações minhas na maior calma.

Tentei mais uma estocada:

— "Bronco" acho que resume bem a coisa. Duvido que algum dia tenha visto um garoto mais bronco que esse Glossop. Pergunte a qualquer um que o tenha conhecido nesse tempo e a palavra que eles vão usar é "bronco". E continua o mesmo hoje em dia. É a velha história de sempre. O menino é o pai do homem.

Tive a impressão de que ela não ouvira.

— O menino — repeti, já que não queria que ela perdesse essa — é o pai do homem.

— Do que você está falando?

— Estou falando do tal Glossop.

— Achei que você tinha dito alguma coisa sobre o pai de alguém.

— Eu disse que o menino é o pai do homem.

— Que menino?

— O menino Glossop.

— Ele não tem pai.

— Eu nunca falei que ele tinha. O que eu disse é que ele era o pai do menino, quer dizer, do homem.

— Que homem?

Vi que a conversa atingira um ponto em que, a menos que tomássemos cuidado, iria nos confundir.

— O que estou querendo enfatizar — falei — é que o menino Glossop é o pai do homem Glossop. Em outras palavras, cada um dos defeitos e das máculas vis que provocaram censuras contra o menino Glossop por parte dos companheiros está presente no homem Glossop e faz com que ele, e entenda que agora falo do homem Glossop, seja visto com maus olhos em lugares como o Drones, onde se exige um certo padrão de decência por parte dos membros. Pergunte a qualquer um no Drones e todos lhe dirão que foi um dia bem negro aquele em que esse camarada, o Glossop, conseguiu imiscuir seu nome na lista de sócios. Fulano falou que não ia com a cara dele; Beltrano, que até iria, não fosse pelos modos grotescos dele. Mas o consenso universal é de que o tipo é um grosseiro e um carrapato e que, no momento em que mostrou sinais de querer ingressar em nosso seio, deveria ter recebido o mais firme dos *nolle prosequi* e uma sonora bola preta.

Tive de me calar de novo nessa altura, em parte para respirar um pouco, e em parte para me digladiar com a tortura quase física de dizer essas coisas terríveis a respeito do coitadinho do Tuppy.

— Existem certos indivíduos — retomei, obrigando-me a voltar uma vez mais à tarefa nauseante — que, apesar de ostentar o aspecto de quem dormiu de roupa e tudo, conseguem se virar até que muito bem na vida porque são gentis e brandos. Existem outros que, por mais que dêem ensejo a comentários adversos por serem gordos e broncos, se descobrem com alguns créditos sobrando devido a um senso de humor formidável. Mas esse tal de Glossop, lamento ter de dizer, não se encaixa em nenhuma dessas categorias. Além de se parecer com uma daquelas coisas que saem do oco das árvores, todo mundo sabe que ele é uma azêmola de primeira grandeza. Sem alma. Sem conversa. Em suma, qualquer moça que, tendo cometido a imprudência de ficar noiva dele, conseguir se livrar na undécima hora do compromisso pode se considerar com uma sorte danada.

Calei-me de novo e virei os olhos para Ângela, para ver a quantas ia o tratamento. Durante o tempo todo em que falei, ela continuou fitando os arbustos em silêncio; era incrível que ainda não tivesse se virado contra mim, tal qual a tigresa e conforme os planos. Juro que eu não entendi. A meu ver, uma pequena fração do que eu havia dito, caso tivesse sido dita à tigresa a respeito do tigre de sua preferência, teria feito com que ela — falo da tigresa — ficasse possessa.

E no momento seguinte você poderia ter me derrubado do banco com um palito de dente.

— Pois é — disse ela, balançando pensativa a cabeça —, você tem toda a razão.

— Como?

— É exatamente o que venho pensando também.

— O quê?!

— "Azêmola de primeira grandeza" é uma descrição perfeita. Um dos seis muares mais imbecis de toda a Inglaterra, decididamente.

Não abri minha boca. Estava tentando recompor as idéias, que precisavam com urgência de primeiros socorros.

Quer dizer, aquilo tudo fora uma surpresa completa para mim. Ao formular o plano muitíssimo bem elaborado que estava sendo posto em prática naquele momento, a única contingência que eu deixara de prever era que Ângela pudesse aderir aos sentimentos por mim expressados. Eu me preparara para uma efusão de emoções tempestuosas. Esperava censuras chorosas, recriminações femininas e todo o resto dos cacoetes e vezos ao longo dessa linha.

Entretanto, aquela anuência cordata a meus comentários eu não havia previsto, e isso me deu o que se poderia chamar de pausa para pensar.

Ela continuou desenvolvendo o tema, falando em tons entusiasmados e vibrantes, como se adorasse o assunto. Jeeves poderia lhe dizer que palavra eu procuro. Acho que é "arrebatada", a menos que esse seja o termo para quando você está com brotoejas no rosto e precisa usar pomada. Mas se for essa a palavra correta, então é isso que Ângela estava ao discorrer sobre o pobre Tuppy. Se você pudesse se deixar guiar apenas pelo som da voz dela, talvez pensasse se tratar de um poeta da corte derramando-se sobre um monarca oriental, ou então Gussie Fink-Nottle discorrendo sobre seu último carregamento de tritões.

— É tão bom, Bertie, conversar com alguém que vê com sensatez esse tal de Glossop. Mamãe diz que ele é um bom sujeito, o que é simplesmente absurdo. Qualquer pessoa enxerga logo que se trata de uma criatura impossível. É orgulhoso, sentencioso e discute o tempo inteiro, mesmo quando está cansado de saber que está falando bobagem, fuma demais, come demais, bebe demais, e eu não gosto da cor do cabelo dele. Não que ele vá ter algum fio sobrando, daqui uns dois anos, porque já está bem ralo no alto e, antes que ele se dê por achado, já vai estar com a cabeça mais pelada que um ovo. Sem contar que eu acho simplesmente repugnante a maneira como ele come. Você sabia que eu o encontrei na despensa a uma hora da madrugada, hoje, se lambuzando com uma torta de rins? Já não havia mais quase nada. E olhe que ele jantou feito um abade, você deve ter reparado. Repugnante, é o que eu digo. Mas eu não posso ficar aqui o resto da noite, conversando sobre homens que não valem uma palavra minha e que não têm bom senso nem para distinguir um tubarão de um linguado. Eu vou entrar.

E, arrebanhando em volta dos ombros esguios o xale que pusera para se proteger do sereno, Ângela se foi, deixando-me a sós na noite silenciosa.

Bem, para falar a verdade, não a sós de todo, porque alguns momentos depois houve uma espécie de levante nos arbustos à minha frente e Tuppy apareceu.

15

DEI-LHE UMA VISTA D'OLHOS. A noite já vinha caindo, àquela altura, e a visibilidade, portanto, não era perfeita, mas havia luz suficiente para me permitir enxergá-lo com nitidez. E o que vi convenceu-me de que me sentiria muito mais à vontade se houvesse um robusto banco rústico entre nós. Em sendo assim, levantei-me, modelando meu estilo no de um faisão alçando vôo, e em seguida me posicionei do outro lado do objeto citado.

Minha expedita presteza teve lá seus efeitos. Tuppy me deu a impressão de ter sido pego de surpresa. Estacou e, mais ou menos durante o espaço de tempo exigido para que uma gota de suor escorresse do topo da testa para a ponta do nariz, ficou me olhando em silêncio.

— Aí, hem! — disse ele por fim, e foi uma surpresa e tanto para mim que o camarada tivesse de fato dito "Aí, hem!". Eu achava que isso era coisa que a gente só lia nos livros. Como "Cáspite!" quero dizer, ou então "Caluda!" ou mesmo "Ápage!".

O fato é que lá estava a expressão. Curiosa ou não, bizarra ou não, ele dissera com todas as letras "Aí, hem!" e cabia a mim lidar com a situação conforme a tendência delineada.

Seria necessário um homem mais obtuso que Bertram Wooster para deixar de notar que meu bom camarada estava meio enfezado. Se os olhos dele chegaram a chispar, eu não saberia dizer, mas tive a impressão de haver visto uma incandescência ali. Ademais, os punhos mostravam-se cerrados, as orelhas tremelicavam e os músculos da mandíbula giravam com um certo ritmo, como se estivesse ceando mais cedo ou algo parecido.

Havia alguns gravetos entremeados aos fios de cabelo e, na lateral da cabeça, pendurava-se um besouro que teria interessado a Gussie Fink-Nottle. A tudo isso, porém, prestei pouquíssima atenção. Há uma hora para estudar besouros e uma hora para não estudar besouros.

— Aí, hem! — ele repetiu.

Pois bem, todos aqueles que conhecem a fundo a personalidade de Bertram Wooster sabem que ele sempre demonstra mais habilidade e frieza de raciocínio em momentos de perigo. Quem foi que, quando agarrado pelas mãos da lei numa noite de campeonato de remo, não faz tantos anos assim, e arrastado para a delegacia da rua Vine, assumiu num átimo a identidade de Eustace H. Plimsoll, residente e domiciliado na rua Alleyn, em Dulwich, poupando assim o grandioso e antigo nome dos Woosters de ser arrastado na lama, além de evitar uma ampla publicidade desfavorável? Quem foi que...

Mas não preciso me estender no tema. Minha ficha fala por si só. Três vezes levado para o xadrez, mas nenhuma delas sentenciado sob o nome correto. Pergunte a qualquer membro do Drones.

De maneira que, numa situação que ameaçava ficar cada vez mais periclitante, não perdi a cabeça. Preservei o velho sangue-frio. Exibindo um sorriso cordial e afetuoso, e torcendo para que não estivesse escuro demais e pudesse ser visto, falei com uma afabilidade prazenteira:

— Ora, olá, Tuppy. Você por aqui?

Ele disse que sim, que estava por ali.

— Faz tempo que está aqui?

— Faz.

— Ótimo. Eu queria mesmo vê-lo.

— Bem, cá estou eu. Saia de trás desse banco.
— Não, obrigado, meu velho. Eu gosto de me debruçar nele. Dá a sensação de que descansa a espinha.
— Daqui a mais ou menos dois segundos — disse Tuppy — eu vou chutar essa sua espinha para o topo da sua cabeça.

Arqueei as sobrancelhas. Não que fosse servir para alguma coisa, claro, naquela luz, mas me pareceu que ajudaria a composição geral.

— Estarei ouvindo palavras de Hildebrand Glossop?

Ele respondeu que sim e sugeriu que eu, se quisesse ter certeza mesmo, me aproximasse um pouco mais dele. Também me chamou de algo oprobrioso.

Alteei de novo as sobrancelhas.

— Ora, o que é isso, Tuppy, não vamos deixar que esta nossa conversinha noturna se torne acerba demais. Será que "acerba" é a palavra que eu quero?

— Eu não saberia dizer — ele me respondeu, começando a contornar o banco.

Vi que qualquer coisa a ser dita teria de sê-lo depressa. Tuppy já havia contornado bem um metro e meio de banco. E ainda que, em virtude do contorno realizado também de minha parte, eu tivesse conseguido manter o banco entre nós, quem poderia prever quanto tempo mais iria durar aquele feliz estado de coisas?

Fui direto ao ponto.

— Acho que sei o que lhe passa pela cabeça, Tuppy. Se você esteve naquelas moitas durante meu papo com a Ângela, imagino que ouviu o que eu disse a seu respeito.

— Ouvi.

— Entendo. Bem, não vamos entrar no lado ético da coisa. Bisbilhoteiro, esse é o nome que alguns poderiam dar a quem escuta a conversa alheia. Já até vejo os críticos mais severos franzindo o cenho. Repare que não é meu desejo magoá-lo, Tuppy, mas creio que seu ato seria considerado muito pouco inglês. E convenhamos, Tuppy, meu velho, que de fato não foi muito inglês.

— Eu sou escocês.
— É mesmo? — falei. — E eu que não sabia disso. Não é esdrúxulo isso de jamais suspeitarmos da origem escocesa de um camarada, a menos que ele se chame Mac-qualquer coisa e diga "Och, aye" e coisas do gênero? Aproveitando a oportunidade — continuei, certo de que uma discussão acadêmica em torno de algum tópico neutro pudesse aliviar a tensão —, será que você poderia elucidar um mistério que há muito tempo me deixa perplexo? Quais são, exatamente, os ingredientes que entram no *haggis* dos escoceses? Sempre quis saber isso.

Pelo fato de sua única resposta à pergunta ter sido um salto por cima do banco para me agarrar, deduzi que *haggis* não estava no cardápio de Tuppy.

— No entanto — falei, saltando por cima do banco também —, essa é uma questão secundária. Voltando ao assunto principal, se você estava naquelas moitas e ouviu o que eu disse a seu respeito...

Tuppy movimentava-se em volta do banco na direção nor-nordeste. Segui o exemplo, estabelecendo um curso su-sudoeste.

— Você deve ter se espantado com o que eu falei.
— Nem um pouco.
— O quê? Não viu nada de estranho no tom dos meus comentários?
— Foi bem o tipo de coisa que seria de se esperar da parte de um velhaco traiçoeiro e fingido como você.
— Meu caro companheiro — protestei —, nem parece que é você quem está falando. Está faltando um pouco de óleo no motor, será? E eu que pensava que você fosse entender na hora que tudo fazia parte de um plano muito bem elaborado.
— Eu pego você, já, já — disse Tuppy, recuperando o equilíbrio depois de um safanão rápido em meu pescoço. E tão provável me pareceu isso que me apressei em expor todos os fatos.

Falando rápido e me mexendo o tempo todo, relatei-lhe minhas emoções ao receber o telegrama de tia Dália, minha partida imediata para a cena do desastre, minhas meditações no carro, e o eventual planejamento de uma belíssima estratégia. Falei com clareza, falei bem, e foi, portanto, com uma boa dose de preocupação que o ouvi comentar — entre dentes, o que tornou as coisas ainda pior — que ele não acreditava numa palavra do que eu tinha dito.

— Mas, Tuppy — falei —, por que não? A meu ver, tudo que eu lhe contei soa a mais pura verdade. O que o torna cético? Confie em mim, Tuppy.

Ele estancou e respirou fundo. Tuppy — por mais mordaz que Ângela se empenhe em ser, no afã de provar o contrário — não é um sujeito gordo. Na verdade, durante os meses de inverno, você o encontra aos gritos álacres correndo o tempo todo atrás de uma bola, e no verão a raquete de tênis quase não lhe sai da mão.

Entretanto, na refeição noturna concluída havia pouco, achando, sem dúvida, que, após a cena penosa da noite anterior na despensa, não havia nada a ganhar com maiores abstinências, Tuppy se soltara e, por assim dizer, se libertara; o problema é que, depois de se entregar a um dos jantares de Anatole, um homem de constituição robusta tende a perder um pouco da elasticidade. E, durante o período que levei para expor meus planos em favor da felicidade alheia, aquela nossa ciranda-cirandinha-volta-e-meia-vamos-dar até que ficou animada, de tal sorte que, na última parte do arrasta-pé, poderíamos ser tomados por um enorme sabujo e uma lebre elétrica um tanto magrinha desempenhando-se na raia oval para gáudio do populacho.

E isso, pelo visto, o cansara um pouco, fato que não me desagradou tanto. Também eu começava a me ressentir do esforço e achei ótima a trégua.

— Eu não consigo entender por que você não acredita — falei. — Você sabe que somos amigos há anos. E também deve saber que, exceto pela ocasião em que me levou a mergulhar de *smoking* na piscina do Drones, incidente que há muito decidi tirar da cabeça para que o passado morto enterre seus mortos, se é que você me entende, exceto por essa ocasião, como eu disse, sempre o tive na mais alta estima. Por que, então, se não pelos motivos acima expostos, eu haveria de o aviltar diante da prima Ângela? Responda. Mas tenha muito cuidado.

— O que quer dizer com tenha muito cuidado?

Bem, para falar a verdade, nem eu sabia direito. Mas foi o que o juiz me disse naquela vez em que fui para o banco dos réus na pele de Eustace Plimsoll, de Dulwich; e, como me impressionara um bocado, na época, a tal frase, meti-a no meio como forma de conferir um certo tom à conversa.

— Está bem. Esqueça isso de ter muito cuidado, então. Apenas me responda. Por que, se eu não tivesse um profundo interesse na felicidade de vocês dois, haveria de vilipendiá-lo daquela forma?

Um forte espasmo sacudiu-o da base até o cume. O besouro, que durante os diálogos anteriores permanecera agarrado à cabeça de Tuppy, torcendo pelo melhor, desistiu com o estremecimento e renunciou ao posto. Escafedeu-se e foi engolido pela noite.

— Ah! — falei. — Seu besouro — expliquei. — Sem dúvida você não tinha conhecimento do fato, mas durante esse tempo todo havia um besouro qualquer estacionado na lateral da sua cabeça. Você acaba de desalojá-lo.

Tuppy bufou.

— Besouros!

— Besouros, não. Um besouro apenas.

— Mas que topete! — exclamou Tuppy, vibrando como um dos tritões de Gussie durante a estação de namoro. — Falar de besouros quando você sabe muito bem que não passa de um velhaco traiçoeiro e fingido.

Esse era um ponto discutível, claro. Afinal, por que velhacos traiçoeiros e fingidos não podem falar sobre besouros? Qualquer bom advogado de defesa faria uma festa com esse protesto.

Mas deixei passar.

— Essa é a segunda vez que você me diz isso. E — falei com firmeza — insisto que me forneça uma explicação. Já lhe disse que, ao fritá-lo perante a prima Ângela, agi o tempo todo segundo os melhores e mais generosos motivos. Ter de falar daquela forma cortou-me até a alma e só o fiz em nome de nossa longa amizade. E agora vem você dizer que não me acredita, me chamando de coisas pelas quais não estou muito certo de que eu não pudesse levá-lo a tribunal e arrancar uma soma razoável por danos. Eu teria de consultar meu advogado, claro, mas olhe que eu desconfio que aqui há motivos de sobra para processo. Seja razoável, Tuppy. Sugira uma razão para eu fazer o que fiz. Só uma.

— E sugiro mesmo. Você pensa que eu não sei? Você está apaixonado pela Ângela.

— O quê?

— Você me botou abaixo de zero para envenenar a cabeça dela e me tirar de uma vez por todas do caminho.

Eu nunca tinha ouvido nada mais total e absolutamente insensato em toda a minha vida. Ora, caramba, eu conhecia a prima Ângela desde que ela era desse tamanhinho. Você não se apaixona por parentes próximos que você conhece desde que eram desse tamanhinho. Além disso, não há nenhuma coisa no livro dos preceitos que diz que um homem não pode se casar com sua prima? Ou será que é com a avó?

— Tuppy, meu bom amigo cretino — exclamei —, você é mesmo uma bola! Com alguns parafusos faltando.

—Ah, é?

— Eu apaixonado por Ângela? Há-há!

— Não pense que vai se safar com esse seu há-há, não. Ela o chamou de "querido".

— Eu sei. E desaprovo. Esse costume da geração mais nova de espalhar "queridos" por tudo quanto é canto, como se fosse alpiste, é um dos que eu mais condeno. Impreciso, é como eu o qualificaria.

— Você fez cócegas no tornozelo dela.

— Num espírito puramente fraterno de primos-irmãos. Não quis dizer nada. Você deve saber que, no sentido mais profundo e verdadeiro, eu não tocaria em Ângela nem com um remo comprido.

— Ah, é? E por que não? Ela não é boa o bastante para você?

— Você não me entendeu — apressei-me em responder. — Quando eu digo que não tocaria em Ângela nem com um remo comprido, minha intenção é apenas a de deixar bem claro que meus sentimentos em relação a ela são os de uma distante, ainda que cordial, estima. Em outras palavras, fique sossegado que entre mim e a pestinha nunca existiu e nunca poderá existir qualquer outro sentimento mais fervoroso ou forte de que o da amizade comum.

— Eu acho que foi você quem deu a ela a informação de que eu estaria na despensa ontem à noite, para que ela me encontrasse junto daquela torta, o que acabou com meu prestígio.

— Meu caro Tuppy! Um Wooster? — Fiquei chocado. — Acha que um Wooster faria uma coisa dessas?

A respiração dele estava arfante.

— Escute — disse-me, então. — Não adianta nós ficarmos aqui parados discutindo. Você não pode fugir aos fatos. Alguém a roubou de mim em Cannes. Você mesmo me disse que ela passou o tempo inteiro com você na Riviera e que ela mal viu outras pessoas. Você se vangloriou dos banhos de mar que tomaram juntos e daqueles passeios ao luar que vocês fizeram...

— Eu não me vangloriei. Apenas mencionei.

— De modo que então agora compreende por que, assim que eu conseguir fazer você sair de trás desse maldito banco, eu vou arrancar seus braços e pernas um por um. Por que razão eles põem esses danados desses bancos nos jardins — comentou ele, descontente — eu não consigo entender. Eles só atrapalham.

Estacando de novo, estendeu o braço para mim e errou por um triz.

Era um momento para pensar rápido, e é em momentos assim, como já dei a entender, que Bertram Wooster dá o melhor de si. Súbito, lembrei-me do mal-entendido recente havido com a Bassett e, com uma clareza repentina, vi como aquilo poderia ser aproveitado.

— Você entendeu tudo errado, Tuppy — falei, movendo-me para a esquerda. — É verdade, eu saí um bocado com a Ângela, mas nossas lides tiveram por base, do começo ao fim, a mais pura e íntegra camaradagem. Posso provar. Durante aquela estada em Cannes, minhas afeições estavam voltadas para outro rincão.

— O quê?

— Voltadas para outro rincão. Minhas afeições. Durante aquela estada.

Eu tinha acertado no alvo. Tuppy parou de contornar. O punho cerrado tombou de lado.

— É verdade, isso?

— Oficial.

— Quem era ela?

— Meu querido Tuppy, por acaso é correto alardear o nome de uma dama?

— Às vezes é. Sobretudo quando se quer conservar o cabeção em cima do pescoço.

Vi que se tratava de um caso especial.

— Madeline Bassett — falei.

— Quem?

— Madeline Bassett.

Ele dava a impressão de estar atônito.

— Você tem o desplante de me dizer que se apaixonou por aquele desastre da Bassett?

— Eu não a chamaria de "aquele desastre da Bassett", Tuppy. Não me parece muito respeitoso.

— Ao diabo com os respeitos. Eu quero fatos. Você afirma deliberadamente que se apaixonou por aquele estrupício esquisito?

— Também não vejo por que você há de chamá-la de estrupício esquisito. Uma moça encantadora e bonita. Estranha em algumas opiniões, talvez. Nem todos os nossos pontos de vista são consentâneos aos dela, no que se refere a estrelas e coelhos, quem sabe, mas nunca um estrupício esquisito.

— Como queira. Então você mantém que está apaixonado por ela?

— Mantenho.

— Você não está me convencendo, Wooster. Não está mesmo.

Vi que seria necessário aplicar os retoques finais.

— Devo lhe pedir para que trate este assunto com a maior discrição, Glossop. Mas acho melhor informá-lo de que não faz nem vinte e quatro horas que meu pedido foi repelido.

— Repelido?

— Como um cobertor em noite quente. Neste mesmo jardim.

— Vinte e quatro horas?

— Digamos vinte e cinco. De modo que você pode constatar com facilidade que eu não posso ser o tal, se é que houve um, que roubou Ângela de você em Cannes.

E eu estava prestes a acrescentar que não tocaria em Ângela nem com um remo comprido quando me lembrei que já havia dito isso e que não caíra lá muito bem. Desisti, portanto.

Minha franqueza viril parecia ter surtido bons resultados. O brilho homicida morria aos poucos do olhar de Tuppy. Ele estava com jeito de assassino de aluguel que tivesse parado uns momentos para pensar melhor nas coisas.

— Entendo — disse ele por fim. — Então está bem. Sinto muito pelo incômodo.

— Não tem de quê, meu caro — respondi com cortesia.

Pode-se dizer que pela primeira vez, desde o momento em que as moitas começaram a despejar Glossops, Bertram Wooster pôde respirar livremente. Não digo que tenha saído de fato de trás do banco, mas dei uma relaxada e, com parte do alívio que aqueles três camaradas do Velho Testamento devem ter sentido depois de se esgueirar para fora da fornalha crepitante, cheguei inclusive a tatear o bolso, em busca de minha cigarreira.

No momento seguinte, uma bufada repentina me fez recolher os dedos como se tivessem sido mordidos por ela. Fiquei consternado ao notar no velho companheiro indícios do recente frenesi.

— Que diabos você quis dizer quando falou que eu costumava viver coberto de tinta, quando menino?

— Meu caro Tuppy...

— Quando menino eu era bem entojado, tinha o maior cuidado com a asseio pessoal. Você podia me usar de prato para jantar.

— Claro. Mas...

— E aquela história toda sobre não ter alma. Eu estou infestado de alma. E aquilo de ser visto com maus olhos no Drones...

— Mas, meu bom amigo, eu já lhe expliquei tudo isso. Foi tudo parte do meu ardil ou estratégia.

— Foi, é? Pois muito bem, no futuro, tenha a bondade de me deixar fora de seus ardis xexelentos.

— Como preferir, meu caro.

— Então tá. Estamos combinados.

Tuppy voltou a cair no silêncio, de braços cruzados, fitando o infinito qual robusto e calado personagem de romance que tivesse acabado de receber o bilhete azul da namorada e estivesse pensando em dar um pulo até as Rochosas para matar alguns ursos. A óbvia braveza do sujeito despertou minha compaixão e aventurei-me a dizer uma palavrinha bondosa.

— Imagino que você não saiba o que *au pied de la lettre* significa, Tuppy, mas é dessa forma que eu acho que você não deve levar demais tudo o que Ângela andou dizendo de você agora há pouco.

Ele me pareceu interessado.

— De que diabos você está falando?

Percebi que teria de me fazer mais claro.

— Não leve todo aquele esparrame dela a seu respeito num sentido muito literal, meu caro. Você sabe como são as mulheres.

— Eu sei — disse ele, com outra daquelas bufadas saídas direto do peito do pé. — Quem me dera jamais ter conhecido uma delas.

— Quer dizer, é óbvio que ela deve ter percebido que você estava naquelas moitas e falou simplesmente para lhe dar o troco.

Lá estava você, quer dizer, se é que você entende a psicologia, e ela o viu, e naquele jeito impulsivo que têm as mulheres, ela aproveitou a oportunidade para lhe dar um cutucões, só para fazer você ver algumas verdades, nada mais.

— Verdades?

— Exato.

Ele bufou ainda outra vez, provocando em mim a leve sensação de ser um membro da família real recebendo uma salva de vinte e um tiros de canhão da Marinha. Não me lembro de jamais ter conhecido um bufador de destra e canhota tão bom.

— O que você quer dizer com "verdades"? Eu não sou gordo.

— Não, claro que não.

— E qual é o problema com a cor do meu cabelo?

— Bastante normal, Tuppy, meu caro. O cabelo, quero dizer.

— E ele não está rareando no alto... Por que diabos você está me arreganhando os dentes desse jeito?

— Não estou arreganhando os dentes. Só sorrindo um pouco. Estava invocando uma espécie de imagem, se é que você me entende, de você consoante a visão de Ângela. Gordo no meio e ralo no topo. Bem engraçado.

— Você acha engraçado, é?

— Nem um pouco.

— Acho melhor, mesmo.

— Claro.

Pelo visto, a conversa estava ficando difícil de novo. Bem que eu gostaria que já tivesse terminado. E não é que terminou? Porque naquele momento do entardecer, algo tremeluzente apareceu entre os loureiros e percebi que se tratava de Ângela.

Ela parecia doce, positivamente angelical, e trazia um prato de sanduíches na mão. De presunto, como eu descobriria mais tarde.

— Se você vir o senhor Glossop por aí, Bertie — disse-me ela com os olhos pousados de modo sonhador na fachada de Tuppy —, por favor, dê-lhe isso em meu nome. Receio que ele possa estar com fome, coitadinho. São quase dez horas da noite e ele ainda não pôs nada na boca desde o fim do jantar. Vou deixar aqui sobre este banco.

 E com isso a prima foi andando. Pareceu-me que eu deveria ir com ela. Quer dizer, não havia mais nada que fazer ali. Encaminhamo-nos então na direção da casa e não demorou para que, de trás de nós, um som estridente rompesse o silêncio da noite, o som de um prato bem chutado de sanduíches de presunto, acompanhado por xingos abafados de um homem robusto tomado por um acesso de fúria.

 — Quanta calma e tranqüilidade por aqui — comentou Ângela.

16

O SOL DOURAVA AS TERRAS DE BRINKLEY COURT e o ouvido discernia um inconfundível trinado de pássaros em meio à hera enroscada à parede da janela do quarto quando, na manhã seguinte, acordei para um novo dia. No entanto, na hora em que, apoiado nos travesseiros, fui ingerir minha chávena de chá revigorante, vi que faltava à alma de Bertram Wooster a luminosidade correlata e, ao coração, uma réplica àquela cantoria. Não nego que, ao rever os acontecimentos da noite anterior, achei a situação de Tuppy e Ângela um tanto azeda. Porém, não obstante meu desejo de com ela fazer uma limonada, só me restou pensar que o fosso entre aqueles dois espíritos altivos atingira proporções tão abissais que a tarefa de transpô-lo estava além de minha capacidade.

Sou um observador arguto, e algo na maneira como Tuppy chutou aquele prato de sanduíches de presunto me levou a acreditar que ele não iria perdoar tão facilmente.

Nas circunstâncias, achei mais prudente engavetar esse problema por uns tempos e me concentrar em Gussie, que apresentava uma perspectiva mais animadora.

Com relação a ele, estava tudo nos trilhos. Ainda que os escrúpulos doentios de Jeeves em batizar o tal suco de laranja tivessem resultado numa trabalheira enorme para mim, superei cada um dos obstáculos à velha maneira dos Woosters. Arranjei uma quantidade suficiente da necessária substância e guardei-a numa garrafinha de bolso, dentro da gaveta da cômoda. Também me certifiquei de que a jarra, devidamente abastecida, estaria numa prateleira da copa por volta da uma da tarde. Tirá-la da prateleira, levá-la à sorrelfa até meu quarto e devolvê-la, batizada, a tempo de ser servida ao almoço era uma tarefa que exigiria, sem dúvida, bastante tino, mas que não apresentava maiores dificuldades.

Foi portanto com algo da emoção de alguém preparando uma surpresa para uma criança bem-comportada que terminei de sorver meu chá e me enrolei de novo nos lençóis para aquele bocado extra de sono que faz toda a diferença do mundo quando há um trabalho másculo à espera e o cérebro precisa estar afiado.

Quando desci, uma hora ou mais depois, tive ocasião de confirmar que fora acertado de minha parte elaborar aquele plano para encorajar Gussie. Topei com ele no gramado e vi, de imediato, que, se havia um homem necessitado de um bom estimulante, esse homem era ele. A natureza inteira, como já dei a entender, sorria, mas não Augustus Fink-Nottle. O camarada caminhava em círculos, resmungando qualquer coisa a respeito de não querer tomar nosso tempo, mas sentindo-se compelido, naquela auspiciosa ocasião, a dizer umas poucas palavras.

— Ah, Gussie — falei, interrompendo-o bem na hora em que estava prestes a começar uma nova volta. — Uma manhã encantadora, não acha?

Se por acaso ainda não houvesse me dado conta, naquele momento eu teria adivinhado que Gussie não estava de bom humor pela brusquidão com que a manhã encantadora foi amaldiçoada. Concentrei-me então na tarefa de devolver o rosado a suas faces.

— Tenho ótimas notícias para você, Gussie.

Ele me olhou com um súbito ar de interesse.

— A Escola Secundária de Market Snodsbury pegou fogo?

— Não que eu saiba.

— Houve um surto de caxumba? O prédio foi lacrado devido a uma epidemia de sarampo?

— Não, não.

— Então que boas notícias seriam essas?

Tentei apaziguar os ânimos.

— Não leve tudo tão a ferro e fogo, Gussie. Por que se preocupar tanto com uma tarefa tão risivelmente fácil quanto distribuir prêmios numa escola?

— Risivelmente fácil, é? Você se dá conta de que venho suando faz dias e que ainda não encontrei nada para dizer, a não ser que não quero tomar o tempo da platéia? Pode apostar que eu não vou tomar o tempo de ninguém. Que diabos vou dizer naquela cerimônia, Bertie? O que alguém diz numa entrega de prêmios?

Pensei. Certa feita, na escola, me deram um prêmio por conhecimento das Escrituras, de modo que eu devia estar repleto de conteúdo. Mas a memória me traiu.

Aí, algo brotou da névoa.

— Diga: nem sempre o prêmio é para os que melhor correm.

— Por quê?

— Porque é um boa fala. Em geral rende uns aplausos.

— O que eu quero saber é por que não é. Por que o prêmio não é para os que melhor correm?

— Aí eu já não sei. Mas é o que dizem os sabichões.

— Mas o que significa?

— Presumo que sirva de consolo para os camaradas que não recebem nenhum prêmio.

— E de que me adianta isso? Eu não estou preocupado com eles. São os que vão ganhar os prêmios que me preocupam, os pestinhas que vão subir no palco para receber o prêmio. E se eles me fizerem careta?

— Eles não vão fazer.

— Como é que você sabe que não? Provavelmente é a primeira coisa que vai passar pela cabeça deles. E mesmo que eles não façam... Bertie, sabe de uma coisa?

— O quê?

— Estou pensando seriamente em aceitar aquele seu conselho e tomar um trago.

Sorri com sutileza. Mal sabia ele... e isso mais ou menos resumia meu pensamento.

— Vai dar tudo certo, você verá — falei.

Ele voltou a parecer febril.

— Como é que você sabe que vai dar tudo certo? Eu vou me enrolar todo no discurso.

— Que nada!

— Ou deixar cair um prêmio.

— Imagine!

— Ou algo parecido. Estou sentindo aqui no peito. Tão certo quanto eu estar neste jardim, agora, alguma coisa vai acontecer hoje à tarde que fará todo o mundo rir à beça de mim. Já até posso ouvir. Feito hienas... Bertie!

— Sim?

— Você se lembra daquela escola primária que cursamos antes de Eton?

— Lógico. Foi lá que ganhei o prêmio das Escrituras.

— Esqueça seu prêmio das Escrituras. Não estou falando do seu prêmio das Escrituras. Você se lembra daquele incidente com o general Bosher?

Claro que eu lembrava. Fora um dos pontos altos de minha meninice.

— *Sir* Wilfred Bosher, general-de-divisão, foi entregar os prêmios daquele ano na escola — continuou Gussie com uma voz monótona, sem inflexão. — Deixou cair um livro. Abaixou para pegá-lo. E, ao abaixar, a calça rasgou.

— Quanta risada nós demos!

A fisionomia de Gussie se retorceu.

— Pois é, quanta risada nós demos, os bandidos. Em vez de permanecer calados, em sinal de simpatia e compaixão por um valente militar, num momento especialmente embaraçoso, nós rolamos de rir. Eu mais que todos. É isso que vai acontecer comigo esta tarde, Bertie. Será meu castigo por ter rido daquele jeito de *Sir* Wilfred Bosher, general-de-divisão.

— Não se preocupe, meu caro. Sua calça não vai rasgar.

— Como é que você sabe? Homens bem melhores que eu rasgaram suas calças. O general Bosher tinha a medalha da Ordem de Serviços Notáveis, uma ficha exemplar na fronteira noroeste da Índia, e a calça dele rasgou. Eu serei motivo de troças e zombarias. Tenho certeza. E você, que sabe muito bem onde vou me meter, me chega tartamudeando isso de boas notícias. Que notícias poderiam ser boas para mim, num momento como este, a não ser uma informação de que a peste bubônica atacou os alunos da Escola Secundária de Market Snodsbury e que estão todos de quarentena, cobertos de pústulas?

Chegara o momento de eu falar. Pousei a mão com delicadeza sobre o ombro de Gussie. Ele a tirou. Pousei-a de novo. Ele tornou a tirá-la. Eu estava em vias de tentar pousá-la uma terceira vez quando ele se afastou para um lado e, com certa petulância, quis saber se por acaso eu me tinha na conta de um maldito osteopata.

Achei os modos dele exasperantes, mas todos temos de fazer concessões. Eu dizia a mim mesmo que veria um Gussie bem diferente após o almoço.

— Quando falei em boas notícias, meu caro, me referi a Madeline Bassett.

O brilho febril morreu-lhe nos olhos e foi substituído por um olhar de infinita tristeza.

— Que boa notícia você pode ter sobre ela? Eu pus tudo a perder.

— De jeito nenhum. E estou convencido de que se você fizer uma nova tentativa, vai atingir seu objetivo.

E, mantendo o ritmo, relatei em dois tempos o que se passara entre mim e a Bassett na noite anterior.

— De modo que agora é só marcar uma nova audiência. Não há como o veredicto não sair a seu favor. Você é o homem da vida dela.

Ele abanou a cabeça.

— Não.

— O quê?

— Não adianta.

— Como assim?

— Nem pensar em tentar.

— Mas se eu estou dizendo que ela falou com todas as letras...

— Não faz a menor diferença. Talvez ela tenha me amado um dia. A noite de ontem acabou com tudo.

— Claro que não.

— Acabou. Ela agora me despreza.

— Nem um pouco. Ela sabe que apenas lhe faltou coragem.

— E vai me faltar de novo, se eu voltar a tentar. Não adianta, Bertie. Eu sou um imprestável e ponto final. O destino me fez do tipo incapaz de matar uma mosca.

— Você não tem de matar nenhuma mosca. Matar moscas não vem ao caso. É tão-somente uma questão de...

— Eu sei, eu sei. Mas não adianta. Não vou conseguir. Foi tudo por água abaixo. Não vou me arriscar a repetir o fiasco da noite passada. Você fala de fazer uma nova tentativa como se fosse a coisa mais simples do mundo, mas é porque não sabe o que significa. Você nunca passou pela experiência de começar a pedir a mão da mulher amada e, de repente, se pegar falando sobre as guelras externas peniformes dos tritões recém-nascidos. Não é coisa que se possa fazer duas vezes na vida. Não, eu aceito meu destino. Acabou tudo. E agora, Bertie, seja um bom camarada e suma daqui. Preciso compor meu discurso. Não posso compor meu discurso com você atrapalhando. E, se quer continuar atrapalhando, ao menos me dê uma ou duas anedotas. Os monstrinhos certamente hão de querer ouvir algumas.

— Conhece aquela do...

— Não serve. Não quero nada daquelas coisas picantes que circulam em antros como o Drones. Preciso de uma anedota decente. De algo que possa ajudar os alunos no futuro. Não que eu ligue a mínima para o futuro deles, por mim podem morrer todos engasgados.

— Ouvi uma outro dia. Não me lembro direito, mas era alguma coisa sobre um camarada que roncava muito alto e que terminava assim: "Ficou debilóide por causa da adenóide".

Gussie fez um gesto de cansaço.

— Você acha que eu vou botar isso no meio de um discurso que vai ser feito a uma platéia de meninos, todos eles com certeza com problemas de adenóides? Eles desmontariam o palco. Me deixe, Bertie. Se manda. É só o que eu lhe peço. Se manda... Senhoras e senhores — entoou baixo, quase num solilóquio —, não pretendo estender por muito tempo tão auspiciosa ocasião...

Foi um Wooster pensativo que se afastou, deixando Gussie às voltas com suas encrencas. Mais do que nunca, eu me parabenizava por ter tido o bom senso de tomar todas as providências para que, a um mero apertar dos botões, tudo entrasse em ação num átimo.

Para que você compreenda melhor meu humor, até aquele momento eu nutrira uma vaga esperança de que, após revelada a atitude mental da Bassett, a Mãe Natureza fosse arrematar o caso e encorajá-lo, de tal sorte que seria possível abrir mão de estimulantes artificiais. Porque é óbvio que ninguém gosta de ficar atravessando casas de campo com jarras de suco de laranja na mão, a menos que seja imprescindível.

Porém vi que teria de seguir em frente com os planos. A falta total de vivacidade, vigor e ânimo que o camarada demonstrara durante nossa conversa convenceu-me de que seriam necessárias medidas extremas. Logo depois de deixá-lo, portanto, dirigi-me para as imediações da copa, esperei até que o mordomo fosse a algum lugar, entrei depressinha e peguei a jarra. Alguns momentos mais, após subir atentamente as escadas, estava em meu quarto. E a primeira coisa que vi foi Jeeves, mexendo em uma calça.

Ele deu à jarra uma olhada que — erroneamente, conforme eu constataria — diagnostiquei como uma censura. Retraí-me um pouco. Não tinha a menor intenção de escutar besteiras.

— Pois não, Jeeves?
— Patrão?
— Você está com cara de alguém prestes a comentar alguma coisa, Jeeves.
— Não, não, patrão. Noto que está de posse da jarra de suco de laranja do senhor Fink-Nottle. Eu ia apenas observar que, na minha opinião, não seria muito prudente acrescentar mais álcool.
— E isso então não é um comentário, Jeeves? E é justamente por isso...
— Eu já providenciei tudo, patrão.
— O quê?
— Pois é, patrão. Resolvi, no fim das contas, aquiescer a seus desejos.

Fitei o camarada de queixo caído. Fiquei profundamente comovido. Bem, e quem, depois de ter acreditado que o velho espírito feudal morrera e que de repente se descobrisse enganado, não ficaria profundamente comovido?

— Jeeves — falei —, estou emocionado.
— Obrigado, patrão.
— Emocionado e contente.
— Muito obrigado, patrão.
— Mas o que acarretou essa mudança de idéia?
— Calhei de encontrar o senhor Fink-Nottle no jardim, patrão, enquanto o senhor ainda estava na cama. Tivemos uma conversinha rápida.
— E você ficou com a sensação de que ele precisa de um tônico?
— Precisa e muito, patrão. A atitude dele me pareceu derrotista.

Meneei a cabeça.

— Achei o mesmo. "Derrotista" resume à perfeição. Você disse isso a ele?
— Disse, patrão.
— Mas não adiantou nada?

— Não, patrão.
— Muito bem, então, Jeeves. Precisamos agir. Quanto de gim você pôs na jarra?
— Um copinho generoso, patrão.
— E você acha que essa seria a dose normal para um adulto derrotista?
— Imagino que seja adequada, patrão.
— Será mesmo? Não vamos estragar o caldo por falta de meia cebola. Acho que vou pôr mais um dedo ou dois.
— Eu não aconselharia, patrão. No caso do papagaio de lorde Brancaster...
— E lá vai você cair no mesmo erro de antes, Jeeves, de pensar que o Gussie é um papagaio. Lute contra isso. Vou pôr mais um dedo.
— Muito bem, patrão.
— Por falar nisso, Jeeves, o senhor Fink-Nottle está à procura de anedotas engraçadas e limpas para usar no discurso dele. Você conhece alguma?
— Conheço a dos dois irlandeses, patrão.
— Pat e Mike?
— É, patrão.
— Que estavam andando na Broadway?
— É, patrão.
— Exatamente o que ele está procurando. Mais alguma?
— Não, patrão.
— Mas já serve. Acho melhor você ir contá-la para ele.
— Muito bem, patrão.

Jeeves saiu do quarto, eu abri a garrafinha de bolso e entornei dentro da jarra uma bela porção de seu conteúdo. E mal tinha feito isso quando me veio aos ouvidos o ruído de passos do lado de fora da porta. Tive tempo apenas de enfiar a jarra atrás da fotografia de tio Tom, sobre o consolo da lareira, antes que a porta se abrisse e eu me visse diante de um Gussie corcoveando feito um cavalo circense.

— Salve, Bertie — entoou ele. — Salve-salve e de novo salve. Que mundo mais lindo, este, Bertie. Um dos mais bonitos que eu já vi.

Fitei-o pasmo. Nós, os Woosters, somos rápidos como relâmpagos. Percebi de imediato que algo acontecera.

O que estou querendo dizer é que eu tinha visto o camarada andando em círculos, além do que se passou entre nós no gramado. E, se por acaso consegui retratar a cena com um mínimo de habilidade, a imagem que você terá retido na memória seria a de um Fink-Nottle em petição de miséria, meio afundado na altura dos joelhos, esverdeado em volta do pescoço, grudado febrilmente nas lapelas do paletó, num pânico que o debilitava. Numa palavra, um derrotista. Na verdade, durante aquele nosso diálogo, Gussie dera todos os sinais de alguém reduzido a pó de traque.

Bem diverso era o Gussie parado à minha frente, naquele momento. A confiança parecia jorrar-lhe de todos os poros. O rosto estava corado, havia uma luz jovial em seus olhos, e os lábios abriam-se num sorriso fanfarrão. E quando ele desceu a mão mais que animada em minhas costas, antes que eu tivesse tempo de desviar, foi o mesmo que levar um coice de mula.

— Ora, ora, Bertie — continuou o indivíduo, tão jovial quanto um pintarroxo sem uma preocupação na vida —, você vai ficar contente em saber que estava certo. Sua teoria foi testada e aprovada. Sinto-me como um galo de briga.

Meu cérebro cessou de girar. Entendi tudo.

— Você andou bebendo?

— Andei. Conforme você me aconselhou. Coisa ruim. Igual a remédio. Queima a garganta, ainda por cima, e deixa você com uma sede dos diabos. Como alguém pode ingerir aquilo por prazer, eu não entendo. Mas que dá uma boa calibrada no sistema, lá isso dá. Não vou negar. Eu seria capaz de morder um tigre.

— O que você tomou?

— Uísque. Ao menos era o que dizia o rótulo da garrafa de cristal e não tenho motivos para imaginar que uma mulher como sua tia, uma britânica da gema, queira ludibriar o público de propósito. Se ela rotula de uísque as garrafas de cristal dela, de minha parte, acredito que sabemos em que terreno estamos pisando.

— Um uísque com água gasosa, certo? Acho que não poderia ter escolhido melhor.

— Água? — Gussie parecia pensativo. — Eu sabia que tinha esquecido alguma coisa.

— Você não pôs água nenhuma no uísque?

— Nem pensei nisso. Eu só dei uma entradinha na sala de jantar e tomei da garrafa mesmo.

— Quanto?

—Ah, uns dez goles. Doze, quem sabe. Ou quatorze. Digamos que foram dezesseis goles de tamanho médio. Nossa, que sede.

Indo até o lavatório, Gussie tomou toda a água da garrafa. Dei uma olhadela disfarçada para a fotografia do tio Tom, bem atrás dele. Pela primeira vez, desde que aquela aberração entrara em minha vida, agradeci pelo tamanho que tinha. Era grande o suficiente para esconder o segredo. Se Gussie tivesse visto aquela jarra de suco de laranja, sem a menor sombra de dúvida teria avançado para ela feito uma bala.

— Bem, fico satisfeito que esteja se sentindo tão animado — falei.

Gussie afastou-se do lavatório e tentou esmurrar de novo minhas costas. Frustrado pelo meu trabalho veloz de pernas, cambaleou até a cama e sentou-se.

—Animado? Por acaso eu falei que seria capaz de morder um tigre?

— Falou.

— Pois ponha dois tigres. Eu seria capaz de abrir buracos com os dentes numa porta de aço. Você deve ter me achado um grandessíssimo cretino há pouco no jardim. Agora percebo que por dentro você estava achando a maior graça.

— Não estava, não.

— Estava sim — insistiu Gussie. — Bem aí dentro — ele disse, apontando para meu peito. — Também, pudera. O que eu não entendo é como fui fazer tamanho escarcéu. Um servicinho tão insignificante, entregar uns prêmios numa escolinha ordinária de interior. E você, Bertie, entende?

— Não.

— Exato. Nem eu. Uma coisa tão simples. Eu simplesmente subo no palco, digo umas três ou quatro gentilezas, entrego os prêmios aos monstrinhos, e desço de novo, admirado por todos. Sem a mais mínima sugestão de calça rasgada, do começo ao fim. Quer dizer, por que alguém haveria de rasgar a calça? Não faço idéia. Você faz?

— Não.

— Nem eu. Eu vou é abafar a banca. Sei direitinho o que é preciso dizer. Alguma coisa simples, viril, otimista e franca, direto do coração. Este coração aqui — falou Gussie, batendo no peito. — Por que tanto nervosismo, hoje de manhã, eu não consigo entender. Porque de fato não há nada neste mundo mais simples do que entregar um punhado de livrecos bobos a um bando de moleques de cara encardida. Mas mesmo assim, por algum motivo que ora me foge, eu estava me sentindo meio nervoso, mas agora estou ótimo, Bertie. Ótimo, ótimo, ótimo. E vou lhe dizer o seguinte, como velhos amigos que somos. Porque é isso que nós somos, meu caro, ao fim e ao cabo, velhos amigos. Acho que nunca conheci um amigo mais velho. Há quanto tempo você é um velho amigo meu, Bertie?

— Ah, anos e anos.

— Já pensou? Embora, é claro, deva ter havido uma época em que você era um novo amigo... Olha, o gongo para o almoço. Vamos lá, meu velho amigo.

E, levantando-se da cama como uma pulga circense, Gussie dirigiu-se para a porta.

Segui-o um tanto apreensivo. O que ocorreu, claro, foi um excesso de sopa no mel, digamos assim. O que estou querendo dizer é que eu desejava um Fink-Nottle encorajado — e, de fato, todos os meus planos tinham por objetivo e alvo um Fink-Nottle encorajado —, mas me peguei meio indeciso, sem saber se o Fink-Nottle que agora descia a escada pelo corrimão não estaria, talvez, um pouco encorajado demais. O comportamento dele me parecia o de um homem facilmente capaz de atirar bolinhas de miolo de pão durante o almoço.

Felizmente, porém, o desânimo instalado em todos à mesa exerceu um efeito moderador em Gussie. Teria sido necessário alguém bem mais chumbado que ele para fazer pândegas naquela situação. Eu tinha dito a Madeline Bassett que havia corações destroçados em Brinkley Court, e começava a parecer muito provável que em pouco tempo haveria também estômagos destroçados. Anatole se enfurnara no quarto, tomado por um acesso de melancolia, e a refeição que tínhamos à frente fora preparada pela ajudante de cozinha — uma perna-de-pau de marca maior no trato com as frigideiras.

Esse fato, somado aos problemas individuais de cada um, provocou no grupo um silêncio unânime — uma quietude solene, digamos —, que nem mesmo Gussie se sentia disposto a romper. Portanto, exceto por ter cantado um trecho muito curto de música, não houve nada que o desabonasse na ocasião e, pouco depois, levantamo-nos todos, com instruções de tia Dália para que envergássemos nossas melhores fatiotas e estivéssemos em Market Snodsbury no máximo até as três e meia. Havia tempo de sobra para fumar um ou dois cigarrinhos debaixo do caramanchão à beira do lago e foi o que fiz, voltando para o quarto por volta das três da tarde.

Jeeves encontrava-se a postos, dando o polimento final à minha fiel cartola, e, quando eu ia colocá-lo a par dos últimos desdobramentos no caso de Gussie, ele se antecipou e comentou que este último acabara de concluir uma visita de cortesia aos meus aposentos.

— Encontrei o senhor Fink-Nottle sentado aqui, quando cheguei para preparar suas roupas, patrão.

— É mesmo, Jeeves? O Gussie esteve aqui, é?

— Esteve, patrão. Saiu faz poucos minutos. Ele vai para o colégio no carro grande, junto com a senhora Travers e seu marido.

— Você contou a ele aquela sua piada dos dois irlandeses?

— Contei, patrão. Ele riu com muito vigor.

— Ótimo. E você contribuiu com mais alguma coisa para o discurso dele?

— Ousei sugerir-lhe que talvez fosse de bom alvitre mencionar aos jovens cavalheiros que educação é partida, não chegada. O falecido lorde Brancaster era muito afeito a entregar prêmios e nunca deixou de usar essa máxima.

— E como foi que ele reagiu?

— Riu com muito vigor, patrão.

— Coisa que o surpreendeu, sem dúvida? Quero dizer, esse contentamento incessante?

— Exato, patrão.

— Você achou uma atitude estranha em alguém que, quando visto pela última vez, estava no Grupo A dos derrotistas.

— Exato, patrão.

— Há uma explicação muito simples para isso, Jeeves. Desde a última vez em que você o viu, Gussie caiu na farra. Ele está bêbado feito um gambá.

— É mesmo, patrão?

— Totalmente. A tensão foi demais, ele perdeu a coragem, foi até a sala de jantar e começou a sugar o que viu pela frente, qual um aspirador de pó. Parece que encheu o radiador com uísque. E, ao que tudo indica, deu cabo da garrafa quase toda. A sorte, Jeeves, foi ele não ter chegado perto daquele suco de laranja batizado. Seria uma catástrofe.

— Nem me diga, patrão.

Espiei a jarra. A fotografia de tio Tom tinha caído sobre o guarda-fogo e lá estava ela, a céu aberto, num local onde Gussie não poderia deixar de vê-la. Misericordiosamente, estava vazia.

— Foi muito prudente de sua parte, se me permite dizê-lo, patrão, jogar fora aquele suco de laranja.

Fixei os olhos no camarada.

— Como? Não foi você?

— Não, patrão.

— Jeeves, vamos esclarecer bem isto. Não foi você que jogou fora aquele suco de laranja?

— Não, patrão. Eu presumi, ao entrar no quarto e ver a jarra vazia, que houvesse sido o senhor.

Olhamo-nos atônitos. Duas mentes e um único pensamento.

— Eu temo, patrão, que...

— Eu também, Jeeves.

— Parece-me quase certo que...

— Certíssimo. Ponha os fatos na balança. Peneire as evidências. A jarra estava sobre o consolo da lareira, para que todos os olhos a vissem. Gussie vinha se queixando de sede. Você o encontrou aqui, rindo sozinho. Creio que não resta a menor dúvida, Jeeves, de que todo o conteúdo daquela jarra está agora repousando por cima da carga preexistente no interior já bastante alcoólico daquele homem. Preocupante, Jeeves.

— Muito preocupante, patrão.

— Vamos encarar a situação com toda a calma que nos for possível. Você colocou dentro daquela jarra o quê? Digamos que um copinho da substância certa?

— Um copinho bem cheio, patrão.

— E do meu lado eu acrescentei mais ou menos a mesma quantidade.

— Exato, patrão.

— E num abrir e fechar de olhos Gussie, com tudo aquilo saltitando lá dentro dele, estará entregando prêmios na Escola Secundária de Market Snodsbury perante uma platéia que congrega o que há de mais elegante e refinado no condado.

— Exato, patrão.

— Parece-me, Jeeves, que a cerimônia estará crivada de elementos de interesse.
— Exato, patrão.
— Qual, em sua opinião, será o resultado?
— É difícil aventar um palpite, patrão.
— Porque a imaginação vacila diante das inúmeras possibilidades, é isso?
— É, patrão.
Verifiquei minha imaginação. Jeeves tinha razão. Ela vacilou.

17

— No entanto, Jeeves — falei, girando um solícito volante —, tem sempre um lado bom em tudo.

Haviam se passado cerca de vinte minutos e, tendo apanhado o bom homem diante da porta da frente, eu conduzia a baratinha na direção da pitoresca cidade de Market Snodsbury. Naqueles vinte minutos em que nos separamos — ele para ir até seu covil, apanhar o chapéu, eu para acabar de me ataviar —, eu tinha dado tratos à bola.

E passei então a lhe relatar os resultados dessa minha atividade.

— Por mais sombrias que sejam as perspectivas, Jeeves, por mais ameaçadoramente que pareçam se acumular as nuvens de tempestade, um olho aguçado em geral divisa uma nesga de azul. É muito mau, sem dúvida, que Gussie vá começar a entregar prêmios, daqui a dez minutos, num estado de embriaguez avançada, mas não devemos jamais nos esquecer de que coisas assim em geral servem a Deus e ao diabo.

— Quer dizer, patrão, que...

— Justamente. Estou pensando nele enquanto pretendente. Isso tudo deve tê-lo colocado na inusitada situação de poder oferecer a mão em casamento. Ficarei imensamente surpreso se não acabar se transformando numa espécie de homem das cavernas. Você já viu James Cagney no cinema?

— Já, patrão.
— Algo parecido.

Ouvi quando Jeeves tossiu e acertei-o com uma olhada de esguelha. Ele estava com aquele seu arzinho de quem sabe de alguma coisa.

— Quer dizer então que não soube ainda, patrão?
— O quê?
— Não soube que foi anunciado o casamento a se realizar em breve entre o senhor Fink-Nottle e a senhorita Bassett?
— O quê?
— Pois é, patrão.
— Quando foi isso?
— Pouco depois que o senhor Fink-Nottle deixou seu quarto, patrão.
— Ah! Na era pós-suco de laranja?
— Exato, patrão.
— Mas tem certeza da exatidão de suas informações, Jeeves? Como foi que soube?
— Fui informado pelo senhor Fink-Nottle em pessoa, patrão. Ele parecia ansioso em me fazer essa confidência. Contou-me uma história um tanto incoerente, mas não tive a menor dificuldade em dela depreender a substância. Prefaciando as observações com a afirmação de que este é um mundo belíssimo, ele riu muito e disse que estava formalmente noivo.
— Nenhum outro detalhe?
— Nada, patrão.
— Mas é possível imaginar a cena?
— É, patrão.
— Quer dizer, a imaginação não vacila?
— Não, patrão.

Não mesmo. Pude ver com exatidão o que devia ter ocorrido. Introduza uma dose generosa de destilados diversos num homem em geral abstêmio e ele se torna uma força. Ele não fica parado, girando os dedos e gaguejando. Ele age. Não tenho a menor dúvida de que Gussie deve ter se aproximado da Bassett como um estivador chega perto de um saco de carvão. E não era nada difícil visualizar prontamente o efeito que esse tipo de abordagem teria numa mente romântica.

— Ora, ora, ora, Jeeves.
— Pois é, patrão.
— Uma notícia esplêndida.
— Pois é, patrão.
— Percebe agora como eu tinha razão?
— Pois é, patrão.
— Deve ter servido para lhe abrir os olhos, ver como eu lidei com este caso.
— Pois é, patrão.
— O método simples e direto não falha nunca.
— Não, patrão.
— Ao passo que os elaborados já não dão tão certo.
— Pois é, patrão.
— Então tá, Jeeves.

Havíamos chegado à entrada principal da Escola Secundária de Market Snodsbury. Estacionei o carro e entrei, muito satisfeito da vida. Verdade que o problema Tuppy-Ângela continuava sem solução e que as quinhentas libras de tia Dália pareciam mais inatingíveis do que nunca, mas era um prazer enorme ver que as atribulações de meu bom e prezado Gussie estavam definitivamente encerradas.

A Escola Secundária de Market Snodsbury, pelo que eu tinha entendido, fora construída no ano de 1416 e, como acontece com muitos desses estabelecimentos vetustos, as paredes do Grande Refeitório, onde as festividades da tarde ocorreriam, ainda pareciam guardar parte da exalação dos séculos. Era o dia mais quente do verão e, embora alguém houvesse aberto uma janela ou duas, a atmosfera continuava característica e peculiar.

Naquele salão, a juventude de Market Snodsbury vinha fazendo sua refeição do meio-dia há questão de quinhentos anos; e os sabores perduravam. O ar estava meio pesado e lânguido, se é que você me entende, permeado por aromas da Jovem Inglaterra, carne cozida e cenoura.

Tia Dália, que se achava sentada junto com o grupinho de figurões locais, na segunda fileira, me viu assim que eu entrei e fez sinal para que eu fosse me sentar com ela, mas fui esperto o bastante para não cair na esparrela. Enfiei-me entre os que continuavam de pé, nos fundos, e encostei num camarada que, pelo aroma, devia ser um mercador de grãos ou algo parecido. A essência da estratégia, em ocasiões como essa, é estar tão perto da porta quanto possível.

O salão fora festivamente enfeitado com bandeirolas e enfeites de papéis coloridos, mas os olhos encontravam ainda mais ânimo no espetáculo oferecido por um misto de garotos, pais, mães e afins, os primeiros com um nítido predomínio de faces brilhantes e golas ao estilo Eton, para fora do paletó, os últimos enfatizando bastante a presença do cetim preto, no caso das mulheres, e, no caso dos homens, dando indícios inequívocos de que o paletó estava apertado. Logo depois houve alguns aplausos — esporádicos, conforme as palavras de Jeeves —, e vi Gussie sendo levado por um sujeito barbudo de beca até uma cadeira no meio do palco.

E confesso que, ao vê-lo lá na frente e me dar conta de que, não fosse a graça de Deus, lá estaria Bertram Wooster, um arrepio me perpassou a carcaça. Tudo aquilo me fazia voltar precisamente ao dia em que eu discursara numa escola de meninas.

Claro que, olhando com isenção, seria possível dizer que, em se tratando de horror e perigo, não há comparação entre uma platéia quase humana, como a que eu tinha diante de mim, e uma gangue de garotas de rabo-de-cavalo chacoalhando nas costas, e isto, admito, é a pura verdade. Seja como for, aquele espetáculo foi suficiente para que eu me sentisse como o sujeito que vê um companheiro pular do alto das cataratas do Niágara dentro de um barril, e, só de pensar do que eu escapara, tudo em volta escureceu e nadou diante de meus olhos.

Quando recuperei a capacidade de enxergar com clareza, percebi que Gussie já subira ao palco. Estava sentado com as mãos nos joelhos e os cotovelos espetados para fora, em ângulo reto; na verdade, estava idêntico a um artista de variedades com o rosto pintado de preto prestes a perguntar ao parceiro ao lado por que a galinha atravessa a estrada. Olhava para a frente com um sorriso tão fixo e arreganhado que qualquer um poderia adivinhar que ali estava alguém em quem o álcool surtira efeito.

Tia Dália, por exemplo, tendo participado de inúmeros jantares de caça em seu tempo, e inigualável na hora de julgar os sintomas de uma carraspana, levou um susto. Vi que ela lançou uma olhada ansiosa e demorada para Gussie, antes de comentar alguma coisa com tio Tom, sentado à sua esquerda, na hora em que o barbudo entrou na ribalta e começou a discursar. Com base no fato de que ele falava como se tivesse uma batata quente na boca e de que não houve protestos sonoros da parte dos meninos, deduzi que devia ser o diretor.

Com a entrada dele em cena, um misto de resignação com suor frio instalou-se nos presentes. De minha parte, fui me encostar perto de um comerciante de grãos e deixei que a atenção vagasse. O discurso girava em torno das façanhas da escola durante o semestre anterior, e a tendência, nessa parte de qualquer entrega de prêmios, é tentar em vão segurar a atenção das visitas de fora. Quer dizer, você sabe como é. Alguém lhe diz que J. B. Brewster ganhou uma Bolsa para Estudos Clássicos em Cambridge e você fica achando que é uma daquelas piadas que só teriam graça se você conhecesse o sujeito. O mesmo se aplica a G. Bullet recebendo a Bolsa Lady Jane Wix da Faculdade de Ciência Veterinária de Birmingham.

Na verdade, eu e o comerciante, que me parecia um tanto prostrado, como se tivesse tido uma manhã muito árdua vendendo seus grãos, começávamos a cochilar de leve quando, de repente, as coisas se animaram com a entrada de Gussie na linha de frente pela primeira vez.

— Hoje — disse o barbudo —, estamos todos felizes em dar as boas-vindas ao convidado desta tarde, o senhor Fitz-Wattle...

No começo da apresentação, Gussie se recolhera numa espécie de devaneio, com a boca aberta. Lá pela metade do discurso do barbudo, começara a dar vagos sinais de vida. E, durante os minutos finais, havia tentado cruzar uma perna sobre a outra, falhado, tentado de novo e falhado outra vez. Porém foi só à menção de sua presença que exibiu algum sinal de animação genuína. Sentou-se com um tranco.

— Fink-Nottle — disse, abrindo os olhos.

— Fitz-Nottle.

— Fink-Nottle.

— Ou melhor dizendo, Fink-Nottle.

— Claro que é melhor, seu energúmeno — falou Gussie, muito animado. — Tudo bem, vá em frente.

E, fechando os olhos, pôs-se a tentar cruzar as pernas uma vez mais.

Pude perceber que aquele ligeiro atrito irritara um pouco o barbudo. Ele ficou alguns momentos parado, remexendo na cobertura facial com mão vacilante. Entretanto esses diretores de escola são feitos de uma têmpera resistente. A fraqueza passou. Ele se recuperou bem e continuou.

— Estamos todos muito contentes, como eu dizia, de receber como nosso convidado esta tarde o senhor Fink-Nottle, que gentilmente concordou em participar da entrega dos prêmios. Essa tarefa, como vocês bem sabem, deveria ter ficado a cargo de um de nossos amados e vigorosos governantes, membro do conselho diretor, o reverendo William Plomer, e estamos todos, tenho certeza, sentidíssimos de que uma indisposição de última hora o tenha impedido de estar hoje aqui conosco. Mas, se me permitem tomar emprestada uma metáfora familiar da... se me permitem tomar emprestada uma metáfora conhecida de todos vocês... nem tanto ao mar nem tanto à terra.

O barbado calou-se por alguns momentos e sorriu com liberalidade, para mostrar que se tratava de uma brincadeira. Eu poderia ter avisado o sujeito de que não iria adiantar. Ninguém moveu um músculo. O comerciante inclinou-se para mim e resmungou "Quemquié?", ou algo assim.

É sempre desagradável esperar pelas risadas e descobrir que a pilhéria não agradou à freguesia. O sujeito barbudo ficou visivelmente sem graça. Entretanto acredito que teria sobrevivido a isso, se não tivesse àquela altura, e de novo, trazido Gussie à baila.

— Em outras palavras, embora privados da companhia do reverendo Plomer, temos conosco, esta tarde, o senhor Fink-Nottle. Estou certo de que o nome Fink-Nottle dispensa qualquer apresentação, pois se trata, eu ousaria dizer, de um nome conhecido de todos nós.

— De todos, não — disse Gussie.

E, no momento seguinte, vi o que Jeeves quis dizer quando o descreveu como alguém de riso vigoroso. "Rir com muito vigor" era, sem a menor sombra de dúvida, uma expressão bem adequada. Aquilo mais parecia uma explosão de gás.

— Dois minutos atrás você não parecia conhecer muito bem meu nome — falou Gussie. E, lembrado por algum motivo inexplicável do sobrenome "Wattle" que lhe fora atribuído, repetiu-o umas dezesseis vezes, em tons de voz cada vez mais altos.

— Wattle, Wattle, Wattle — concluiu por fim. — Então tá. Vamos em frente.

O barbudo, no entanto, já tinha feito sua parte e ficou lá parado, mordido de incerteza; observando mais atentamente, entendi que ele estava numa encruzilhada. Deu para ver direitinho o que se passava na cabeça do sujeito, como se tivesse me confidenciado tudo ele mesmo. O camarada queria ir se sentar e dar por encerrada sua participação na solenidade, mas havia uma pedra em seu caminho: se assim o fizesse, teria de optar entre ouvir os destemperos de Gussie ou pular o discurso e ir direto para a entrega de prêmios.

Essa coisa de ter de decidir assim tão de última hora é terrivelmente complicada. Andei lendo no jornal, outro dia, sobre os sujeitos que estão tentando partir o átomo, sendo que o enrosco é que ninguém tem a menor idéia do que vai acontecer depois. Pode ser que dê tudo certo. Por outro lado, pode ser que nem tudo dê certo. Imagine a cara do camarada se, depois da fissão do átomo, ele de repente vir sua casa indo pelos ares e, junto com ela, ele próprio e todos os seus.

Assim ocorria com o sujeito de barba. Se estava ou não a par dos detalhes íntimos do caso Gussie, eu não saberia dizer, mas pelo visto tinha plena consciência de que topara com algo palpitante. Umas poucas voltas para reconhecer o terreno haviam mostrado que Gussie tinha um jeito muito seu de fazer as coisas. Na verdade, as interrupções efetuadas durante a peroração do barbudo bastaram para mostrar aos mais perspicazes que ali, participando da maior festança da temporada, estava um homem que, pressionado a fazer um discurso, poderia nele embarcar de forma a marcar época.

Por outro lado, em que pé ficariam as coisas se Gussie fosse acorrentado e sua cabeça coberta por um pano verde? A cerimônia terminaria uma boa meia hora antes do tempo.

Era, como eu disse, um problema dificílimo de solucionar e, sozinho, não sei a que conclusão ele teria chegado. Pessoalmente, acredito que teria optado por uma saída segura. No fim, entretanto, a coisa lhe escapou das mãos, porque Gussie, depois de ter se espreguiçado e bocejado um tantinho, ligou aquele seu sorriso perolado de novo e zarpou para a beirada do palco.

— Discurso — ele disse com toda a cortesia.

Em seguida, parou com os polegares enterrados nas cavas do colete, esperando que os aplausos cessassem.

Levou um certo tempo para que isso acontecesse, já que obteve uma ovação e tanto. Desconfio que os rapazes da Escola Secundária de Market Snodsbury não tinham muitas oportunidades de ver um cidadão dotado de suficiente espírito público chamar o diretor deles de energúmeno, e todos manifestaram seu apreço de forma declarada. Gussie podia estar de pileque, mas, no que dizia respeito à maioria da platéia, estava era com tudo.

— Rapazes — disse ele —, quer dizer, senhoras, senhores e rapazes, não vou detê-los muito tempo, mas proponho, nesta oportunidade, sentir-me compelido a dizer algumas palavras auspiciosas. Senhoras... rapazes e senhoras e senhores... todos nós ouvimos com grande interesse os comentários de nosso amigo aqui, que esqueceu de fazer a barba hoje de manhã... eu não sei o nome dele, mas ele também não sabia o meu... Fitz-Wattle, ora sim senhor, um absurdo total... e isso nos deixa quites... em parte... e estamos todos muito pesarosos que o reverendo Não-Sei-Das-Quantas esteja morrendo de adenóides, mas, afinal de contas, vivo hoje, morto amanhã, e toda a carne é capim e sei lá mais o quê, mas não era isso que eu queria dizer. O que eu queria dizer era o seguinte... e vou dizê-lo com confiança... sem medo de contradições... vou dizer, em suma, que me acho muito feliz de estar aqui hoje nesta ocasião tão auspiciosa e tenho muito prazer em entregar com toda a generosidade estes prêmios, que são aqueles lindos livros que estamos vendo sobre aquele mesa ali. Como diz Shakespeare, há sermões em livros e pedregulhos nos lépidos regatos, quer dizer, ao contrário... e eis aí, tudo resumido.

As palavras caíram bem e não me surpreendi. Admito que não consegui entender alguns trechos, mas qualquer pessoa seria capaz de discernir idéias maduras naquela fala. O espantoso é que o tratamento escolhido tivesse transformado até mesmo um paspalho apatetado como Gussie num ser capaz de fazer um discurso.

O que só vem a provar aquilo que qualquer parlamentar poderá lhe dizer, ou seja, que, quando se quer oratória de verdade, uma birita preliminar é fundamental. Se você não estiver bêbado, não há a menor chance de cativar a platéia.

— Senhores — continuou ele —, quer dizer, senhoras e senhores e, claro, rapazes, que mundo mais lindo este nosso. Um mundo lindíssimo, cheio de felicidade por todos os lados. Deixem-me contar-lhes uma pequena história. Dois irlandeses, Pat e Mike, estavam andando pela Broadway e um deles disse ao outro: "Por Deus, nem sempre o prêmio é para os que melhor correm". E o outro respondeu: "Por Nosso Senhor, a educação é partida, não chegada".

Devo dizer que me pareceu uma história muito imbecil, uma das piores que já ouvi na vida, e me surpreendeu que Jeeves a tivesse considerado digna de figurar num discurso. Entretanto, quando o apertei a respeito do assunto, mais tarde, ele me disse que Gussie alterara um bocado o enredo e talvez isso explique a sensaboria.

De todo modo, foi esse o conto em que Gussie aumentou seu ponto, obtendo boas risadas porque, como você há de lembrar, àquela altura já se tornara um sucesso de público. Talvez houvesse um sujeito de barba ou outro sentado no palco e uma pequena porção na segunda fileira que desejavam ver encerrada a sessão quanto antes, mas a platéia como um todo estava solidamente do lado dele.

Houve aplausos e alguém gritou: "Bravo!".

— Exato — prosseguiu Gussie —, este é um mundo maravilhoso. O céu é azul, os pássaros cantam, existe otimismo por todos os lados. E por que não, rapazes, e senhoras e senhores? Eu estou feliz, vocês estão felizes, estamos todos felizes, até mesmo o mais miserável dos irlandeses que transitam pela Broadway está feliz. Embora, como eu tenha dito, fossem dois e não um — Pat e Mike, um partindo, outro chegando. E eu gostaria que vocês, rapazes, mesmo roubando parte de meu tempo, dessem três vivas a este mundo lindo. Todos juntos, agora.

Não demorou muito para que a poeira assentasse e o estuque parasse de cair do teto, e Gussie continuou:

— As pessoas que dizem que este mundo não é lindo não sabem o que estão dizendo. Vindo para cá de carro, hoje, para entregar estes maravilhosos prêmios, embora relutante, tive de esclarecer meu anfitrião sobre essa mesma questão: o velho Tom Travers. Vocês podem vê-lo ali, sentado na segunda fileira, ao lado da gorda de bege.

Gussie apontou, prestativo, e os cento e poucos habitantes de Market Snodsbury presentes que espicharam o pescoço na direção indicada puderam ver tio Tom enrubescendo graciosamente.

— E eu esclareci de uma vez por todas o pobre-diabo. Ele havia manifestado a opinião de que o mundo anda num estado deplorável. E eu disse: "Não fale besteira, meu velho Tom Travers". "Não tenho o hábito de falar besteiras", disse-me ele. "Então, para um principiante", eu respondi, "você está indo muito bem." E acredito que vocês hão de concordar, rapazes, e senhoras e senhores, que isso foi uma grande verdade.

A platéia deu a impressão de concordar com ele. Gussie acertou em cheio. A voz que tinha dito "Bravo" disse "Bravo" de novo e meu comerciante de grãos martelou vigorosamente o chão com uma enorme bengala.

— Bem, rapazes — retomou Gussie, depois de puxar os punhos da camisa para fora da manga do paletó e fazer uma careta horrenda —, este é o final do semestre e muitos de vocês, sem dúvida, estarão saindo da escola. E eu não vou culpá-los, porque há um ranço aqui que dá para cortar com faca. Vocês vão sair daqui para entrar no grande mundo. Logo mais, muitos de vocês estarão caminhando pela Broadway. E a idéia que eu gostaria de insuflar em vocês, não obstante as adenóides todas, é a seguinte: lutem para que o pessimismo não tome conta e vocês comecem a falar besteira como o velho Tom Travers. Aquele na segunda fileira. O camarada que tem uma cara que parece uma noz.

Em seguida calou-se para permitir aos que assim o desejassem dar mais uma olhada em tio Tom, momento em que me peguei matutando com uma certa perplexidade. Meu longo convívio com os sócios do Drones havia me deixado bastante familiarizado com as várias maneiras com que alguns goles a mais da espirituosa Hipocrene podem subir à cabeça do indivíduo, mas eu nunca vira ninguém reagir do jeito que Gussie reagia.

Havia uma vivacidade em sua performance que eu ainda não presenciara, nem mesmo no caso de Barmy Fotheringay-Phipps na véspera do Ano-Novo.

Jeeves, quando discuti a questão com ele, mais tarde, disse que tinha a ver com inibições, se é que eu entendi direito a palavra, e com a supressão, acho que foi esse o termo que ele empregou, do ego. O que ele quis dizer, imagino, foi que, devido ao fato de Gussie ter acabado de completar um estirão de cinco anos de irrepreensível retiro entre tritões, todas as tolices que deveriam ter se espalhado de modo uniforme e em camadas finas, nesses cinco anos, e que ficaram soterradas durante aquele período, vieram à tona num só golpe — ou, se você preferir colocar de outro modo, irromperam como uma onda gigante.

Talvez haja um fundo de verdade nisso. Jeeves costuma acertar.

De toda maneira, seja qual for o caso, eu estava feliz da vida de ter tido a sabedoria de ficar longe da segunda fileira. Talvez não fosse digno do prestígio de um Wooster espremer-me entre o proletariado na seção em pé, mas, ao menos, e essa era minha impressão, eu estava fora da zona de perigo. Àquela altura, os desatinos de Gussie eram de tal ordem que, ao menos assim me parecia, se ele me visse, talvez se voltasse até mesmo contra um velho amigo de escola.

— Se há uma coisa que eu não suporto neste mundo — prosseguiu Gussie — é um pessimista. Sejam otimistas, rapazes. Todos vocês sabem qual é a diferença entre um otimista e um pessimista. Um otimista é um homem que... bem, tomem como exemplo os dois irlandeses caminhando pela Broadway. Um é um otimista e o outro é um pessimista, assim como o nome de um é Pat e o do outro é Mike... Ora, ora, Bertie. Olá. Eu não sabia que você estava aqui.

Tarde demais, tentei cavar um buraco na terra, atrás do comerciante, mas descobri que não havia mais comerciante nenhum ali. Algum compromisso repentinamente lembrado — talvez a promessa feita à mulher de estar em casa para o chá — fizera com que o homem escapulisse, deixando-me a ver navios.

Entre mim e Gussie, que me apontava de forma ostensiva, não havia nada além de um mar de fisionomias interessadas me olhando.

— Agora, lá está — vociferou Gussie, sem parar de apontar — um exemplo do que quero dizer. Rapazes e senhoras e senhores, dêem uma boa olhada para aquela coisa parada lá no fundo da sala, de calça e paletó social, gravata cinzenta discreta, e cravo na lapela, não há como não ver. Bertie Wooster, eis aí o nome dele, é um pessimista de marca maior. Pois saibam que desprezo esse homem. E por que eu o desprezo? Porque, rapazes e senhoras e senhores, ele é um pessimista. A atitude dele é derrotista. Quando eu contei a ele que iria fazer um discurso para vocês esta tarde, ele tentou me dissuadir. E sabem como ele tentou me dissuadir? Dizendo que minha calça iria rasgar nos fundilhos.

A ovação com que esta última frase foi recebida foi maior que as anteriores. Qualquer coisa que girasse em torno de calça rasgada iria direto ao coraçãozinho singelo dos jovens eruditos da Escola Secundária de Market Snodsbury. Dois na fileira da frente ficaram da cor de uma beterraba, e um rapazote miúdo de sardas, sentado ao lado deles, me pediu um autógrafo.

— Permitam-me contar a vocês uma história sobre Bertie Wooster.

Um Wooster é capaz de suportar muita coisa, mas não pode ver seu nome brandido em praça pública. Eu já estava em vias de executar uma escapulida silenciosa com alguns passinhos discretos até a porta quando me dei conta de que o sujeito de barba tinha finalmente decidido dar por encerrada a sessão.

Por que motivo ele não fizera isso antes estava fora do alcance de minha compreensão. Ficara hipnotizado, imagino. E, claro, quando um camarada cai no agrado da platéia da forma como Gussie caíra, nunca é muito fácil intervir. Entretanto, a perspectiva de ter de ouvir mais outra das anedotas de Gussie deve ter sido a gota d'água. Levantando-se quase da mesma forma como eu me levantara do banco, no início daquela penosa cena com Tuppy, ao entardecer, o barbado deu um salto para os lados da mesa, agarrou um livro e avançou para o orador.

Tocou no braço de Gussie, que, virando-se com um gesto brusco e vendo um sujeito grandalhão e de barba com todo o jeito de a qualquer momento lhe dar com um livro na cabeça, recuou em atitude de autodefesa.

— Talvez, senhor Fink-Nottle, já que nosso tempo é curto, fosse melhor nós...

— Oh, ah — fez Gussie, pegando o recado. Depois relaxou. — Os prêmios, é? Claro, lógico. Então, tá. Acho melhor mesmo liquidar logo com isso. Esse qual é?

— Ortografia e ditado. P. K. Purvis — anunciou o sujeito de barba.

— Ortografia e ditado. P. K. Purvis — ecoou Gussie, como se estivesse dando uma bronca. — Apresente-se, P. K. Purvis.

Depois do gongo ao discurso de Gussie, a necessidade de bater em retirada por razões estratégicas, conforme o planejado, não me pareceu mais tão premente. Eu não tinha a menor vontade de me afastar dali, a menos que fosse obrigado. Quer dizer, eu havia dito a Jeeves que a festa estaria crivada de elementos de interesse, e ela estava crivada de elementos interessantes. Os métodos de Gussie tinham um certo magnetismo, alguma coisa que prendia e deixava a pessoa relutante em abrir mão do espetáculo, desde que, é claro, não houvesse nenhuma insinuação de caráter pessoal. Decidi portanto ficar e logo mais escutei um rangido musical e vi P. K. Purvis subindo ao palco.

O campeão de ortografia e ditado tinha um metro de altura, seus sapatos rangiam, seu rosto era rosado e o cabelo, cor de palha.

— Você é P. K. Purvis?

— Sim, senhor.

— Este é um mundo lindo, P. K. Purvis.

— Sim, senhor.

— Ah, você também reparou, é? Ótimo. Por acaso você é casado?

— Não, senhor.

— Então se case, P. K. Purvis — disse Gussie, com toda a sinceridade. — É a única vida que vale a pena... Bem, cá está seu livro. Parece que é uma grande tolice, pelo título, mas, tal como me veio, cá está seu prêmio.

P. K. Purvis rangeu de volta, em meio a uns poucos aplausos, mas seria impossível não reparar que a eles seguiu-se um silêncio um tanto tenso. Era óbvio que Gussie estava lançando novas luzes sobre os círculos discentes de Market Snodsbury. Pais e mães trocaram olhares. O sujeito barbudo estava com jeito de alguém que ingerira até a última gota de um cálice amargo. Quanto à tia Dália, seu comportamento já mostrava com toda a clareza que as últimas dúvidas haviam sido dirimidas e que o veredicto fora dado. Vi quando ela cochichou qualquer coisa no ouvido da Bassett, que estava do lado direito dela, e também vi quando a Bassett meneou muito triste a cabeça, com seu jeito de fada que vai verter uma lágrima e acrescentar outra estrela à Via-Láctea.

Gussie, após a partida de P. K. Purvis, caíra numa espécie de devaneio, de boca aberta e mãos nos bolsos. De repente, notando um garoto gordo de calça curta do seu lado, levou um baita susto.

— Olá — disse ele, visivelmente abalado. — Quem é você?

— Este — falou o barbudo — é R. V. Smethurst.

— O que ele está fazendo aqui? — Gussie perguntou, desconfiado.

— Veio receber o prêmio de desenho, senhor Fink-Nottle.

Isso, pelo visto, pareceu a Gussie uma explicação razoável. A fisionomia se desanuviou.

— Certo, certo — disse ele... — Bem, aqui está, seu presunçoso. Já vai? — perguntou, enquanto o garoto se preparava para bater em retirada.

— Vou, sim, senhor.

— Espere aí, R. V. Smethurst. Nada de pressa. Antes de ir, há uma pergunta que eu gostaria de lhe fazer.

Entretanto, como o objetivo do camarada barbudo parecia ser o de dar uma apressada na cerimônia, ele conduziu R. V. Smethurst para fora do palco, mais ou menos como o vigia do *pub* pesarosamente expulsa um antigo e respeitado freguês, e começou a chamar G. G. Simmons. Momentos depois, este último estava de pé, indo na direção do palco, e imagine minha emoção quando foi anunciado que o prêmio a ser conferido era por conhecimento das Escrituras. Um dos nossos, é o que eu quero dizer.

G. G. Simmons era um rapazinho antipático de semblante atrevido, feito quase que só de dentes e óculos, mas eu aplaudi com vontade. Nós, os bambas das Escrituras, somos uma categoria unida.

Gussie, e me doeu perceber isso, não gostou dele. Não havia em seus modos, ao encarar G. G. Simmons, nada da camaradagem que marcara seu diálogo com P. K. Purvis ou, em menor grau, com R. V. Smethurst. Gussie estava frio e distante.

— Bem, G. G. Simmons.

— Sim, senhor.

— O que está querendo dizer com esse seu "sim, senhor"? Coisa mais idiota de dizer. Quer dizer então que você vai ganhar o prêmio de conhecedor das Escrituras, é?

— Sim, senhor.

— Pois é — continuou Gussie —, você é bem o tipo do sujeitinho chato que ganha desses prêmios. E no entanto — altura em que parou para inspecionar a criança com toda a atenção — como saber se esse prêmio foi concedido com justiça? Deixe-me testá-lo, G. G. Simmons. Quem foi aquele camarada que gerou aquele outro sujeito? Pode me responder, Simmons?

— Não, senhor, não posso.

Gussie voltou-se para o barbudo.

— Muito suspeito. Muito suspeito mesmo. Este menino não parece saber grande coisa sobre as Escrituras.

O barbudo passou a mão pela testa.

— Posso lhe garantir, senhor Fink-Nottle, que todo cuidado foi tomado na hora de conferir as notas. Também posso lhe garantir que Simmons ficou muito à frente dos outros competidores, por ampla margem.

— Bem, se o senhor garante — disse Gussie, em tom duvidoso. — Certo, G. G. Simmons, pegue seu prêmio.

— Sim, senhor. Obrigado.

— Mas antes eu gostaria de lhe dizer que não há nada do que se vangloriar em relação a prêmios por conhecimento das Escrituras. Bertie Wooster...

Não sei de outro momento em que tenha sofrido um choque pior. Até então eu achara que, impedido de fazer seu discurso, Gussie recolhera, digamos, suas garras. Baixar a cabeça e me esgueirar rumo à porta foi, no meu caso, obra de segundos.

— Bertie Wooster ganhou um prêmio por conhecimento das Escrituras, na escola primária que cursamos juntos, e vocês sabem como ele é. Mas, claro, Bertie trapaceou e muito. Ele conseguiu obter aquele troféu por conhecimento das Escrituras passando por cima da cabeça de homens muito melhores e usando alguns dos mais rudes e ousados métodos de cola jamais vistos, mesmo para os padrões de uma escola onde tais atividades eram comuns. Se os bolsos daquele homem, quando entrou na sala de exame, não estavam recheados até a boca com listas dos reis de Judá...

Não ouvi mais nada. Momentos mais tarde, eu respirava o ar concedido por Deus, futucando com um pé febril o pedal do acelerador de meu carrinho.

O motor rugiu. A embreagem entrou em posição. Buzinei e parti.

Meus gânglios ainda vibravam quando entrei com o carro nos estábulos de Brinkley Court, e foi um Bertram abaladíssimo quem subiu até o quarto para trocar de roupa e vestir algo mais confortável. Tendo posto calça de flanela, deitei-me na cama por alguns momentos e, imagino, devo ter cochilado, porque de repente acordei com Jeeves do meu lado.

Sentei-me.

— Trouxe o chá, Jeeves?
— Não, patrão. Está quase na hora do jantar.

A névoa se dissipou.

— Devo ter adormecido.
— Deve, patrão.
— É a natureza cobrando seu preço de uma carcaça exausta.
— Pois é, patrão.
— E um preço alto.
— Pois é, patrão.

— E agora você diz que já está quase na hora do jantar? Está bem. Não estou com disposição para jantar, mas imagino que é melhor você separar as roupas.

— Não será necessário, patrão. Ninguém irá se vestir para o jantar esta noite. Há uma ceia fria à espera na sala de jantar.

— Por quê?

— Por ordens da senhora Travers, para minimizar o trabalho dos empregados, que irão a um baile na residência de *Sir* Percival Stretchley-Budd esta noite.

— Claro, lógico. Agora me lembro. Prima Ângela me contou. Então o baile é hoje, é? Você vai, Jeeves?

— Não, patrão. Não me apetece muito esse tipo de entretenimento comum nos distritos rurais, patrão.

— Entendo perfeitamente. Esses arrasta-pés de interior são todos iguais. Um piano, um violino e um assoalho que é uma lixa. Sabe se Anatole irá? Ângela ficou com a impressão que não.

— A senhorita Ângela acertou, patrão. *Monsieur* Anatole está de cama.

— Temperamentais, esses franceses.

— Exato, patrão.

Houve uma pausa.

— Bem, Jeeves — eu falei —, não resta dúvida de que tivemos uma tarde e tanto, não é mesmo?

— Tivemos, patrão.

— Não consigo me lembrar de outra tão cheia de incidentes. E olhe que eu saí antes de terminar.

— Pois é, patrão, observei sua partida.

— Você não pode me culpar por bater em retirada.

— Não, patrão. O senhor Fink-Nottle, sem sombra de dúvida, tornou-se constrangedoramente pessoal.

— Houve muito mais coisa, depois que eu parti?

— Não, patrão. A cerimônia terminou logo em seguida. Os comentários do senhor Fink-Nottle em relação ao jovem G. G. Simmons acarretaram um encerramento precipitado das festividades.

— Mas ele já tinha terminado com os comentários sobre G. G. Simmons.

— De forma apenas temporária, patrão. Ele os retomou logo após sua partida. Como há de estar lembrado, patrão, ele já tinha dito que suspeitava da boa-fé do jovem Simmons e embarcou então num virulento ataque verbal contra o jovem cavalheiro, asseverando ser impossível ele ter ganho o prêmio por conhecimento das Escrituras sem lançar mão de colas sistemáticas em escala maciça. Chegou inclusive a insinuar que o jovem Simmons era bem conhecido da polícia.

— Santa Bárbara, Jeeves!

— Pois é, patrão. E suas palavras causaram um pandemônio considerável na platéia. Eu descreveria a reação dos presentes às acusações como tendo sido mista. Os jovens pareciam satisfeitos e aplaudiram com todo o vigor, mas a mãe do jovem Simmons levantou-se da cadeira e protestou com muita ênfase contra os dizeres do senhor Fink-Nottle.

— E Gussie se deixou impressionar? Recuou de sua posição?

— Não, patrão. Disse que estava enxergando as coisas com mais clareza e chegou a sugerir uma ligação culposa entre a mãe do jovem Simmons e o diretor da escola, acusando este último de ter fraudado os resultados, palavras dele, a fim de obter os favores da primeira.

— Não acredito.

— É verdade, patrão.

— Caramba, Jeeves! E depois...

— Eles cantaram o hino nacional, patrão.

— Não acredito.

— É verdade, patrão.

— Num momento daqueles?

— Exato, patrão.

— Bem, você estava lá e deve saber, claro, mas seria de se imaginar que a última coisa que Gussie e essa mulher teriam feito, nas circunstâncias, seria embarcar num dueto cantado.

— O senhor não me entendeu corretamente, patrão. Todos os presentes cantaram o hino. O diretor virou-se para o organista e lhe disse alguma coisa em voz baixa. Ao que este último começou a tocar o hino nacional e a cerimônia terminou.

— Entendo. E já não era sem tempo.

— Exato, patrão. A atitude da senhora Simmons se tornou inegavelmente ameaçadora.

Meditei a respeito. O que eu acabara de ouvir era, lógico, de natureza a provocar piedade e terror, sem falar em alarme e profunda tristeza, e eu faltaria com a verdade se dissesse que fiquei satisfeito com as notícias. Por outro lado, estava tudo terminado e me parecia que a melhor tática seria não lamentar o leite derramado e concentrar a mente no futuro promissor. Quer dizer, Gussie talvez tivesse batido o recorde de Worcestershire de patetices e, sem sombra de dúvida, abrira mão de toda e qualquer chance de se tornar um dos filhos favoritos de Market Snodsbury, mas era preciso admitir que ele pedira a mão de Madeline Bassett e que ela aceitara.

Expus os fatos a Jeeves.

— Uma exibição pavorosa — falei —, que muito possivelmente ficará nos anais da história. Mas não podemos nos esquecer, Jeeves, de que Gussie, ainda que visto agora por toda a redondeza como uma aberração, conseguiu o que queria.

— Não, patrão.

Não entendi muito bem a resposta.

— Quando você disse "Não, patrão", você quis dizer "Sim, patrão"?

— Não, patrão. Quero dizer, "Não, patrão".

— Ele não conseguiu o que queria?

— Não, patrão.

— Mas ele está noivo.

— Não está mais, patrão. A senhorita Bassett terminou o noivado.

— Não pode ser.

— Pode, patrão.

Pergunto-me se você terá notado algo bastante peculiar a respeito desta crônica. Sim, porque, num momento ou noutro, praticamente todos que desempenham um papel nela tiveram ocasião de enterrar o rosto nas mãos. Olhe que já participei de muitas situações críticas, em meu tempo, mas nunca estive em contato com um bando tão coeso de desesperados.

Tio Tom enterrou o rosto nas mãos, lembra-se? Assim como Gussie. Tuppy também. É muito provável, embora eu não tenha todos os dados, que o cozinheiro Anatole tenha feito o mesmo. Até mesmo a Bassett pode ter sucumbido. Tia Dália, não tenho a menor dúvida, teria feito igual, não fosse o receio de desarrumar a carapaça engomada do penteado.

Bem, o que estou tentando dizer é que, diante do exposto, também eu enterrei o rosto nas mãos. Subiram as últimas, baixou o primeiro e, numa fração de segundo, eu repetia com toda a energia o gesto universal.

E foi enquanto eu ainda massageava o coco e me perguntava qual seria o próximo passo que houve um tranco na porta como se estivessem entregando uma tonelada de carvão.

— Acho que talvez seja o próprio senhor Fink-Nottle, patrão — disse Jeeves.

Sua intuição, no entanto, não foi acertada. Não era Gussie, e sim Tuppy. Ele entrou e parou, bufando feito um asmático. Era óbvio que estava profundamente abalado.

18

OLHEI-O COM ATENÇÃO. Não gostei do que vi. Não que eu tenha gostado alguma vez, pelo menos não muito, e isso porque a natureza, ao planejar este sujeito de ouro, botou muito mais mandíbula do que era absolutamente necessário e fez os olhos um tanto perspicazes demais para alguém que não é nem um fundador de impérios nem guarda de trânsito. Entretanto, na ocasião descrita, além de ofender o senso estético, Glossop parecia vir acompanhado de um ar característico de ameaça e me peguei desejando que Jeeves não fosse sempre tão cheio de tato.

Quer dizer, tudo bem se escafeder qual uma enguia se esgueirando pelo lodo quando o patrão recebe uma visita, mas há momentos — e estava me parecendo que aquele seria um deles — em que o verdadeiro tato é fazer pé firme e ficar a postos, por perto, para dar uma mãozinha no calor da refrega.

Jeeves, porém, não estava mais entre nós. Eu não o vira partir, e tampouco o escutara partir, mas ele tinha partido. Até onde o olho alcançava, não se via ninguém além de Tuppy. E, no aspecto de Tuppy, como eu disse, havia alguma coisa que chegava a preocupar. Ele parecia um homem imbuído do firme propósito de reabrir a questão de eu ter feito cócegas nos calcanhares de Ângela.

Entretanto, pelo comentário inicial, percebi que eu me alarmara sem razão. Foram de natureza pacífica e representaram um enorme alívio para mim suas palavras.

— Bertie — disse-me ele —, eu lhe devo um pedido de desculpas e vim pedi-las.

Meu alívio ao ouvir tais palavras, que por sinal não continham referência nenhuma a qualquer tipo de cócegas em calcanhares, foi, como eu disse, enorme. Mas não creio que tenha sido maior do que minha surpresa. Haviam se passado meses, desde aquele penoso episódio no Drones, e até então Tuppy não dera o menor sinal de remorso ou contrição. Na verdade, cheguei a ouvir rumores, oriundos de fontes privadas, de que ele costumava contar a história em jantares e outros tipos de reunião, rindo a bandeiras despregadas sempre que o fazia.

Tive uma certa dificuldade em entender o que poderia tê-lo levado a querer se redimir tanto tempo depois. Talvez tivesse levado um cutucão da sua consciência, mas por quê?

De qualquer modo, lá estava.

— Meu caro amigo — falei eu, cavalheiresco até o último fio de cabelo —, não falemos sobre o assunto.

— De que adianta dizer "Não falemos sobre o assunto"? Eu já falei.

— Eu quis dizer não falemos mais sobre o assunto. Não dê mais atenção à questão. Nós todos nos deixamos levar às vezes e fazemos coisas das quais, em nossos momentos mais calmos, nos arrependemos. Sem dúvida você devia estar meio de pileque na ocasião.

— Sobre que diabos você acha que está falando?

Não gostei do tom dele. Brusco.

— Corrija-me se eu estiver errado — falei, com uma certa rigidez na voz —, mas eu presumi que você estivesse me pedindo desculpas por sua conduta execrável no dia em que tirou o último anel de cima da piscina do Drones, fazendo com que eu desse um mergulho de paletó de *smoking* e gravata-borboleta.

— Idiota! Não tem nada a ver com isso.
— Então o que é?
— Essa história da Bassett.
— Que história da Bassett?
— Bertie — disse-me Tuppy —, quando você me disse ontem à noite que estava apaixonado pela Madeline, eu lhe dei a impressão de ter acreditado, mas no fundo não acreditei numa palavra. A coisa toda me parecia incrível demais. Entretanto, de lá para cá, andei fazendo perguntas e os fatos parecem comprovar sua declaração. Vim aqui pedir desculpas por ter duvidado de você.
— Fazendo perguntas?
— Perguntei a ela se você tinha se declarado e ela disse que sim, que você tinha.
— Tuppy! Você não pode ter feito uma coisa dessas.
— Fiz.
— Será que não tem um pingo de delicadeza, de sentimentos gentis?
— Não.
— Não? Bem, então tá. Mas continuo achando que devia ter.
— A delicadeza que se dane. Eu queria ter certeza de que não foi você quem roubou Ângela de mim. Agora sei que não foi.

Contanto que ele soubesse disso, a mim não importava tanto assim que houvesse falta de delicadeza nele.

— Ah — disse eu. — Bem, isso é ótimo. Guarde esse pensamento bem guardado.
— Já descobri quem foi.
— O quê?

Tuppy matutou alguns momentos. Os olhos faiscavam com um fogo baço. O queixo projetava-se feito o occipital de Jeeves.

— Bertie — continuou ele —, você se lembra do que eu jurei fazer com o camarada que tivesse roubado Ângela de mim?
— Se não me falha a memória, acho que você planejou virá-lo do avesso...

— ... e fazê-lo engolir a própria cabeça. Correto. O plano ainda está de pé.

— Mas, Tuppy, eu garanto a você, como testemunha competente que sou, que ninguém roubou a prima Ângela de você durante a viagem a Cannes.

— Não. Mas roubaram depois que ela voltou.

— O quê?

— Veja se pára de ficar dizendo "O quê?". Você ouviu perfeitamente.

— Mas ela não esteve com ninguém, depois que voltou.

— Ah, não? E o que me diz daquele sujeito dos tritões?

— Gussie?

— Justamente. A víbora do Fink-Nottle.

Isso me parecia um desatino total.

— Mas Gussie está apaixonado pela Bassett.

— Impossível que todos vocês estejam apaixonados por essa danada da Bassett. O que me espanta é que alguém consiga sentir tal coisa. Não. O Gussie gosta da Ângela, estou lhe dizendo. E ela gosta dele.

— Mas ela já tinha dado o fora em você antes de Gussie pôr os pés aqui.

— Não tinha, não. Foram algumas horas depois.

— Ele não pode ter se apaixonado por ela em duas, três horas.

— Por que não? Eu me apaixonei por ela em dois minutos. Passei a adorá-la assim que nos conhecemos, aquela pestinha de olho arregalado.

— Mas, Tuppy, caramba...

— Não discuta comigo, Bertie. Os fatos estão todos documentados. Ângela ama aquela excrescência apaixonada por tritões.

— Absurdo total, meu bom camarada. Absurdo total.

— Ah, é? — Tuppy fincou o calcanhar no tapete, um gesto que eu já vira mencionado em várias de minhas leituras, mas que jamais presenciara.

— Então quem sabe você não se importe em me explicar como é que ela foi ficar noiva dele?

O susto foi tamanho que uma pena teria me derrubado.

— Noiva dele?

— Foi ela mesma quem me contou.

— Ela estava brincando.

— Ela não estava brincando. Logo depois de encerrada a festa na Escola Secundária de Market Snodsbury, ele pediu a mão dela em casamento e parece que ela consentiu sem um murmúrio de hesitação.

— Tem alguma coisa errada nisso.

— Tem mesmo. E a víbora do Fink-Nottle é o culpado. A esta altura, aposto como já percebeu. Estou atrás dele desde as cinco e meia da tarde.

— Atrás dele?

— Você não o teria visto, por acaso?

— Não.

— Bem, se você o vir, despeça-se dele rapidamente e pode ir encomendando os lírios... Ah, Jeeves.

— Pois não?

Eu não ouvira a porta se abrir, mas lá estava o homem de novo. Eu tenho para mim, e creio já ter mencionado isso antes, que Jeeves não precisa abrir portas. Ele é como aqueles sujeitos na Índia que vivem saçaricando de lá para cá com seu corpo astral — falo daqueles indivíduos que, desaparecendo em Bombaim, remontam as peças e surgem dois minutos depois em Calcutá. Apenas uma teoria dessas explica o fato de ele não estar lá num minuto e no minuto seguinte aparecer do nada. Jeeves não anda, ele flutua do ponto A para o ponto B, como uma espécie de gás.

— Você viu o senhor Fink-Nottle, Jeeves?

— Não, senhor.

— Eu vou liquidar com ele.

— Muito bem, senhor.

Depois que Tuppy se retirou, batendo a porta ao sair, pus Jeeves a par dos desdobramentos até ali.

— Jeeves — falei —, você sabe do que mais? O senhor Fink-Nottle ficou noivo da prima Ângela.

— É mesmo, patrão?

— O que você acha disso? Entende a psicologia? Vê sentido? Poucas horas atrás, ele estava noivo da senhorita Bassett.

— Cavalheiros dispensados por uma jovem dama em geral tendem a se envolver sem delongas com uma outra, patrão. É o que costumamos chamar de um arroubo.

Comecei a entender.

— Percebo o que está querendo dizer. Um desafio.

— Exato, patrão.

— Uma espécie de "Ah, então tá, tudo bem, faça como preferir. Mas se você não me quer, tem quem queira".

— Exato, patrão. Meu primo George...

— Esqueça seu primo George, Jeeves.

— Está bem, patrão.

— Guarde-o para nossas longas noites de inverno, certo?

— Como preferir, patrão.

— E, seja como for, aposto que seu primo George não era esse molenga assustado do Gussie. E é isso que me espanta, Jeeves, que tenha sido justamente ele quem resolveu introduzir toda essa história de gestos de afirmação.

— Não se esqueça, patrão, de que o senhor Fink-Nottle está numa condição cerebral um tanto inflamável.

— É verdade. Um pouco acima da média, digamos assim?

— Exato, patrão.

— Bem, uma coisa eu lhe digo. Ele vai ficar numa condição cerebral bem mais inflamada do que agora se por acaso Tuppy conseguir encontrá-lo... Que horas são?

— Quase oito, patrão.

— O que significa que Tuppy está atrás dele há duas horas e meia. Temos de salvar o infeliz, Jeeves.

— Pois não, patrão.

— Uma vida humana é uma vida humana, certo?

— Maior verdade, impossível.

— A primeira providência, portanto, é achá-lo. Depois disso, podemos discutir planos e estratégias. Adiante-se, Jeeves, e dê busca nas redondezas.

— Não será preciso, patrão. Se olhar atrás de si, verá o senhor Fink-Nottle saindo de baixo de sua cama, patrão.

E, por Júpiter, Jeeves tinha razão.

Lá estava Gussie, saindo conforme me fora declarado. Todo coberto de rolinhos de poeira, parecia uma tartaruga espichando o pescoço para dar uma respirada.

— Gussie! — falei.

— Jeeves — falou Gussie.

— Pois não? — disse Jeeves.

— Essa porta está trancada, Jeeves?

— Não, senhor, mas vou providenciar para que esteja agora mesmo.

Gussie sentou-se na beira da cama, e, por alguns instantes, pensei que ele fosse entrar para o rol dos que enterram o rosto nas mãos. Entretanto, ele se limitou a espanar uma aranha morta da testa.

— Você trancou a porta, Jeeves?

— Tranquei sim, senhor.

— Porque nunca se pode saber quando aquele pavoroso Glossop pode encasquetar de...

A palavra "voltar" congelou-lhe nos lábios. Ele não tinha ido além de um som vago de *v* quando a maçaneta da porta começou a torcer e chacoalhar. Gussie saltou da cama e por alguns momentos ficou igualzinho a um quadro que minha tia Ágata tem na sala de jantar, "O Cervo Acuado", de Landseer. Em seguida deu um mergulho na direção do guarda-roupa e estava dentro dele antes mesmo de alguém perceber que tinha saltado da cama. Já vi camaradas atrasados para pegar o trem das 9h15 se movendo com menos agilidade.

Lancei um olhar para Jeeves. Ele permitiu que a sobrancelha direita se arqueasse de leve, gesto que vem a ser o mais próximo que Jeeves jamais chega de demonstrar qualquer emoção.

— Sim? — esganicei.

— Deixa eu entrar, maldição! — redargüiu a voz de Tuppy do lado de fora. — Quem trancou esta porta?

Consultei Jeeves uma vez mais, na linguagem das sobrancelhas. Ele ergueu uma das dele. Eu ergui uma das minhas. Ele levantou a outra dele. Levantei a outra minha. Depois ambos arqueamos as duas. Por fim, como não parecia haver nenhuma outra política a seguir, abri de par em par as portas e Tuppy entrou feito um rojão.

— Desta vez o que foi? — perguntei com toda a fleuma que consegui arrumar.

— Por que a porta estava trancada? — Tuppy exigiu saber.

Àquela altura, eu já havia adquirido uma certa tendência para arquear sobrancelhas, de modo que lhe fiz uma demonstração.

— Quer dizer então que não se pode mais ter um pouco de privacidade, Glossop? — falei com frieza. — Instruí Jeeves a trancar a porta porque estava prestes a me despir.

— Pois sim, que eu acredito! — disse Tuppy, e não sei se não ouvi um "Com efeito!" também. — Nem venha tentar me fazer acreditar que seu medo é que apareçam excursões de trem para a cidade só para vê-lo em trajes menores. Você trancou a porta porque aquela víbora do Fink-Nottle está por aqui. Suspeitei assim que saí e por isso decidi voltar para investigar. Vou revirar este quarto de ponta a ponta. Acredito que ele esteja no guarda-roupa... O que tem neste guarda-roupa?

— Roupas, apenas — falei, apelando de novo à fleuma, ainda que extremamente duvidoso de que ela viesse em meu socorro. — O guarda-roupa tradicional de um cavalheiro inglês em visita a uma casa de campo.

— Está mentindo!

Bem, eu não estaria se por acaso Tuppy tivesse esperado um minuto para falar, porque as palavras mal haviam saído de sua boca quando Gussie saltou do armário. Já tive ocasião de comentar a velocidade com que ele entrou. Mas isso não foi nada, em comparação com a velocidade com que ele saiu de lá. Houve uma espécie de assobio, depois um borrão e Gussie desapareceu.

Acho que Tuppy foi pego de surpresa. Na verdade, tenho certeza de que foi. Apesar da confiança com que ele se declarara certo de que o armário continha a pessoa de Fink-Nottle, desconcertou-se sem dúvida ao ver um camarada surgir-lhe pela frente daquela forma. Gorgolejou visivelmente e recuou de um salto bem uns dois metros. No momento seguinte, no entanto, já havia recuperado a compostura e estava galopando pelo corredor, em franca perseguição. Só faltava tia Dália atrás deles, gritando seja lá o que for que eles costumam berrar no calor dessas ocasiões, para completar a semelhança com uma animada caça à raposa.

Afundei numa cadeira providencial. Não sou um homem que se deixe desencorajar com facilidade, mas me parecia que as coisas tinham finalmente começado a ficar complexas demais para Bertram.

— Jeeves — falei —, tudo isso está começando a pesar um pouco.

— Pois é, patrão.

— Estou com a cabeça rodando.

— Pois é, patrão.

— Acho melhor você me deixar a sós, Jeeves. Preciso dedicar todas as minhas energias intelectuais à nova situação.

— Muito bem, patrão.

A porta fechou-se. Acendi um cigarro e comecei a ponderar.

19

IMAGINO QUE A MAIORIA, estando em meu lugar, teria ponderado pelo resto da noite sem chegar a uma conclusão, mas nós, os Woosters, temos um dom incomum para ir direto ao âmago das coisas, e não acho que tenha levado mais do que dez minutos, depois de ter começado a ponderar, para enxergar o que precisava ser feito.

Para endireitar tudo, percebi logo, seria necessário ter uma conversa franca e amiga com Ângela. Fora ela a causadora de toda a encrenca, com seu comportamento asinino ao dizer "sim" em vez de "não" quando Gussie, sob os efeitos de bebidas diversas e da comoção cerebral, lhe sugerira formar uma dupla. Era óbvio que tinha de ser chamada de lado e convencida a devolver o rapaz à reserva. Um quarto de hora depois, eu já descobrira que a prima tomava um refresco no chalé de veraneio e estava sentado ao lado dela.

— Ângela — falei, e se minha voz saiu severa, bem... a de quem não sairia —, isto tudo é uma sandice total.

Ela deu a impressão de acordar de um devaneio e me olhou com ar de interrogação.

— Desculpe, Bertie, não escutei. Que sandice é essa que veio me dizer?

— Eu não estou dizendo sandices.

— Ah, desculpe, pensei que tivesse dito que estava.
— Acha mesmo provável que eu viesse até aqui para dizer sandices?
— Acho.
Preferi mudar de rumo e abordar a questão sob outro ângulo.
— Acabei de ver Tuppy.
— Ah?
— E Gussie Fink-Nottle.
— Ah é?
— Parece-me que você resolveu ficar noiva deste último.
— Exato.
— Bem, foi o que eu quis dizer quando falei que era uma sandice total. Não é possível que você ame um camarada como o Gussie.
— Por quê?
— Porque não.

Bem, quer dizer, claro que era impossível. Ninguém poderia amar uma aberração como Gussie, a não ser uma aberração semelhante, feito a Bassett. Aquilo não tinha cabimento. Não que ele não fosse um camarada esplêndido, sem dúvida, sob vários aspectos — cortês, simpático e o mais indicado para dizer o que fazer até o médico chegar, sempre que houvesse alguém com um tritão doente em casa —, mas obviamente não fora feito para encarar a "Marcha Nupcial" de Mendelssohn. Não tenho a menor dúvida de que seria possível despejar um mar de tijolos sobre as áreas mais densamente populosas da Inglaterra sem, com isso, pôr em risco a segurança de uma única moça solteira disposta a se tornar a senhora Augustus Fink-Nottle a seco, sem anestesia.

Expus esse fato a ela, que foi obrigada a admitir um fundo de justiça no comentário.

— Está bem, então. Talvez eu não me case.
— Então por que motivo — eu disse, com muita sutileza — você foi ficar noiva dele, sua cabeça oca desmiolada?
— Achei que seria divertido.
— Divertido!

— E foi. Já me diverti um bocado. Você devia ter visto a cara do Tuppy quando eu contei.

Uma luz súbita e brilhante me iluminou.

— Ah! Um arroubo!

— O quê?

— Você ficou noiva de Gussie só para se vingar de Tuppy?

— Fiquei.

— Pois então, justamente o que eu falei. Foi um arroubo.

— É, imagino que se possa dar esse nome.

— E eu lhe digo que outro nome eu daria a esse golpe baixíssimo seu. Estou surpreso com você, Ângela.

— Não vejo por quê.

Fiz um beiço de bem um centímetro. — Sendo mulher, não veria mesmo. Vocês, do sexo frágil, são assim. Dão a mais bárbara das rasteiras sem um pingo de remorso. Orgulham-se disso. Veja Jael, esposa de Haber.

— Onde foi que você ouviu falar de Jael, esposa de Haber?

— Talvez você não esteja a par de que certa feita ganhei um prêmio por conhecimentos das Escrituras na escola.

— Ah, é. Agora lembrei. Augustus até mencionou o fato em seu discurso.

— Pois é, pois é — falei, um tanto apressado. Eu não tinha o menor desejo de ser lembrado do discurso de Augustus. — Bem, mas como eu ia dizendo, veja Jael, esposa de Haber. Martelou um prego no cocuruto do hóspede, enquanto ele dormia, e depois saiu se pavoneando, feito uma escoteira. Não é à toa que eles dizem "Mulher, ó mulher!".

— Quem?

— Os camaradas que dizem isso. Gente, que sexo! Mas você não vai levar isso adiante, claro.

— Levar o que adiante?

— Essa besteira de estar noiva de Gussie.

— Claro que vou.

— Só para deixar o Tuppy com cara de tacho.

— Você acha que ele está com cara de tacho?
— Acho.
— Bem feito.

Comecei a perceber que não estava fazendo nenhum progresso real. Lembro que, quando ganhei aquele prêmio por conhecimento das Escrituras, tive de esmiuçar os fatos sobre o asno de Balaão. Não me lembro direito de quais eram eles, mas ainda guardo uma espécie de impressão geral de alguma coisa enterrando os cascos no solo, pondo as orelhas para trás e se recusando a cooperar, e a mim parecia que era exatamente o que Ângela estava fazendo. Ela e o asno de Balaão eram, por assim dizer, irmãos. Há uma palavra começada com r — "re" qualquer coisa — "recal" alguma coisa... Não, me fugiu. Mas o que estou querendo dizer é que é bem isso que Ângela estava se mostrando.

— Criatura mais boba — falei.

Ela enrubesceu.

— Eu não sou uma criatura boba.

— Você é uma criatura muito boba, sim. E sabe disso, ainda por cima.

— Eu não sei de nada.

— Você está arruinando não só a vida de Tuppy como a de Gussie. E tudo para marcar um ponto de vantagem.

— Isso não é assunto seu.

Peguei a deixa na hora.

— Não é assunto meu, quando vejo duas vidas com quem eu freqüentei a escola sendo arruinadas? Hein?! Além do mais, você sabe que é maluca pelo Tuppy.

— Sou nada.

— Tem certeza? Se eu ganhasse uma libra por cada vez que eu peguei você olhando toda derretida para ele...

Ela me olhou, mas sem derretimentos.

— Ah, tenha a santa paciência, suma daqui e vá fritar os miolos, Bertie!

Empertiguei-me todo.

— Isso — retruquei com dignidade — é justamente o que vou fritar quando sair. Quer dizer, eu vou deixá-la a sós agora. Já disse o que tinha para dizer.

— Ótimo.

— Mas permita-me acrescentar...

— Não.

— Pois muito bem — falei com frieza. — Nesse caso, passar bem.

Minha intenção foi ferir.

"Emburrado" e "desanimado" eram dois dos adjetivos que você teria escolhido para me descrever no momento em que deixei aquele chalé. Seria inútil negar que eu esperara resultados melhores daquela conversinha.

Estava espantado com Ângela. Estranho que a gente nunca perceba que toda moça é no fundo um espécime perverso, até algo sair errado na vida amorosa delas. Essa minha prima e eu tínhamos convivido livremente lado a lado desde os tempos em que eu usava terninho de marinheiro e ela não tinha um único dente na frente, no entanto só naquele momento comecei a penetrar em suas profundezas ocultas. Uma pimpolha singela, alegre e boazinha, foi o que ela sempre me pareceu ser — alguém por quem você mais ou menos podia botar a mão no fogo, incapaz de fazer mal a uma mosca. No entanto lá estava ela, rindo sem dó nem piedade — ao menos me pareceu tê-la ouvido rir sem dó nem piedade —, idêntica a uma vampe fria e calculista saída de um filme falado, praticamente cuspindo nas mãos em sua determinação de fazer Tuppy arrancar os cabelos grisalhos até a cova.

Eu já disse isso antes, e vou dizer de novo — as garotas são perigosas. O velho Kipling acertou em cheio quando fez aquela gracinha e disse que as fêmeas da espécie são mais mortais que os machos.

Tendo em vista a situação, parecia-me que só restava uma coisa a fazer: ir para a sala de jantar e pegar minha parte daquela ceia fria mencionada por Jeeves. Senti uma necessidade urgente de sustância, já que o último colóquio me deixara um pouco abatido. Não há como contestar o fato de que emoções à flor da pele reduzem a vitalidade de qualquer sujeito e o colocam no rastro de um belo naco de carne, ou de presunto.

Conseqüentemente, foi para a sala de jantar que me dirigi e mal tinha cruzado a soleira quando reparei em tia Dália junto ao aparador, servindo-se de maionese de salmão.

O espetáculo provocou em mim um sucinto "Oh, ah", porque fiquei um tanto constrangido. Durante meu último *tête-à-tête* com essa parenta, conforme você há de estar lembrado, ela havia esboçado alguns planos para me afogar na lagoa da horta e eu não tinha bem certeza de qual seria meu cacife atual com ela.

Fiquei aliviado de encontrá-la de bons humores. Nada poderia ter superado a cordialidade com que ele me acenou com o garfo.

— Olá, Bertie. Como vai indo esse velho asno? — foi o cumprimento muito camarada que ela me dirigiu. — Eu sabia que não iria encontrá-lo muito longe da comida. Experimente um pouco deste salmão. Excelente.

— Do Anatole? — indaguei.

— Não. Ele continua de cama. Mas a ajudante de cozinha deve ter tido um surto de inspiração. De repente ela se deu conta de que não está cozinhando para um bando de macacos famintos no deserto do Saara e ofereceu alguma coisa até que apta para o consumo humano. Existe um quê de bom na moça, no fim das contas, e eu espero que ela se divirta hoje no baile.

Servi-me de uma boa porção de salmão e entabulamos um papo agradável sobre o baile dos criados, na residência dos Stretchley-Budds, com especulações ociosas, conforme me lembro, sobre como ficaria Seppings, o mordomo, dançando rumba.

Foi apenas depois de eu limpar o primeiro prato e embarcar num segundo que o caso Gussie veio à tona. Considerando o que ocorrera em Market Snodsbury, naquela tarde, achei que ela demorou. E, quando o abordou, deu para perceber que tia Dália ainda não sabia do noivado de Ângela.

— Mas que coisa, Bertie — ela disse, mastigando pensativa um bocado de salada de frutas —, esse Spink-Bottle.
— Nottle.
— Bottle — insistiu ela, autoritária. — Depois do que houve hoje, Bottle e apenas Bottle é como eu hei de me lembrar desse rapaz. Nunca conheci ninguém tão embotelhado. Entretanto, o que eu ia dizer é que, se por acaso você o vir, diga-lhe por gentileza que ele fez uma velha senhora muito, muito feliz. Exceto por uma ocasião em que o cura tropeçou no cordão do sapato e despencou do púlpito, acho que nunca tive um momento mais maravilhoso do que na hora em que o nosso bom embotelhado começou a cutucar o Tom lá do palco mesmo. Na verdade, achei a atuação toda dele de muito bom gosto.

Só me restava oferecer objeções.

— Aquelas referências a mim...

— Depois das cutucadas em seu tio, foi do que mais gostei. Achei-as perfeitas. É verdade que você colou quando ganhou aquele prêmio por conhecimento das Escrituras?

— Claro que não. Minha vitória foi resultado do mais extenuante e desvelado esforço.

— E o que você me diz dessa história de pessimismo? Você é pessimista, Bertie?

Eu poderia ter dito a ela que as coisas que andavam ocorrendo naquela casa tinham rapidamente me transformado num, mas disse que não, que não era.

— Pois é. Nunca seja pessimista. Tudo é pelo melhor, no melhor dos mundos possíveis. É uma estrada longa, que não tem volta. É sempre mais escuro antes do amanhecer. Tenha paciência que tudo se arranja no fim. O sol há de brilhar, embora o dia amanheça cinzento... Experimente um pouco desta salada.

Segui seu conselho, mas mesmo enquanto trabalhava com a colher tinha os pensamentos longe. Eu estava perplexo. Talvez pelo fato de haver passado os últimos tempos em contato muito próximo com todos aqueles corações amarfanhados, achei aquela alegria dela deveras bizarra, mas, de todo modo, sem sombra de dúvida era isso o que eu estava achando: bizarra.

— Pensei que fosse encontrá-la ligeiramente mais irritada.

— Irritada?

— Com as manobras de Gussie no palco esta tarde. Confesso que estava esperando o pé batendo no chão e o cenho franzido.

— Bobagem. O que havia ali para me deixar irritada? Tomei a coisa toda como um grande elogio. Fiquei orgulhosa de ver que qualquer bebida de minha adega é capaz de produzir um cômico tão majestoso. Devolve nossa fé no uísque do pós-guerra. Além do mais, eu não poderia estar irritada com nada esta noite. Estou igual a uma criança que bate palmas e dança ao sol. Porque, ainda que tenha demorado um bocadinho para se mexer, Bertie, o sol finalmente saiu de trás das nuvens. Repiquem os sinos da alegria. Anatole cancelou o aviso prévio.

— O quê? Oh, minhas mais sinceras congratulações.

— Obrigada. Pois é. Eu martelei o assunto com ele feito um castor, depois que voltei, hoje de tarde, e por fim, jurando que jamais cederia, ele cedeu. Ele fica, que Deus seja louvado, e da forma como agora vejo a coisa, o Senhor está no alto e tudo vai bem com...

Algo a interrompera. A porta se abrira e de repente éramos nós mais um mordomo.

— Olá, Seppings — falou tia Dália. — Achei que já tivesse ido.

— Ainda não, madame.

— Bem, espero que todos se divirtam muito.

— Obrigado, madame.

— Mais alguma coisa que deseje falar comigo?

— Sim, madame. Trata-se de *Monsieur* Anatole. É por vontade sua, madame, que o senhor Fink-Nottle está fazendo caretas para *Monsieur* Anatole pelo vidro da clarabóia do quarto do cozinheiro?

20

Fez-se um longo silêncio. Prenhe de significado, acho que é assim que se diz por aí. Tia olhou para mordomo. Mordomo olhou para tia. Eu olhei para ambos. Uma quietude estranha dominou a sala, como um cataplasma de linhaça. E isso bem na hora em que eu mordia um pedaço de maçã da salada de frutas; foi como se Carnera tivesse saltado do topo da Torre Eiffel sobre um caixote de pepinos.

Tia Dália apoiou-se no aparador, para recuperar o equilíbrio, e disse em voz baixa, roufenha:

— Caretas?

— É, patroa.

— Pelo vidro da clarabóia?

— É, patroa.

— Quer dizer então que ele está sentado no telhado?

— É, patroa. E isso causou muita irritação em *Monsieur* Anatole. — Desconfio que a palavra "irritação" foi o que pôs tia Dália em movimento. A experiência já lhe ensinara o que acontecia toda vez que Anatole ficava irritado. Sempre soube que minha tia era uma mulher ativa, de muita agilidade, mas nunca suspeitei que fosse capaz daquela magnífica explosão de velocidade. Parando apenas o tempo suficiente para arrancar do peito um expletivo típico dos círculos de caça, tia Dália saiu da sala em direção às escadas antes mesmo que eu tivesse engolido uma lasca — acho — de banana. E, sentindo, como já sentira antes, por ocasião daquele telegrama sobre Ângela e Tuppy, que meu lugar era ao lado dela, afastei o prato e saí em seu encalço. Seppings veio atrás, a passos largos.

Digo que meu lugar era ao lado dela, mas não foi nem um pouco fácil chegar lá, porque tia Dália ia a pleno galope. No topo do primeiro lance de escada, ela devia estar com uns seis corpos de vantagem, e eu ainda percorria a reta inicial quando ela entrou na etapa seguinte. No segundo lance, porém, deve ter sentido os efeitos da corrida exaustiva, porque afrouxou de leve o passo, mostrando sinais de um peito arfante, e, até estarmos próximos da linha de chegada, ela liderava por um corpo apenas de vantagem, se tanto. A entrada no quarto de Anatole confirmou uma corrida até que bastante apertada.

Resultado :

1. *Tia Dália.*
2. *Bertram.*
3. *Seppings.*

O segundo colocado venceu por uma pequena diferença. Meio lance de escada separou-o do terceiro.

A primeira coisa que vimos, ao entrar, foi Anatole. O mago do fogão é um homenzinho atarracado, de bigodes imensos — do tipo que serve até para enxugar fundo de copo —, e em geral dá para se ter uma idéia do estado de suas emoções pela atuação desse apêndice. Quando vai tudo bem, vira-se para o alto, feito os bigodes de um sargento-mor. Quando a alma está ferida, ele murcha.

O bigode de Anatole mostrava-se bem murchinho, pressagiando coisas sinistras. E, se porventura restasse alguma dúvida sobre o humor do francês, seu comportamento a teria dirimido por completo. Anatole estava ao pé da cama, de pijama cor-de-rosa e punho erguido para a clarabóia. Pelo vidro, Gussie o fitava de volta. De olhos saltados e boca escancarada, era tão espantosa sua semelhança com um peixe ornamental raríssimo que meu primeiro impulso foi lhe oferecer uma ova de formiga.

Vendo o cozinheiro de punho cerrado no ar e aquele convidado de olho arregalado, devo confessar que minhas simpatias ficaram por inteiro com o primeiro. Eu considerava plenamente justificável que acenasse quantos punhos quisesse.

Reveja os fatos, é o que eu sempre digo. Lá está ele, deitado na cama, pensando com seus botões em seja o que for que os cozinheiros franceses pensam quando estão na cama, e, de repente, surge um rosto tenebroso na janela. Algo que assustaria até o mais fleumático dos homens. De minha parte, sei que detestaria estar deitado na cama e, de repente, ver Gussie surgir daquele jeito. O quarto de um homem — e não há como escapar disso — é seu castelo, e ele tem todo o direito de olhar torto, quando uma gárgula lhe aparece pela frente.

Enquanto eu matutava sobre isso, tia Dália, no seu jeito prático, ia direto ao ponto.

— O que significa isto?

Anatole fez uma espécie de movimento de ginástica sueca, começando pela base da espinha, prosseguindo até as espáduas e terminando entre os cabelos da nuca.

Depois lhe contou.

Já mantive algumas conversas com esse homem extraordinário e sempre considerei seu inglês fluente, ainda que um tanto eclético. Se você bem se lembra, Anatole passou uns tempos a serviço da senhora Bingo Little, antes de ir trabalhar em Brinkley Court, e sem dúvida assimilou muita coisa do próprio Bingo. Antes disso, esteve alguns anos com uma família americana em Nice, e aprendeu muita coisa com o chofer, um dos Maloneys do Brooklyn. De modo que, com um pouco de Bingo e outro pouco de Maloney, Anatole é, como eu disse, fluente mas eclético.

E falou, em parte, conforme se segue.

— Macacos me comam! A senhora pergunta a mim o que vem a ser isto? Pois ouça então. Veja se presta um pouco de atenção. Eu me tinha deitado um pouco na cama, mas não consegui cochilar e logo me levantei, olhei e não é que vejo um sujeito me fazendo careta pela maldita da janela? É bonito, isso? É conveniente, isso? Se pensa que me agrada, isso, está redondamente embananada. E por que não? Eu sou alguém, não sou? Isto aqui é um quarto, não é? Ou será que é alguma jaula de macacos? Então por que me vem uma peste sentar na minha janela e me fazer caretas?

— Exato — falei. Bastante razoável, foi meu veredicto.

Anatole lançou mais uma olhada para Gussie e fez o exercício número 2 — aquele em que você agarra os bigodes, dá um puxão e depois começa a caçar moscas.

— Espere ainda um pouco. Não terminei. Eu vejo esse sujeito na minha janela, me fazendo careta. E aí o que acontece? Por acaso ele se manda quando eu solto um berro para aliviar o meu nervosismo? De jeito nenhum. Continua ali plantado, sem dar a mínima, me olhando feito um gato num telhado. E me faz de novo careta e de novo mais careta contra mim, e, por mais que eu mande ele dar o fora, mais gosta. Me grita alguma coisa para mim, eu indago afinal que desejo ele tem mas ele não explica. Ah, não, isso ele não faz nunca. Só sacode a cabeça, só. Coisa mais boba, essa! E eu por acaso acho isso divertido? Acha que eu gosto? Não. Não estou nada feliz com tanta tolice. Acho que o meliante é lunático. *Je me fiche de ce type infect. C'est idiot de faire comme ça l'oiseau... Allez-vous-en, louffier...* Diga a esse bocó para ir embora. Ele é um louco varrido.

Confesso que, na minha opinião, Anatole estava fazendo uma bela defesa em causa própria, e era evidente que tia Dália achava o mesmo. Ela pôs a mão trêmula no ombro dele.

— Pode deixar, *Monsieur* Anatole, que eu vou dizer — falou ela, e eu jamais teria acreditado, se não tivesse ouvido, que aquela voz robusta era capaz de descer a um arrulho tão absoluto. Mais para pomba chamando o companheiro do que para qualquer outra coisa. — Está tudo bem.

Tia Dália tinha dito a coisa errada. Anatole passou ao exercício número 3.

— Tudo bem? *Nom d'un nom d'un nom!* Uma pinóia que está bem. De que adianta vir agora com isso? Espere meio momento. Está pensando o quê? Não está nada tudo bem. Veja ainda só. Veja que rocambole! Um pedregulho e outro eu aturo no caminho, mas não é agradável para mim quando alguém me vem fazer graça na janela. Eu não quero graça na minha janela. Gosto tanto de graça na minha janela quanto qualquer cidadão. Está muito pouco bem, tudo isto. E, se continuar o fuzuê, eu não fico nem um minuto nesta casa mais. Vou e não volto.

Palavras funestas, essas, e não me surpreendeu que, ao ouvi-las, tia Dália soltasse um berro quase igual ao uivo do líder da matilha ao farejar o rastro da raposa. Anatole voltara a sacudir os punhos para Gussie, no que foi imitado por ela. Seppings, que arfava respeitosamente nos bastidores, não chegou a sacudir os punhos, mas olhou para Gussie de um jeito bastante severo. Era óbvio a qualquer observador atento que Fink-Nottle, ao subir até a clarabóia no telhado, fizera a coisa errada. Nem na casa de G. G. Simmons ele conseguiria ser mais malquisto.

— Saia daí, seu maluco desgraçado! — berrou tia Dália, naquela sua voz tonitruosa que, outrora, fazia com que os integrantes mais nervosos das caçadas perdessem o pé dos estribos e caíssem das selas.

A reação de Gussie foi sacudir as sobrancelhas. Pude ler o recado que ele estava tentando passar.

—Acho que ele está querendo dizer — falou o degas aqui, sempre pronto para borrifar um óleo nas engrenagens — que se tentar sair dali, corre o risco de cair do telhado e quebrar o pescoço.

— Bem, e por que não? — indagou tia Dália.

Entendi perfeitamente a reação dela, claro, mas me parecia que talvez houvesse uma solução mais à mão. Aquela clarabóia calhava de ser a única janela da casa inteira que tio Tom não enfeitara com suas malfadadas grades. Imagino que ele deve ter achado que se o ladrão tivesse peito para subir até ali, mereceria o que lhe coubesse.

— Se vocês abrissem a clarabóia, ele poderia entrar.

A idéia foi aos poucos assimilada.

— Seppings, como é que se abre essa clarabóia?

— Com uma vareta, patroa.

— Então vá buscar uma. Traga duas. Traga dez varetas.

E não demorou para que Gussie estivesse nos fazendo companhia. À semelhança daqueles camaradas que de vez em quando são notícia nos jornais, o infeliz parecia profundamente consciente de sua situação.

É preciso dizer que a atitude e o comportamento de tia Dália não contribuíram em nada para Gussie recuperar a compostura que perdera. Daquela amabilidade toda que me fora exibida ao discutirmos as atividades do infeliz, durante a salada de frutas, não restava o menor traço, e não me surpreendi ao ver que a fala mais ou menos congelara nos lábios de Fink-Nottle. Não é sempre que tia Dália, em geral a mais cordial das criaturas que já açularam uma matilha de cães, se deixa levar pelas paixões, mas, quando o faz, homens vigorosos trepam em árvores e depois arrancam-nas do chão.

— Bem?

O semblante de tia Dália anuviou-se. As caçadas, quando realizadas em bases regulares ao longo de vários anos, são um passatempo que muito raramente deixa de conferir um tom arroxeado à compleição dos praticantes, e nem os melhores amigos seriam capazes de negar que mesmo em ocasiões normais tia Dália ostenta uma tonalidade de morango esmagado no rosto. Entretanto eu jamais tinha visto suas faces adquirirem tamanha riqueza de cor. Tia Dália estava parecendo um tomate lutando para se expressar.

— Bem?

Gussie tentou ao máximo. E por alguns momentos tive a impressão de que iria sair alguma coisa. Mas no fim o pobre não conseguiu emitir mais que um mero som de chocalho.

— Leve-o daqui, Bertie, e ponha um pouco de gelo na cabeça dele — disse tia Dália, desistindo de entender e concentrando-se em uma tarefa de muito maior responsabilidade, a saber, tranqüilizar Anatole, que àquela altura embarcara numa conversa privada consigo mesmo que consistia em solavancos e rugidos.

Ao que tudo indica, sentindo que a situação era tal que jamais conseguiria lhe fazer justiça no anglo-americano que aprendera com Bingo e Maloney, Anatole revertera à língua natal. Palavras como *"marmiton de Domange"*, *"pignouf"*, *"burluberlu"* e *"roustisseur"* voejavam em torno dele como morcegos em volta de um celeiro. Palavras vãs no que me dizia respeito, claro, porque mesmo tendo batalhado um tiquinho com a língua gaulesa durante minha visita a Cannes, continuo ainda mais ou menos na fase do ésquivuzavê. Lamentei o fato, porque estavam me soando divertidas.

Acompanhei Gussie escadaria abaixo. Pensador mais racional que tia Dália, eu já havia adivinhado as molas e motivos ocultos que o haviam levado ao telhado. Onde ela vira tão-somente o farrista de pileque dando vazão a caprichos alcoolizados, eu enxergara o cervo perseguido.

— O Tuppy estava atrás de você? — perguntei com simpatia.

O que eu acredito ter sido um *frisson* sacudiu-o de cima abaixo.

— Ele quase me pegou no último lance de escadas. Escapuli por uma janela no corredor e fugi por uma espécie de parapeito.

— E o Tuppy ficou a ver navios.

— Ficou. Mas aí eu descobri que quem não tinha saída era eu. O telhado se estendia à minha volta em todas as direções. Voltar não dava. Tive de seguir em frente, engatinhando pelo parapeito. E foi aí que me peguei diante de uma clarabóia. Quem era aquele sujeito?

— Aquele era o Anatole, o *chef* de tia Dália.

— Francês?

— Até o âmago.

— Isso explica por que não consegui me fazer entender. Esses franceses são uns asnos mesmo. Parecem incapazes de compreender a coisa mais simples deste mundo. É de se imaginar que quando um sujeito vê um camarada na clarabóia de seu quarto ele entende que o desejo do outro é entrar. Mas, não. Ele ficou ali plantado, sem fazer nada.

— Sem fazer nada, não. Brandindo os punhos.
— Pois é. Cretino, idiota. Seja como for, cá estou.
— Pois é. Cá está... por enquanto.
— Como?
— Eu estava pensando que o Tuppy deve estar por aí, à espreita.

Gussie deu um salto idêntico ao de uma ovelhinha na primavera.

— O que eu faço?

Pensei no assunto.

— Volte de mansinho para o quarto e erga uma barricada na porta. É a política mais viril.
— Suponhamos que ele esteja me esperando lá dentro?
— Nesse caso, mude de lugar.

Mas, ao chegar ao seu quarto, ficou claro para Gussie que Tuppy devia estar infestando alguma outra parte da casa. Gussie entrou feito bala e ouvi quando a chave virou na fechadura. Sentindo que não havia mais nenhuma providência a tomar naquele quadrante, voltei à sala de jantar para mais um pouco de salada de frutas e algumas ruminações sossegadas. Mal tinha acabado de encher o prato quando a porta se abriu e tia Dália entrou. Afundou-se numa poltrona, como alguém que estivesse exausto.

— Me dá uma bebida, Bertie.
— De que tipo?
— De qualquer tipo, contanto que seja forte.

Pegue Bertram Wooster por esse ângulo que você o verá no que ele tem de melhor. Sabujos socorrendo viajantes alpinos não se movimentariam com mais solicitude. Cumpri minhas ordens e, por alguns momentos, não se ouviu mais nada além dos ruídos líquidos de uma tia restaurando os tecidos.

— Vire de uma vez, tia Dália — falei compassivo. — Essas coisas esgotam a gente, não é mesmo? Você passou por maus bocados, sem dúvida, acalmando Anatole — continuei, servindo-me de uma torrada com pasta de anchovas. — Está tudo sob controle agora?

Tia Dália me fitou por um bom tempo, de um jeito especial, demorado, a testa enrugada, pensativa.

— Átila — acabou dizendo. — É esse o nome. Átila, o Huno.

— Como?

— Eu estava tentando lembrar com quem você se parece. Com alguém que saiu mundo afora semeando ruína e desolação, despedaçando lares que até ali tinham vivido em paz e felicidade. É Átila, sim. É espantoso — disse ela, brindando à minha saúde de novo. — Olhando para você, qualquer um pensaria estar diante de um idiota... completo, talvez, mas inofensivo. No entanto, na verdade você é uma praga muito pior que a peste negra. E vou lhe dizer uma coisa, Bertie. Olhar para você é dar de cara com toda a dor e todo o horror que existem no mundo, é como enfiar a cabeça num poste.

Magoado e surpreso, eu teria dito algo, caso aquilo que eu achara ser pasta de anchovas não estivesse se mostrando uma substância bem mais pastosa e adesiva. A coisa parecia se enrolar em volta da língua e impedir a fala, feito uma mordaça. E, enquanto eu continuava tentando desesperadamente limpar as cordas vocais, ela prosseguiu:

— Você se dá conta do que desencadeou quando mandou aquele danado daquele Bottle para cá? Sobre ele ter se embotelhado até o gargalo, transformando a cerimônia de entrega de prêmios da Escola Secundária de Market Snodsbury numa espécie de comédia muda, só não direi nada porque, para ser franca, eu bem que me diverti. Mas quando se trata de zombar de Anatole através de clarabóias, logo depois de eu ter tido o insano trabalho e o tato infindo para convencê-lo a cancelar o aviso prévio, e de deixar meu cozinheiro tão enfezado que ele não quer nem ouvir falar em ficar um dia mais...

A pasta cedeu. Pude falar de novo.
— O quê?
— Exato. Anatole parte amanhã e eu imagino que meu pobre Tom terá indigestão pelo resto da vida. E isso não é tudo. Acabei de falar com a Ângela, e ela me diz que ficou noiva desse Bottle.
— Temporariamente, pois é — fui obrigado a admitir.
— Temporariamente uma ova. Ela está definitivamente noiva dele e fala com uma frieza pavorosa em se casar no mês de outubro. De modo que aí está. Se o profeta Jó entrasse nesta sala agora, poderíamos passar algumas boas horas trocando histórias de azar. Não que Jó chegue a meus pés, claro, em se tratando de falta de sorte.
— Ele tinha abscessos.
— E o que são abscessos?
— Furúnculos. Muito doloridos, pelo que sei.
— Besteira. Me dêem todos os abscessos disponíveis no mercado que eu dou em troca todos os meus problemas. Você ainda não entendeu a situação, Bertie. Eu perdi o melhor cozinheiro de toda a Inglaterra. Meu marido, pobre alma, com toda a probabilidade vai morrer de dispepsia. E minha única filha, para quem eu sonhava um futuro brilhante, está noiva de um ébrio, amante de tritões. E você vem me falar de abscessos?

Corrigi-a num pequeno detalhe:
— Em hipótese alguma eu vim falar de abscessos. Apenas fiz menção ao fato de Jó ter alguns. Claro que concordo com você, tia Dália, que as coisas não estão lá muito uh-lá-lá no momento, mas levemos na esportiva. Um Wooster raramente sucumbe por mais do que alguns instantes.
— E conta poder oferecer logo mais um daqueles seus planos mirabolantes.
— A qualquer minuto.

Ela suspirou, resignada.
— Bem que eu imaginava. Bem, só nos faltava mais essa. Não vejo como as coisas possam ficar piores do que já estão, mas você sem dúvida dará um jeito de conseguir essa proeza. Seu gênio e sua

perspicácia encontrarão uma forma. Vá em frente, Bertie. Sim, vá em frente. Eu já não ligo mais para nada. Talvez até sinta um interesse muito vago de ver em que abismos ainda mais profundos e tenebrosos você conseguirá mergulhar esta casa. Em frente, marche, meu rapaz... O que é mesmo que você está comendo?

— Estou com uma certa dificuldade em classificar. Algum tipo de pasta sobre uma torrada. Lembra um pouco cola preparada com caldo de carne em tablete.

— Me dá uma — disse tia Dália, desolada.

— Veja lá como mastiga — aconselhei. — Isso gruda mais que irmão... Sim, Jeeves?

O camarada se materializara no tapete. Em absoluto silêncio, como de hábito.

— Um recado para o senhor, patrão.

— Um recado para mim, Jeeves?

— Um recado para o senhor, patrão.

— De quem, Jeeves?

— Da senhorita Bassett, patrão.

— De quem, Jeeves?

— Da senhorita Bassett, patrão.

— Da senhorita Bassett, Jeeves?

— Da senhorita Bassett, patrão.

Nessa altura, tia Dália, que dera uma pequena mordida na torrada com sabe-se lá o quê, antes de largá-la, implorou-nos — com indícios de irritabilidade, a meu ver — para que pelo amor de Deus parássemos com aquele diálogo de teatro de revista porque ela já tinha um fardo pesado o bastante para carregar, sem ter de ficar ouvindo a atuação de dois palhaços. Sempre pronto a lhe fazer as vontades, dispensei Jeeves com um aceno de cabeça. Ele titubeou um segundo e se foi. Muitos fantasmas teriam sido menos esquivos.

— Mas sobre o quê — tartamelei baixinho, brincando com o envelope — terá me escrito esta mulher?

— Por que não abre de uma vez e lê?

— Uma excelente idéia — falei. E fiz.

— Caso esteja interessado em minhas atividades — continuou tia Dália, dirigindo-se para a porta —, saiba que estou indo para o quarto para fazer um pouco de ioga e ver se esqueço o que houve.

— Claro — falei distraído, passando os olhos pela página. E então, ao virá-la, um uivo escapou-me dos lábios, fazendo com que tia Dália recuasse qual um potro assustado.

— Não faça isso! — ela exclamou, tremendo dos pés à cabeça.

— Sim, mas, puxa...

— Que grande peste que você é, seu objeto ignóbil — ela suspirou. — Lembro-me de que anos atrás, quando você ainda estava no berço, um belo dia você engoliu a chupeta e começou a arroxear. E eu, burra que fui, peguei-o e salvei sua vida. Mas vou lhe dizer uma coisa, Bertie: se alguma vez você voltar a engolir uma chupeta, não espere nada de mim, nem que eu seja a única por perto capaz de ajudar.

— Mas puxa! — exclamei. — Por acaso você sabe o que houve? Madeline Bassett está dizendo que vai se casar comigo!

— Espero que o arranjo lhe seja satisfatório — disse-me ela, deixando a sala com toda a pinta de ter saído direto de um conto de Edgar Allan Poe.

21

ACHO QUE TAMPOUCO EU DEVIA ESTAR muito diferente de algo saído de um conto de Edgar Allan Poe porque, como você há de imaginar, a notícia que acabo de registrar me pegara de calça curta. Se ela, acreditando que o coração de Wooster lhe pertencia havia tempos (e que aguardava apenas o momento certo para ser arrebatado), se assim a Bassett houvesse decidido exercer sua opção, eu, como homem honrado e de sensibilidades, não teria outra saída a não ser comparecer e entrar no jogo. A questão, obviamente, não era das que podem ser endireitadas com um ríspido *nolle prosequi*. Todas as evidências, portanto, pareciam apontar para o fato de que o dia do juízo final chegara para mim, e, o que era mais, chegara para ficar.

No entanto, mesmo sendo inútil fingir que meu controle sobre a situação era o controle que eu gostaria de ter, não desesperei; ainda achava que poderia chegar a uma solução. Um homem de menor estofo apanhado nessa armadilha terrível teria sem dúvida jogado a toalha e interrompido a luta, mas é justamente esse o ponto: nós, os Woosters, não somos homens de pouco estofo.

Para começo de conversa, reli o bilhete. Não que nutrisse esperanças de, a uma segunda leitura atenta, poder atribuir outra interpretação ao conteúdo, mas isso ajudou a encher o tempo, enquanto o cérebro fazia seu aquecimento. Em seguida, para ajudar as idéias, fiz nova investida contra a salada de frutas e, além dela, comi também um pedaço de pão-de-ló. E foi quando passei ao queijo que a máquina começou a trabalhar. Vi o que teria de ser feito.

À pergunta que vinha me atormentando a mente — vale dizer, conseguirá Bertram lidar com a situação? —, eu podia agora responder com um confiante "Sem a menor sombra de dúvida".

O grande lance nessas ocasiões de trabalhinhos sujos na encruzilhada é não perder a cabeça, manter a calma e tentar encontrar os chefões. Encontrados os chefes, você sabe onde está pisando.

A chefona, no caso, era obviamente a Bassett. Fora ela quem começara o imbróglio todo, ao dar o fora em Gussie, e estava óbvio que, antes de resolver e esclarecer qualquer coisa, seria preciso induzi-la a rever opiniões e aceitá-lo de volta. O que poria Ângela de volta em circulação, fato que por sua vez acalmaria um pouco os ânimos de Tuppy; então sim poderíamos pensar em chegar a algum lugar.

Resolvi que assim que tivesse comido mais um pedaço de queijo sairia à procura da tal Bassett e seria bastante eloqüente.

Foi nesse exato momento que ela entrou. Eu deveria ter previsto que a moça iria aparecer em breve. Quer dizer, os corações podem se despedaçar, mas, se souberem que há uma ceia fria à espera, é mais do que certo que uma hora ou outra apareçam para dar uma provada.

Os olhos dela, ao entrar na sala, estavam fixos na maionese de salmão, e sem dúvida Madeline teria ido direto para ela se eu não tivesse, na emoção de vê-la, derrubado o copo com o qual vinha tentando amainar minha inquietude. O ruído fez com que ela se virasse, e, durante alguns momentos, o constrangimento dominou a situação. Um leve rubor encobriu-lhe as faces e os olhos se arregalaram um pouco.

— Oh! — disse ela.

Sempre fui da opinião de que não há nada melhor para ajudar a nos pôr à vontade, em momentos embaraçosos como esse, do que uma pequena encenação. Descubra alguma coisa para fazer com as mãos e já é metade da batalha ganha. Agarrei um prato e adiantei-me.

— Um pedacinho de salmão?
— Obrigada.
— Com um bocadinho de salada?
— Por favor.
— E para beber? Diga qual o veneno.
— Acho que eu gostaria de um suco de laranja.

E engoliu, não o suco, que ainda não lhe fora entregue, mas em seco, diante de tantas ternas associações que essas palavras lhe trouxeram. Foi como se alguém houvesse mencionado "espaguete" à viúva do italiano do realejo. O rosto corou rumo a tons mais fortes, houve manifestações de agonia, e eu percebi que não pertencia mais à esfera das medidas práticas tentar restringir a conversa a tópicos neutros como salmão frio, cozido no vapor.

Assim como ela também deve ter percebido, suponho, porque quando eu, dando início às preliminares para poder entrar no xis da questão, disse "Ahn?", ela disse "Ahn?" ao mesmo tempo, havendo um embate de "Ahns?" em pleno ar.

— Desculpe.
— Perdão.
— Você ia dizer...
— Você ia dizer...
— Não, por favor, você primeiro.
— Ah, então tá.

Endireitei a gravata, um hábito meu, sempre que me encontro na presença dessa moça, e principiei:

— Em referência a sua missiva, datada de hoje...

Ela enrubesceu de novo e pegou uma garfada exagerada de salmão.

— Recebeu meu bilhete?

— Recebi, sim, seu bilhete.
— Eu pedi a Jeeves que entregasse a você.
— Ele me entregou. Foi como eu recebi.

Fez-se mais um silêncio. E, da mesma forma como ela relutava em falar abobrinhas, eu, com relutância, me via forçado a fazê-lo. Seria demasiado tolo um homem e uma mulher em nossa posição ficarem parados um ao lado do outro, comendo salmão e queijo, sem trocar palavra.

— Pois é, recebi tudo direitinho.
— Entendo. Você recebeu.
— É, recebi. Acabei de ler. E o que eu estava querendo perguntar a você, caso nós nos cruzássemos em algum momento, era... bem, e agora?
— E agora?
— Foi o que eu perguntei: e agora?
— Mas fui muito clara.
— Bastante. Clara como cristal. Muito bem formulado e essa coisa toda. Mas... o que eu quero dizer... Bem, o que eu quero dizer, profundamente tocado pela honra e assim por diante... mas... Ora bolas!

Ela terminara de comer o salmão e afastara o prato.

— Salada de frutas?
— Não, obrigada.
— Um teco de torta?
— Não, obrigada.
— Uma torradinha com um pouco dessa coisa viscosa?
— Não, obrigada.

Ela pegou um palitinho de queijo. Eu encontrei um ovo cozido que havia passado despercebido. E foi então que eu disse "O que eu quero dizer" bem na hora em que ela disse "Acho que eu sei", e houve nova colisão.

— Mil perdões.
— Desculpe.
— Por favor, fale.

— Não, você primeiro.

Abanei meu ovo cozido polidamente, para indicar que a primazia era dela, e ela começou de novo:

— Acho que sei o que está tentando dizer. Você está surpreso.

— Estou.

— Está pensando...

— Exato.

— No senhor Fink-Nottle.

— Nele mesmo.

— Acha difícil entender o que eu fiz.

— Justamente.

— Não me espanta.

— A mim, sim.

— No entanto é simplíssimo.

Ela pegou mais um palitinho de queijo. Pelo visto, a Bassett era fã de palitinhos de queijo.

— Muito, muito simples. Eu quero fazer você feliz.

— Tremendamente decente de sua parte.

— Vou dedicar o resto de minha vida a fazê-lo feliz.

— Bem camarada, esse plano.

— Ao menos isso eu poderei fazer. Mas... posso ser franca com você, Bertie?

— Mas é claro.

— Então eu vou lhe dizer uma coisa. Gosto muito de você. Vou me casar com você. Farei o possível para ser uma boa esposa. Mas meu afeto por você jamais será igual à paixão que eu sentia por Augustus.

— Justamente o ponto em que eu queria chegar. Aí está, como você mesma disse, o tropeço. Por que não largar mão dessa história de se casar comigo? Esquecer isso tudo. Quer dizer, se você ama o velho Gussie...

— Não mais.

— Ora, vamos.

— Não. O que aconteceu esta tarde matou todo o meu amor. Uma mancha de feiúra caiu sobre algo que era belo, e nunca mais poderei sentir o mesmo por ele.

Entendi o que ela quis dizer, claro. Gussie despejara o coração a seus pés; Madeline o apanhara e, pouco depois de fazê-lo, descobrira que ele estava num fogo só quando o fizera. O choque deve ter sido enorme. Moça nenhuma gosta de constatar que o camarada precisa estar completamente bêbado para pedi-la em casamento. Isso fere o orgulho delas.

Mesmo assim, insisti.

— Mas já lhe passou pela cabeça — falei — que talvez você não tenha entendido direito a atuação de Gussie esta tarde? Concordo que todas as evidências apontam para uma interpretação mais sinistra, mas já pensou que talvez ele tenha tido uma insolação? Nós homens também sofremos de insolação, sabia?, sobretudo quando está muito quente.

Ela me olhou e vi que ela estava introduzindo na conversa um pouco do efeito "íris encharcada".

— É bem típico de você, Bertie, dizer algo do gênero. Respeito-o por isso.

— Ai, não.

— Sim. Você tem uma alma esplêndida, muito cavalheiresca.

— Nem um pouco.

— Tem, sim. Você me faz lembrar de Cyrano.

— Quem?

— Cyrano de Bergerac.

— O narigudo?

— Ele mesmo.

Não posso dizer que tenha ficado satisfeito. Apalpei a napa disfarçadamente. Talvez meu nariz fosse um tanto quanto proeminente, mas, puxa, nada que se assemelhasse ao de Cyrano. Começou a me parecer que o passo seguinte da moça seria me comparar a Jimmy Durante e sua batata.

— Ele amava, mas agia em favor de terceiros.

— Ah, agora entendi.
— Gosto de você por isso, Bertie. Foi muita bondade sua... bondade e grandeza. Mas não adianta. Existem coisas que matam o amor. Jamais hei de me esquecer de Augustus, mas meu amor por ele morreu. Eu serei sua mulher.

Bem, era preciso ser polido em toda e qualquer ocasião.

— Então tá. Obrigadíssimo.

Depois disso, o diálogo esmoreceu de novo, e lá ficamos nós, comendo palitinhos de queijo e ovos cozidos, respectivamente, ambos em silêncio. Parecia haver uma certa incerteza quanto aos passos seguintes.

Por sorte, antes que pudesse haver um aumento do mal-estar, Ângela entrou, e isso acabou com o encontro. Madeline Bassett anunciou nosso noivado, Ângela deu-lhe um beijo e disse estar torcendo para que ela fosse muito, muito feliz; a Bassett retribuiu o beijo e disse que torcia para que ela fosse muito, muito feliz com Gussie; Ângela respondeu ter certeza de que seria, porque Augustus era um amor; a Bassett beijou-a de novo, ao que Ângela tornou a beijá-la. Resumindo, a coisa toda ficou tão terrivelmente feminina que foi um alívio escapulir.

Eu teria ficado contente de fazê-lo em qualquer circunstância, claro, porque se algum dia houve um momento em que coube a Bertram pensar, e pensar muito, o momento era sem dúvida aquele.

Parecia-me que era o fim. Nem mesmo numa outra ocasião, alguns anos antes, quando sem querer eu acabara noivo da tenebrosa prima Honória de Tuppy, houvera uma sensação mais pronunciada de estar até a cintura enterrado no lodo e prestes a afundar sem deixar rastro. Saí para o jardim para fumar um cigarrinho torturado, com uma espada bem enterrada na alma. E havia caído numa espécie de transe, tentando imaginar como seria ter a Bassett por perto pelo resto da vida e, ao mesmo tempo, se é que você me entende, tentando não pensar como seria isso, quando dei uma topada em algo que poderia ser uma árvore, mas não era... na verdade, era Jeeves.

— Eu peço desculpas, patrão. Eu devia ter me afastado para o lado.

Não respondi. Limitei-me a fitá-lo em silêncio. Sim, porque ao vê-lo uma nova linha de raciocínio abriu-se à minha frente.

Meu bom Jeeves, pensei cá com meus botões. Eu estivera com a impressão de que ele perdera a forma e deixara de ser a força que era, mas não seria talvez possível, perguntei a mim mesmo, que eu estivesse enganado? Se por acaso eu lhe pedisse para explorar novos caminhos, não haveria uma chance, quem sabe, de ele descobrir um por onde fosse possível eu escapar incólume, sem deixar rancores? Peguei-me respondendo aos meus botões que era bastante provável que houvesse.

Afinal de contas, o occipital de Jeeves continuava saliente, como outrora. Nos olhos, brilhava aquela mesma luz de inteligência.

Se bem que, depois do desentendimento havido em torno daquele paletó branco a rigor, com botões de latão, não poderia dizer que estivesse disposto a lhe entregar o caso de mão beijada. Eu iria simplesmente consultá-lo. Porém, lembrando-me de alguns triunfos anteriores — o Caso Sipperley, o Episódio de Tia Ágata e o Cão McIntosh, sem falar no formidável gerenciamento da Questão de Tio George com a Sobrinha da Garçonete, foram apenas alguns dos que me vieram à mente —, senti-me justificado em ao menos oferecer a ele a oportunidade de sair em socorro de seu jovem patrão numa hora de perigo.

Mas, antes de ir mais longe, havia um assunto que precisava ser esclarecido entre nós, e esclarecido de uma vez por todas.

— Jeeves — falei —, quero dar uma palavrinha com você.

— Patrão?

— Estou meio enroscado em palpos de aranha, Jeeves.

— Lamento, patrão. Será que posso ajudá-lo em alguma coisa?

— É bem possível que sim, se não tiver perdido a forma. Diga-me com franqueza, Jeeves, você continua ágil, mentalmente falando?

— Continuo, patrão.

— Ainda come bastante peixe?

— Como, patrão.

— Então talvez tudo bem. Mas há uma pequena questão que eu gostaria de esclarecer antes de começar. No passado, sempre que você conseguia safar o degas aqui ou algum companheiro dele de uma dificuldade ou outra, me aparecia depois um tanto disposto a tirar partido de minha gratidão e obter alguma vantagem particular. Aquelas meias roxas, por exemplo. Ou os calções de golfe. E teve também o incidente das polainas. Escolhendo o melhor momento com uma esperteza sutil, você vinha me procurar justo quando eu me via enfraquecido de alívio e conseguia fazer com que eu concordasse em me livrar de alguma coisa. E o que estou querendo dizer agora é que se você obtiver sucesso, no caso em questão, não quero saber de idiotices semelhantes acerca daquele meu paletó branco a rigor.

— Muito bem, patrão.

— Quer dizer então que você não virá me procurar, quando estiver tudo terminado, para me pedir que jogue fora aquele paletó?

— Claro que não, patrão.

— Esclarecida essa parte, então, eu prosseguirei, Jeeves. Estou noivo.

— Espero que seja muito feliz, patrão.

— Não seja cretino. Estou noivo da senhorita Bassett.

— É mesmo, patrão? Eu não sabia que...

— Nem eu. O noivado foi uma surpresa total para mim. No entanto, aí está. A intimação oficial veio naquele bilhete que você me entregou.

— Estranho, patrão.

— O quê?

— Estranho, patrão, que o conteúdo daquele bilhete fosse esse. Tive a impressão, quando a senhorita Bassett me entregou o comunicado, que ela não estava nem um pouco feliz.

— Ela não está nem um pouco feliz. Você não acha que ela quer de fato se casar comigo, acha? Ora, Jeeves! Será que não percebe que foi apenas mais um daqueles arroubos malfadados que estão rapidamente transformando Brinkley Court num inferno geral? Abaixo todos os arroubos, é o que eu digo.

— Claro, patrão.

— Bem, e o que se pode fazer?

— Acha então que a senhorita Bassett, apesar do que houve, ainda gosta do senhor Fink-Nottle, patrão?

— Ela é louca por ele.

— Nesse caso, patrão, obviamente o melhor plano é providenciar para que haja uma reconciliação.

— Como? Olha só. Você está aí, calado, girando os polegares. Você está sem saída.

— Não, patrão. Se por acaso girei os polegares, foi apenas para ajudar o raciocínio.

— Então continue girando.

— Não é preciso, patrão.

— Não me diga que já tem uma saída?

— Tenho, patrão.

— Você me deixa pasmo, Jeeves. Vamos a ela.

— A estratégia que tenho em mente é aquela que eu já havia mencionado, patrão.

— Quando foi que você mencionou alguma estratégia?

— Por gentileza, retroceda ao dia de sua chegada, patrão, quando teve a bondade de me perguntar se eu tinha algum plano a apresentar, referente à reunificação da senhorita Ângela e do senhor Glossop, e eu ousei sugerir...

— Santo Deus! Não me diga que é aquela velha história do alarme contra incêndio de novo!

— Sem tirar nem pôr, patrão.

— Você continua aferrado nela?

— Continuo, patrão.

Prova da extensão do abalo provocado pelo tenebroso golpe que me fora desfechado, em vez de dispensar a sugestão com um breve "Puf!" ou coisa parecida, peguei-me especulando sobre as possibilidades de que houvesse ali uma chance, afinal.

Na primeira vez em que Jeeves ventilara o plano do alarme contra incêndio, eu havia posto um ponto final nele, se você bem se lembra, com a maior prontidão e vigor. "Besteira" foi o adjetivo que empreguei para qualificá-lo, e talvez você ainda se recorde de que eu pensei cá com meus botões, um tanto melancólico, que aquela era a prova conclusiva da derrocada de um cérebro outrora brilhante. Mas de repente a coisa começava a me parecer ao menos promissora. A verdade é que, àquela altura, eu tinha atingido o estágio de estar disposto a tentar qualquer coisa pelo menos uma vez, por mais idiota que fosse.

— Repita aquele lance todo para mim de novo, Jeeves — falei pensativo. — Lembro de ter achado maluquice, mas pode ser que eu tenha deixado passar algumas das tonalidades mais sutis.

— A crítica feita na época, patrão, foi a de que era um plano elaborado demais, mas na verdade não creio que seja. Da forma como eu encaro a coisa, patrão, os ocupantes da casa, ao ouvirem o alarme, imaginarão que está havendo um grande incêndio.

Meneei a cabeça, em sinal de assentimento. Eu estava conseguindo seguir sua linha de raciocínio.

— É, me parece razoável.

— Situação em que o senhor Glossop fará todo o possível para salvar a senhorita Ângela, ao passo que o senhor Fink-Nottle executará a mesma façanha em benefício da senhorita Bassett.

— E isso se baseia em psicologia?

— Exato, patrão. Talvez se lembre de que um dos axiomas de Sherlock Holmes, detetive ficcional do falecido *Sir* Arthur Conan Doyle, era justamente o de que, ao ouvir um alarme contra incêndio, o instinto de todos nós é salvar aquilo que nos é mais caro.

— Parece-me que há aí um grande risco de ver Tuppy saindo da casa com uma torta de rins na mão, mas continue Jeeves, continue. Você acha que isso resolveria as coisas todas?

— É bastante improvável que as relações ente os integrantes dos dois jovens casais permaneçam rompidas depois de uma ocorrência dessas, patrão.

— Talvez você tenha razão. Mas caramba, Jeeves, se nós nos metermos a tocar sinos de alarme no meio da noite, será que não vamos assustar demais os criados? Uma das moças da limpeza, Jane, se não me engano, já pula mais alto que uma cabrita toda vez que eu dou de cara com ela em algum corredor.

— Uma moça meio neurótica, patrão, concordo. Já reparei nela. Mas, se agirmos prontamente, evitaremos tal hipótese. Toda a criadagem, à exceção de *Monsieur* Anatole, estará no baile esta noite.

— Mas é claro. O que só prova o estado a que fui reduzido, com essa história de noivado. Daqui a pouco, terei esquecido até do meu próprio nome. Bem, então vamos tentar imaginar como será. Blim-blom, toca o sino do alarme. Gussie sai em disparada e salva a Bassett... Espere. O que o leva a pensar que ela não irá simplesmente descer as escadas com as próprias pernas?

— Está deixando de levar em conta o efeito de um súbito alarme contra incêndio sobre o temperamento feminino, patrão.

— É verdade.

— O primeiro impulso da senhorita Bassett, imagino, será saltar da janela, patrão.

— Bem, mas isso é pior ainda. Nós não queremos ninguém, nem mesmo ela, esparramado feito *purée* no gramado, Jeeves. Está me parecendo que a grande falha nesse plano seu, Jeeves, é que teremos um jardim salpicado de corpos estraçalhados ao final.

— Não, patrão. O senhor há de estar lembrado de que o senhor Travers, por receio dos gatunos, mandou colocar grades bem fortes em todas as janelas.

— Claro, claro. Bem, parece que então não teremos esse problema — falei, ainda bastante duvidoso. — É até possível que dê certo. Mas tenho o pressentimento de que alguma coisa vai falhar em algum lugar. O problema é que não estou em condições de criticar nem se as chances forem de um para cem. Adotarei essa sua estratégia, Jeeves, ainda que, como eu já disse, com ressalvas. A que horas você sugere dar o alarme?

— Não antes da meia-noite, patrão.
— Vale dizer, em algum momento depois da meia-noite.
— Exato, patrão.
— Então tá. À meia-noite e meia em ponto eu toco o sino.
— Muito bem, patrão.

22

NÃO SEI POR QUÊ, mas deve haver alguma coisa ao anoitecer que sempre acaba tendo um efeito esquisito sobre mim. Em Londres, posso ficar acordado até altas horas e voltar para casa com o leiteiro sem um tremor ou receio, mas me ponha no jardim de uma mansão campestre depois que o grosso da turma se recolheu e a casa encerrou suas atividades, e uma espécie de sensação de arrepio se apodera de mim. O vento noturno mexe com a copa das árvores, gravetos estralam, moitas farfalham, e antes que eu me dê conta de onde estou, o moral já foi por água abaixo e eu estou à espera de que o fantasma da família se aproxime por trás, soltando grunhidos pelo nariz.

Muito desagradável, a impressão toda, e se você acha que as coisas melhoram só porque se está a um passo de tocar o sino de alarme mais barulhento de toda a Inglaterra e provocar o brado geral de "fogo!" naquela silenciosa casa às escuras, engana-se.

Eu conhecia tudo a respeito do sino de alarme de Brinkley Court. E sabia que fazia um estardalhaço danado aquele sino. Tio Tom, além de não gostar muito de gatunos, é um sujeito que sempre se mostrou avesso à idéia de morrer cozido durante o sono, de modo que, ao comprar a casa, providenciou para que houvesse nela um sino de alarme que fosse capaz de acarretar parada cardíaca nos mais sensíveis e em hipótese alguma pudesse ser confundido com um pipilar sonolento de um pardal na hera.

Quando eu era menino e passava as férias em Brinkley Court, nós costumávamos fazer exercícios de prevenção a incêndios, depois de terminadas as funções do dia, e muitas foram as noites em que aquele sino me tirou dos devaneios como se fosse a Última Trombeta.

Confesso que naquela noite, à meia-noite e meia em ponto, parado em frente à casinha onde ele ficava guardado, hesitei um pouco ao lembrar do que era capaz, quando entrava em ação. A visão da corda, de encontro à parede caiada, e a recordação do estardalhaço sangrento que estava prestes a esmigalhar em mil pedacinhos a paz noturna serviram para aprofundar a sensação esquisita a que já fiz menção.

Além disso, agora que tinha tido tempo para meditar sobre a questão, estava me sentindo mais derrotista do que nunca em relação ao plano de Jeeves.

Diante de um destino horrendo, Jeeves parecia dar como certo o fato de que Gussie e Tuppy não teriam outro pensamento que não o de salvar Madeline e Ângela.

Eu não conseguia partilhar desse otimismo todo.

Quer dizer, eu sei como esses momentos decisivos, em que se avoluma ao longe um destino horrendo, afetam os homens. Lembro de Fredie Widgeon, um dos camaradas mais cavalheirescos do Drones, contando-me de um alarme de incêndio que disparou certa feita num hotel à beira-mar onde ele estava hospedado. Longe de se pôr a salvar as mulheres, ele já estava no térreo, via escada de incêndio, dez segundos após a sirene, preocupado com uma única coisa e mais nada: com a segurança e bem-estar de F. Widgeon.

No tocante a eventuais preocupações em fazer bem à porção mais delicada da humanidade, Fredie me disse que se colocou à disposição para ficar lá embaixo, com um cobertor esticado, apanhando as que saltassem. Mas não mais que isso.

Por que, então, não haveria de acontecer o mesmo com Augustus Fink-Nottle e Hildebrand Glossop?

Tais eram meus pensamentos na hora em que parei diante do sino, brincando com a corda, e acredito que teria desistido de tudo, não fosse o fato de, bem nesse momento, ter se insinuado em minha mente uma imagem da Bassett escutando aquele sino pela primeira vez na vida. Sendo, como seria, uma experiência completamente nova, era bastante provável que o susto fosse tremendo.

E tão agradável me foi essa reflexão que não esperei mais; agarrei a corda, firmei os pés e puxei com força.

Bem, como eu disse, eu não estava esperando que aquele sino fosse ser manso. E não foi mesmo. A última vez em que eu o tinha escutado, estava em meu quarto, do outro lado da casa, e mesmo assim ele me arrancou da cama como se algo tivesse explodido embaixo de mim. Parado ali do lado, fui atingido pela plena força e significado da coisa e nunca na vida vi nada igual.

Eu até que gosto de um pouco de barulho, como regra geral. Lembro-me de uma noite em que Catsmeat Potter-Pirbright levou uma buzina de polícia para o Drones e largou atrás de minha poltrona; eu simplesmente recostei-me e cerrei os olhos, com um sorriso prazeroso, como alguém num camarote na ópera. E o mesmo vale para o dia em que o filho de minha tia Ágata, o jovem Thos, acendeu um fósforo junto a um pacote de fogos de artifício que serviriam para celebrar o dia de Guy Fawkes, para ver o que aconteceria.

No entanto o sino de alarme de Brinkley Court foi demais para mim. Dei cerca de meia dúzia de puxões e depois, achando que tinha ouvido o que bastava, raspei-me para o gramado da frente, para verificar quais os resultados obtidos com a manobra.

Brinkley Court deu o melhor de si. Uma única olhada bastou para me confirmar que estávamos com casa cheia. O olho, passeando de lá para cá, notou tio Tom de roupão roxo num canto, no outro tia Dália, no velho penhoar azul e amarelo de sempre. Também divisou Anatole, Tuppy, Gussie, Ângela, a Bassett e Jeeves, na ordem citada. Lá estavam todos eles, presentes e corretos.

Porém — e foi o que provocou em mim preocupação instantânea — não consegui detectar o menor sinal de que tivesse havido algum trabalho de resgate por ali.

O que eu esperava ver, claro, era Tuppy inclinado solicitamente sobre Ângela num canto, enquanto Gussie abanaria a Bassett com uma toalha no outro. Em vez disso, a Bassett fazia parte do grupo que incluía tia Dália e tio Tom, e parecia ocupada em tentar convencer Anatole a ver o lado bom da situação, ao passo que Ângela e Gussie estavam, respectivamente, um encostado no relógio de sol com o olhar zangado, a outra sentada na relva, esfregando uma canela esfolada. Tuppy subia e descia uma trilha sem a companhia de ninguém.

Uma visão perturbadora, você há de admitir. E foi com um gesto um tanto imperioso que convoquei Jeeves à minha presença.

— Bem, Jeeves?

— Patrão?

Olhei-o com severidade. Patrão! Pois sim.

— De nada adianta você ficar me dizendo "patrão", Jeeves. Olhe só em volta. Veja por si mesmo. Seu plano foi um fiasco.

— Não resta dúvida de que à primeira vista parece que as coisas não se arranjaram da forma como nos antecipávamos, patrão.

— Nós?

— Como eu antecipei, patrão.

— Assim está melhor. Eu não avisei que seria um fracasso?

— Lembro que parecia meio duvidoso, patrão.

— Duvidoso não é a palavra correta, Jeeves. Eu não tinha um pingo de fé nessa idéia, desde o início. Quando você a ventilou pela primeira vez, eu disse que era tolice, e tinha razão. Não o culpo, Jeeves. Não é sua culpa se você destroncou o cérebro. Mas, depois disso, e me perdoe se estiver machucando seus sentimentos, Jeeves, só vou permitir que você cuide dos problemas mais simples e elementares. O melhor e mais bondoso é sermos francos a respeito, você não acha? Francos e diretos?

— Sem dúvida, patrão.

— Quer dizer, passar o bisturi, certo?
— Justamente, patrão.
— Eu acho...
— Se me permite interrompê-lo, patrão, vejo que a senhora Travers está tentando chamar sua atenção.

E, nesse momento, um "Oi!" retumbante, que só poderia ter vindo de uma pessoa, garantiu-me que Jeeves não se enganara.

— Venha até aqui um instantinho, Átila, se não se importa — vociferou aquela conhecida (e dependendo das circunstâncias) amada voz. E lá fui eu.

Não é dizer que eu estivesse me sentindo abertamente à vontade. Pela primeira vez, eu atentava para o fato de não haver preparado nem uma desculpa sequer para explicar meu comportamento. Era no mínimo questionável que eu tivesse saído pela casa soando alarmes, e já vira tia Dália se manifestar com uma vigorosa liberdade contra provocações menores.

Ela, porém, não exibiu nenhum sinal de violência. Estava mais para uma calma gelada, se é que você me entende. Dava para ver que era uma mulher que já sofrera na vida. — Bem, Bertie querido, cá estamos nós.

— Pois é — retruquei, com um pé atrás.
— Não tem ninguém faltando, tem?
— Acho que não.
— Esplêndido. Tão mais saudável, para todos nós, ficarmos assim ao relento, em vez de mofar na cama. Eu tinha acabado de pegar no sono quando você resolveu fazer sua encenação com o sino. Porque foi você, meu doce menino, quem tocou o sino, não foi?
— Fui eu, sim, quem tocou o sino.
— Algum motivo em especial ou apenas capricho?
— Eu achei que tinha um incêndio.
— E o que o fez achar isso, meu querido?
— Pensei ter visto chamas.
— Onde, meu bem? Conte para a tia Dália.
— Numa das janelas.

— Entendo. Quer dizer então que todos nós fomos arrancados da cama e quase morremos de susto porque você andou vendo coisas?

Altura em que tio Tom fez um ruído parecido com uma rolha saindo de uma garrafa e Anatole, cujos bigodes tinham atingido seu ponto mais baixo, disse algo a respeito de "macacos" e, se não me engano, "*rogommier*" — seja lá o que for isso.

— Admito que me enganei. Sinto muito.

— Não precisa se desculpar, meu anjo. Não está vendo como estamos todos satisfeitíssimos? E o que você estava fazendo aqui fora, falando nisso?

— Esticando as pernas.

— Entendo. E tem intenção de continuar esticando as pernas?

— Não, acho que agora eu vou me recolher.

— Isso é ótimo. Porque eu também estava cogitando na possibilidade de me recolher e não creio que fosse conseguir dormir, sabendo que você continua aqui fora, dando rédeas à sua imaginação poderosa. Sabe-se lá se sua próxima visão não seria a de um elefante rosa sentado no parapeito da janela da sala de estar, em quem você se poria a atirar tijolos... Bem, vamos, Tom, a função parece ter terminado... Pois não, senhor Fink-Nottle?

Gussie, ao se juntar a nosso pequeno grupo, parecia perturbado com alguma coisa.

— E mais essa, agora!

— Fale, Augustus.

— Me diga o que vamos fazer agora?

— De minha parte, pretendo voltar para a cama.

— Mas a porta está fechada.

— Que porta?

— A porta da frente. Alguém deve tê-la fechada.

— Então vamos abri-la.

— Mas ela não quer abrir.

— Pois então tentaremos uma outra porta.

— Mas todas as outras portas estão fechadas.

— O quê? Quem fechou?

— Eu não sei.

Arrisquei uma teoria.

— O vento?

O olhar de tia Dália cruzou o meu.

— Não me provoque demais — implorou-me ela. — Não agora, tesouro. — E, de fato, eu já tinha notado que a noite estava calmíssima.

Tio Tom falou que teríamos de entrar por uma janela. Tia Dália suspirou de leve.

— Como? Será que Lloyd George conseguiria? Winston talvez? Baldwin, quem sabe? Não. Desde que você mandou instalar aquelas grades, por ali ninguém passa.

— Bem, bem, bem. Louvado seja Deus. Então toque o sino, ora.

— O sino do alarme contra fogo?

— O sino da porta.

— Com que propósito, Tomás? Não tem ninguém na casa. Os criados estão todos em Kingham.

— Mas que maçada! Não podemos passar a noite toda aqui.

— Não podemos, é? Pois então abra bem os olhos. Não há nada, literalmente nada, que os hóspedes de uma casa de campo não possam fazer, com a ajuda do nosso Átila aqui. Seppings com certeza levou a chave da porta dos fundos com ele. Teremos de achar algo com que nos divertir até ele voltar.

Tuppy fez uma sugestão.

— Por que não pegamos um dos carros e vamos até Kingham pegar a chave com o Seppings?

A sugestão caiu bem. Quanto a isso, não houve dúvida. Pela primeira vez, um sorriso iluminou o semblante de tia Dália. Tio Tom grunhiu em aprovação. Anatole disse alguma coisa em provençal que soou elogioso. E acho que até mesmo no rosto de Ângela vislumbrei um adoçamento.

— Uma excelente idéia — disse tia Dália. — Das melhores que já ouvi. Vá até a garagem agora mesmo.

Depois que Tuppy se foi, foram ditas algumas coisas extremamente lisonjeiras a respeito de sua inteligência e habilidade, e houve inclusive algumas comparações um tanto invejosas entre ele e Bertram. Penosas, para mim, claro, mas o sofrimento não durou muito, porque não deve ter levado mais de cinco minutos para que ele estivesse entre nós de novo.

Tuppy parecia confuso.

— Ora essa, não deu pé.
— Por quê?
— A garagem está trancada.
— Destranque.
— Eu não tenho a chave.
— Então grite e acorde o Waterbury.
— E quem é o Waterbury?
— O chofer, seu burro. Ele dorme no quarto em cima da garagem.
— Mas ele também foi ao baile em Kingham.

Foi a gota final. Até aquele momento, tia Dália fora capaz de preservar sua fria calma. Mas as comportas se romperam. Os anos despencaram e ela voltou a ser de novo a Dália Wooster dos tempos de galopes e açulamentos — a jovem emotiva sem papas na língua que tantas vezes se ergueu nos estribos para gritar comentários injuriosos contra os que comandavam os cães.

— Maldição a todos os motoristas dançantes! Por que diabos um chofer há de querer dançar, afinal? Eu nunca confiei naquele sujeito, desde o início. Alguma coisa me dizia que ele gostava de dançar. Pois bem, é o fim. Estamos encalacrados aqui fora até a hora do café-da-manhã. Isso se por acaso aqueles malditos criados voltarem antes das oito, o que eu duvido. Seppings é o maior pé-de-valsa das redondezas, e só vai sair de lá quando o expulsarem. Eu o conheço. A música lhe sobe à cabeça e ele fica lá, batendo palmas e pedindo bis até fazer bolhas nas mãos. Maldição a todos os mordomos dançantes! Afinal, o que é esta casa? Uma respeitável mansão inglesa no campo ou uma escola de dança? Na verdade, estaríamos muito bem morando no meio do Balé Russo. Bem, que seja. Se temos de ficar aqui, vamos ficar. E havemos de morrer todos congelados, exceto — e nessa altura ela me lançou um olhar que não foi dos mais amistosos —, exceto o nosso querido Átila, que está, conforme pude reparar, muito bem agasalhado. Vamos nos resignar a perecer de frio, como os Meninos da Floresta, expressando apenas um último desejo moribundo de que nosso companheiro Átila providencie para que estejamos bem cobertos pelas folhas. Sem dúvida ele também tocará aquele seu sino em sinal de respeito pelos mortos... Em que posso lhe ser útil, meu bom homem?

Interrompendo o discurso, tia Dália fuzilou Jeeves com o olhar. Durante a última porção do discurso dela, ele se pusera com todo o respeito do lado, tentando chamar a atenção da oradora.

— Se me permite fazer uma sugestão, madame.

Não estou dizendo que, no decurso de nosso longo convívio, sempre tenha me visto em situação de poder encarar Jeeves com aprovação. Há aspectos, no caráter dele, que muitas vezes acarretaram o surgimento de uma certa frieza entre nós. Ele é um daqueles indivíduos que, quando você lhe dá um troço, quer logo outro treco. Seu trabalho é no mais das vezes tosco e sabe-se de fontes seguras que já se referiu a mim como alguém "mentalmente insignificante". Mais de uma vez, como já demonstrei, foi meu penoso dever esmagar nele essa tendência de se mostrar superior e de tratar seu jovem senhor como um servo ou peão.

Esses são defeitos graves.

Porém num aspecto jamais deixei de lhe tirar o chapéu. Jeeves é magnético. Há qualquer coisa nele que acalma e hipnotiza. Pelo que sei, jamais esteve frente a frente com um rinoceronte furioso, mas, caso isso ocorresse, não tenho a menor dúvida de que o animal, ao se ver diante dele, estancaria o passo, deitaria no chão e começaria a ronronar com as patas para o alto.

Seja como for, em menos de cinco segundos Jeeves conseguiu acalmar tia Dália, que vem a ser o mais próximo de um rinoceronte furioso que eu conheço. Ele apenas se deixou ficar, com ar respeitoso, e ainda que eu não tenha cronometrado a coisa — estava sem relógio — diria que não levou mais de três segundos e um quarto para que os modos dela passassem por uma fantástica reviravolta. Ela derreteu visivelmente.

— Jeeves! Não me diga que você tem uma idéia?
— Tenho, madame.
— Esse seu cérebro fabuloso entrou em funcionamento em nossa hora de apuros?
Entrou, madame.
— Jeeves — disse tia Dália, com voz trêmula —, desculpe ter falado com rispidez com você, agora há pouco. Eu estava fora de mim. Eu deveria saber que você não me procuraria só para jogar um pouco de conversa fora. Conte-nos essa sua idéia, Jeeves. Junte-se ao nosso pequeno grupo de pensadores e nos diga o que tem em mente. Sinta-se à vontade, Jeeves, e nos dê as boas-novas. Será que tem mesmo um jeito de nos tirar deste aperto?
— Tenho, madame, caso um dos cavalheiros esteja disposto a pegar uma bicicleta.
— Bicicleta?
— Há uma bicicleta no barracão do jardineiro, lá na horta, madame. Talvez um dos cavalheiros se disponha a ir de bicicleta até a mansão da família Stretchley-Budd e pegar a chave das portas dos fundos com o senhor Seppings.
— Esplêndido, Jeeves!
— Obrigado, madame.
— Fantástico!
— Obrigado, madame.
— Átila! — disse tia Dália, virando-se para mim e falando numa voz calma e autoritária.

Eu já esperava por isso. Do momento em que as primeiras malfadadas sílabas cruzaram os lábios de Jeeves, pressenti que haveria um esforço conjunto e decidido para me eleger ao cargo de bode expiatório e preparei-me para resistir e obstruir.

E não é que, no momento em que eu ia começar, bem quando já pensava em convocar toda a minha eloqüência para protestar que eu não sabia andar de bicicleta e que não poderia aprender no pouco tempo disponível, o bom sujeito vem e me corta pela raiz?

— Exato, madame, o senhor Wooster daria conta da tarefa de maneira admirável. Ele é um rematado ciclista. Várias vezes, já, veio se vangloriar para mim de seus triunfos na magrela.

Mentira. Eu jamais fizera algo parecido. É simplesmente monstruosa a maneira como nossas palavras acabam distorcidas. Tudo que eu fizera fora mencionar a ele — de passagem, e apenas a título de informação de interesse geral, quando estávamos assistindo à corrida de seis dias de ciclismo em Nova York —, que aos quatorze anos, passando férias com uma espécie de vigário encarregado de me ensinar latim, eu vencera os coroinhas na corrida da escola.

O que é muito diferente de se vangloriar de supostos triunfos na magrela.

Quer dizer, Jeeves era um homem versado nas coisas do mundo e devia saber que o preparo dos atletas numa corrida de escola em geral não é dos melhores. E, se não me engano, na ocasião eu enfatizei o fato de ter recebido meia volta de vantagem e também o fato de Willie Punting, o grande favorito, para quem a corrida seria uma barbada, ter sido forçado a abandonar as provas porque afanara a bicicleta do irmão mais velho sem pedir permissão e o irmão mais velho, que aparecera bem na hora de a pistola disparar, depois de lhe sentar um belo sopapo, levara embora a bicicleta, reduzindo meu adversário a nada em pleno tiro de largada. No entanto, pelo jeito como Jeeves falou, seria de se imaginar que eu era um daqueles camaradas de malha toda perfurada de medalhas, cuja fotografia aparece de tempos em tempos na imprensa ilustrada, sempre que surge a oportunidade de ir do Hyde Park Corner até Glasgow em uma hora e três segundos ou seja lá o for.

E, como se não bastasse, Tuppy teve de meter a colher também.

— É isso mesmo — confirmou ele. — Bertie sempre foi um grande ciclista. Lembro que em Oxford, quando vencíamos alguma regata e havia comemorações, ele costumava tirar a roupa e dar um giro pelo pátio, cantando cançonetas cômicas. E até que pedalava rápido.

— O que significa que também vai poder pedalar rápido agora — interveio tia Dália, muito animada. — No que me diz respeito, nada será rápido o bastante. E não se acanhe. Pode cantar suas cançonetas cômicas à vontade... Se por acaso sentir ímpetos de tirar a roupa, Bertie, meu cordeirinho, não se faça de rogado. Mas, vestido ou despido, cantando cançonetas cômicas ou deixando de cantá-las, mexa-se!

Recobrei o uso da língua.

— Mas faz anos que eu não ando de bicicleta.

— Então está na hora de recomeçar.

— É muito provável que eu tenha esquecido como se anda de bicicleta.

— Você logo pega o jeito de novo, depois de um tombo ou dois. Tentativa e erro. É a única forma.

— Mas são quilômetros daqui até Kingham Manor.

— Então, quanto antes você partir, melhor.

— Mas...

— Bertie, querido.

— Mas, puxa...

— Bertie, meu tesouro.

— Sim, mas, puxa...

— Bertie, meu doce de coco.

E assim foi arranjado. Logo mais lá ia eu, perfurando muito casmurro as trevas, com Jeeves do meu lado e tia Dália me gritando alguma coisa a respeito de tentar imaginar que eu era o homem que levara as boas-novas de Aix para Gand. Eu nunca tinha ouvido falar no cidadão.

— Quer dizer então, Jeeves — falei, quando chegamos ao barracão, e minha voz saiu fria e amarga —, que foi isto que você conseguiu com seu grande plano! Tuppy, Ângela, Gussie e a Bassett não se falam e o degas aqui com uma viagem de treze quilômetros pela frente...

— Quatorze e meio, se não me engano, patrão.

— ... uma viagem de quatorze quilômetros e meio pela frente e outros quatorze e meio para voltar.

— Eu sinto muito, patrão.

— De que adianta sentir muito agora? Cadê essa malfadada magrela?

— Vou pegá-la, patrão.

E assim o fez. Espiei com amargura.

— Cadê o farolete?

— Receio que a bicicleta não tenha farolete, patrão.

— Não tem farolete?

— Não, patrão.

— Mas eu posso me meter em grandes apuros sem um farolete. Suponha que eu bata em alguma coisa.

Interrompi meus protestos para olhá-lo com frieza.

— Você está sorrindo, Jeeves. A idéia o diverte?

— Mil perdões, patrão. Estava pensando numa história que meu tio Cyril costumava me contar em criança. Uma anedota absurda, patrão, mas confesso que eu achava muita graça. Segundo meu tio Cyril, dois homens chamados Nicolau e Jackson partiram numa daquelas bicicletas duplas, para duas pessoas, com destino a Brighton. Infelizmente, no meio do caminho, bateram no caminhão de uma cervejaria. Quando a equipe de resgate chegou ao local do acidente, descobriu que o impacto fora tamanho que não havia mais como distinguir que partes dos fragmentos pertenciam a Nicolau e quais eram as de Jackson. De modo que recolheram o máximo que conseguiram e lhe deram o nome de Nixon. Lembro que ri muito dessa história quando garoto, patrão.

Tive de permanecer calado por alguns momentos para dominar meus sentimentos.

— Riu, é?

— Muito, patrão.

— Achou engraçado, é?
— Achei, patrão.
— E seu tio Cyril também achou engraçado, é?
— Achou, patrão.
— Cruz-credo, que família! Na próxima vez em que vir seu tio Cyril, Jeeves, diga-lhe que achei seu senso de humor mórbido e desagradável.
— Ele já morreu, patrão.
— Ainda bem... Bem, me passe a malfadada bicicleta.
— Pois não, patrão.
— Os pneus estão cheios?
— Estão, patrão.
— As porcas firmes, os freios em ordem, as rodas dentadas em sincronia com a engrenagem diferencial?
— Estão, patrão.
— Então tá, Jeeves.

A declaração de Tuppy de que, quando aluno da Universidade de Oxford, eu me tornara notório por pedalar pelado no pátio de nossa faculdade possuía um fundo de verdade, não vou negar. No entanto, por mais corretos que estejam os fatos, Tuppy não contou tudo. O que ele deixou de mencionar é que eu sempre estava para lá de lá quando saía para dar minhas voltas, e, em condições alcoolizadas, um camarada é capaz de façanhas contra as quais em momentos mais sóbrios a razão se rebelaria.

Estimulados pela "marvada", creio que existem homens que chegam até a montar em jacarés.

Mas, ao iniciar minha viagem rumo ao grande mundo, eu estava totalmente sóbrio e, conseqüentemente, deserdado por completo da antiga perícia. Comecei a bambolear feito gelatina, e logo me vieram à mente todas as histórias que eu conhecia sobre acidentes terríveis com bicicleta, lideradas pela anedota do tio de Jeeves.

Pedalando duro pelas trevas, eu tentava em vão penetrar na mentalidade de homens como tio Cyril. O que ele teria visto num desastre que acarretara a completa extinção de uma criatura humana — ou, pelo menos, de metade de uma criatura humana e mais metade de outra criatura humana — estava além de minha capacidade de compreensão. No meu entender, aquela fora uma das piores tragédias que já me haviam chegado aos ouvidos, e não tenho a menor dúvida de que continuaria matutando sobre aquilo ainda um bom tempo, caso meus pensamentos não tivessem sido atrapalhados pela súbita necessidade de fazer um ágil ziguezague para evitar um porco no meio do caminho.

Por um breve instante, pareceu-me que teríamos uma repetição da história de Nicolau e Jackson, mas, por sorte, um zigue veloz de minha parte, coincidindo com um zague habilidoso por parte do porco, permitiu que nos cruzássemos a salvo pela estrada.

O efeito dessa escapada por um triz abalou-me os nervos. Meu coração batia feito o de um pássaro engaiolado. O fato de haver porcos à solta no meio da noite me fez pensar mais a fundo na periculosidade da empreitada. Pus-me a prever todas as outras coisas que poderiam acontecer a um homem em cima de um velocípede sem farolete após o escurecer. Lembrei-me, em especial, da declaração de um colega meu, no sentido de que, em certas regiões dos distritos rurais, cabras e bodes costumam avançar pela estrada, até onde lhes permite a corrente, formando assim uma armadilha perfeita para ciclistas desavisados.

Esse colega mencionou, lembro direitinho, o caso de um amigo dele cuja bicicleta enroscou numa corrente de bode e que foi arrastado por dez quilômetros — quase como aquela prática muito comum, na Suíça, em que o esquiador é puxado por cavalos — de tal sorte que nunca mais o rapaz foi o mesmo homem. E tem também o caso do cidadão que colidiu com um elefante que sobrara de um circo itinerante.

De fato, tudo somado, estava me parecendo que, excetuando-se talvez um ataque de tubarões, não havia desastre digno de manchete de primeira página que não pudesse ocorrer assim que um camarada, contrariando seu bom senso, deixava a família convencê-lo a embarafustar no grande desconhecido em cima de uma bicicleta. Aliás, não tenho vergonha de confessar que, desse ponto em diante, esmoreci e não foi pouco.

No entanto, no que diz respeito a bodes e elefantes, devo informar que as coisas saíram inesperadamente bem para o meu lado.

Por mais espantoso que pareça, acabei não encontrando nem um nem outro. E ainda bem porque, sob todos os outros aspectos, a situação não poderia ter sido mais horrenda.

Além da ansiedade incessante de ter de ficar de olho, para o caso de surgir algum elefante, deprimiu-me um pouco a insistência dos latidos, e, em determinado momento, tive um choque muito desagradável ao desmontar para ver uma placa porque, empoleirada nela, havia uma coruja idêntica a minha tia Ágata. Tão agitado, na verdade, estava meu estado de espírito, naquela altura, que achei de início que fosse minha tia Ágata, e só quando a razão e a reflexão conseguiram me fazer entender quão alheio aos hábitos de minha tia seria escalar postes e sentar sobre placas é que pude me recuperar e superar a fraqueza nos joelhos.

Para encurtar a história, com todas essas perturbações mentais somadas à angústia mais puramente física nas partes encapeladas, nas panturrilhas e nos tornozelos, o Bertram Wooster que acabou desembocando na porta da mansão dos Stretchley-Budds foi um Bertram muito diferente do alegre e despreocupado *boulevardier* de Bond Street e Piccadilly.

Mesmo para alguém desinformado dos movimentos internos da casa, teria ficado evidente que alguma função importante havia em Kingham Manor. As luzes brilhavam nas janelas, havia música no ar e, à medida que fui chegando mais perto, meus ouvidos detectaram o arrastar de pés de mordomos, lacaios, motoristas, arrumadeiras, copeiras, ajudantes e, não tenho dúvida, cozinheiros também. Todos entregues ao sabor da música. Desconfio que a melhor forma de resumir aquilo tudo seria dizer que havia um som de festança noturna.

A patuscada ocorria numa das salas do térreo, com janelas francesas que se abriam para um pátio, e foi pelas janelas francesas que eu entrei. Uma orquestra tocava algo com um boa batida, e, em condições mais propícias, ouso dizer que meus pés teriam começado a se retorcer ao ritmo da melodia. Porém eu tinha à minha frente um trabalho mais sério do que ficar sapateando no cascalho de pátios de entrada.

Eu queria a chave da porta dos fundos e queria rápido.

Esquadrinhando a multidão lá dentro, tive uma certa dificuldade inicial em localizar Seppings. Não demorou, contudo, para que ele assomasse, fazendo coisas terrivelmente ágeis na pista de dança. Tive de berrar "Ei, Seppings" algumas vezes, porque o cérebro dele estava concentrado demais na tarefa para se deixar distrair, e foi só quando os rodopios da dança o trouxeram a uma distância razoável de meu indicador que um cutucão rápido na região inferior das costas me permitiu reivindicar sua atenção.

O golpe inesperado fez com que ele tropeçasse nos pés da parceira e foi com uma acentuada austeridade que ele se virou. Ao reconhecer Bertram, contudo, a frieza cedeu lugar ao espanto.

— Senhor Wooster!

Eu não estava com espírito para reciprocar palavras.

— Menos "senhor Wooster" e mais chaves da porta dos fundos — falei com rispidez. — Me dá a chave da porta dos fundos, Seppings.

Ele não parecia ter entendido direito.

— O senhor falou a chave da porta dos fundos?

— Exato. A chave da porta dos fundos de Brinkley Court.

— Mas a chave está lá.

Estalei a língua, contrariado.

— Não seja frívolo, meu caro. Eu não pedalei quatorze quilômetros e meio numa bicicleta para ouvir suas tentativas de fazer graça. Você está com ela no bolso de trás da calça.

— Não, senhor. Eu deixei a chave com o senhor Jeeves.

— Você... o quê?

— Sim, senhor. Antes de vir para o baile. O senhor Jeeves me falou que queria dar uma volta no jardim antes de se recolher. Ele ficou de deixar a chave no parapeito da janela da cozinha.

Fitei o sujeito sem saber o que dizer. O olhar dele estava límpido e as mãos firmes. Não parecia um mordomo que tivesse tomado umas e outras.

— Está me dizendo que nesse tempo todo a chave esteve nas mãos de Jeeves?

— Sim, senhor.

Não pude dizer mais nada. A emoção tomara conta de minha voz. Eu estava à deriva, sem entender nada; porém de uma coisa, ao que tudo indicava, não restava a menor dúvida. Por algum motivo impossível de ser vislumbrado naquele momento, mas que com toda a certeza teria de ser esmiuçado assim que eu vencesse, em cima daquela minha máquina infernal, os quatorze quilômetros e meio de estradas vicinais solitárias e estivesse a um braço de distância dele, Jeeves aprontara uma das suas. Sabendo que, a qualquer momento que lhe aprouvesse, poderia resolver a situação toda, Jeeves mantivera tia Dália e os outros tiritando no gramado da frente da casa, *en déshabillé*, e, pior ainda, permanecera impassível, vendo seu jovem patrão partir para uma jornada inteiramente desnecessária de vinte e nove quilômetros em cima de uma bicicleta.

Eu mal podia acreditar que Jeeves tivesse sido capaz de uma coisa assim. De seu tio Cyril, sim. Com aquele senso de humor distorcido lá dele, talvez fosse possível conceber um tal comportamento da parte de um tio Cyril. Mas Jeeves...

Saltei para o selim e, abafando o grito de agonia que subiu aos lábios quando a carcaça machucada tocou no couro duro, dei início à viagem de volta para casa.

23

LEMBRO-ME DE JEEVES TER ME DITO CERTA VEZ — não me recordo mais como o assunto veio à tona — ele talvez tenha apenas surgido com a informação, como faz às vezes, para que eu pegue ou largue — que nem o inferno tem a fúria de uma mulher desprezada. E, até a noite em questão, sempre achei que havia nisso um bocado de verdade. Eu mesmo jamais desprezara uma mulher, mas Pongo Twistleton certa feita desprezou uma tia dele, recusando-se sem rodeios a ir buscar o filho dela, Gerald, na estação de Paddington, levar o garoto para almoçar e depois acompanhá-lo até a estação de Waterloo, de onde ele voltaria para a escola. Para quê! Pongo recebeu cartas que só lendo para acreditar, além de dois telegramas azedíssimos e um cartão-postal muito sombrio, com uma vista do Memorial de Guerra de Chilbury.

Até a noite em questão, portanto, como eu ia dizendo, eu nunca questionara a veracidade daquela afirmação. Mulheres desprezadas em primeiro lugar e o resto é o resto, era como as coisas sempre tinham me parecido.

Mas nessa noite revi minhas opiniões. Se você quer mesmo saber o que o inferno pode fazer, no que diz respeito às fúrias, basta olhar para o camarada que foi ludibriado e levado a empreender uma longa e desnecessária viagem de bicicleta no escuro e sem farolete.

Frise-se a palavra "desnecessária". Foi essa a parte que realmente fincou o cravo na alma. Quer dizer, se tivesse sido o caso de ir buscar o médico para salvar uma criança com crupe, ou de dar um pulo até o *pub* mais próximo para buscar suprimentos, na eventualidade de a adega ter secado, ninguém teria saltado para o selim mais prontamente que eu. O jovem Lochinvar, sem tirar nem pôr. Mas esse negócio de ser submetido àquilo apenas para satisfazer a concepção doentia de um assistente pessoal do que vem a ser divertido é meio indecoroso e eu estava aborrecido.

De modo que, embora a providência que zela pelos bons tenha cuidado para que eu concluísse incólume o trajeto, sem contar as partes encapeladas, e removido de meu caminho todas as cabras, elefantes e até mesmo as corujas parecidas com tia Ágata, o que estou querendo dizer é que foi um Bertram carrancudo e azedo quem acabou enfim ancorando na porta da frente de Brinkley Court. E quando vi uma silhueta escura surgir no pórtico, para me receber, preparei-me para desembuchar tudo o que fervia lá dentro.

— Jeeves! — falei.

— Sou eu, Bertie.

A voz que se dirigiu a mim soou como melaço morno e, mesmo que eu não a tivesse reconhecido de imediato como sendo a voz da Bassett, eu deveria ao menos ter percebido que não saíra da garganta do homem que eu ansiava por encontrar. Sim, porque a silhueta à minha frente usava um vestido singelo de *tweed* e empregara meu nome de batismo em seu comentário. E Jeeves, sejam quais forem seus defeitos morais, jamais sairia por aí de saia me chamando de Bertie.

Madeline Bassett era, claro, a última pessoa que eu desejava ver depois de uma longa noite no selim, mas concedi um educado "Ora, olá!".

Houve uma pausa, durante a qual massageei as pernas. As minhas, claro.

— Já entrou, então? — falei, fazendo alusão à troca de roupa.
— Entrei, sim. Coisa de uns quinze minutos depois que você saiu, Jeeves foi procurar melhor e encontrou a chave da porta dos fundos no parapeito da janela.
— Ah!
— O quê?
— Nada.
— Pensei que você tivesse dito alguma coisa.
— Não, nada.

E continuei assim. Porque, àquela altura, como já ocorrera tantas outras vezes — na verdade, sempre que essa moça e eu nos encontramos nas vizinhanças um do outro, acontece a mesma coisa —, a conversa nos desertou. A brisa noturna sussurrou, mas não a Bassett. Um pássaro pipilou, mas nem mesmo um trinado escapou de Bertram. Era absolutamente espantosa a maneira com a simples presença dela parecia apagar toda e qualquer fala de meus lábios — e vice-versa. Estava começando a parecer que nossa vida de casados seria muito semelhante a vinte anos entre os monges trapistas.

— Por acaso você viu o Jeeves em algum lugar? — perguntei, já recuperado em parte do surto de mudez.
— Vi, sim. Ele está na sala de jantar.
— Na sala de jantar?
— Servindo a todos. Eles estão ceando ovos com bacon e champanhe... O que foi que disse?

Eu não tinha dito nada — eu apenas rosnara. Havia alguma coisa revoltante em torno da idéia de toda aquela gente descuidada a se divertir num momento em que, pelo tanto que sabiam, eu poderia estar sendo arrastado por bodes, ou sendo mastigado por elefantes, alguma coisa que me bateu em cheio no peito, qual um dardo envenenado. Aquilo era o tipo de coisas sobre as quais a gente lê nos livros, coisas acontecidas pouco antes da Revolução Francesa — os nobres altivos em seus castelos, comendo e bebendo à farta, insensíveis às tribulações e privações tenebrosas dos infelizes.

A voz da Bassett interrompeu minhas reflexões acerbas.

— Bertie.
— Oi.
Silêncio.
— Oi! — repeti.
Nenhuma resposta. A coisa toda estava muito parecida a uma daquelas conversas telefônicas em que você, de uma ponta da linha, diz "Alô! Alô!" sem saber que a outra ponta saiu para tomar um chá.
Ao fim e ao cabo, porém, ela voltou à tona.
— Bertie, eu tenho uma coisa para lhe dizer.
— O quê?
— Eu tenho uma coisa para lhe dizer.
— Eu sei. Eu perguntei "O quê?".
— Ah. Pensei que você não tivesse me escutado.
— Ouvi, sim. Ouvi direitinho o que você disse, mas não o que você tinha para me dizer.
— Ah, entendo.
— Então tá.
De modo que, com essa parte, nós liquidamos. Mesmo assim, em vez de ir adiante, ela fez nova pausa. Torcia os dedos e raspava o cascalho com os pés. E, quando por fim abriu a boca, foi para me dar um susto.
— Bertie, você lê Tennyson?
— Não se puder evitar.
— Você me lembra tanto aqueles Cavaleiros da Távola Redonda de "Idílios do Rei".
Claro que eu tinha ouvido falar neles — Lancelote, Galaad e o bando todo, mas não via onde estaria a semelhança. A mim, parecia que ela devia estar pensando num outro grupo.
— Como assim?
— Você tem um coração tão bom, uma alma tão pura. Você é tão generoso, tão desprendido, tão cavalheiro. Sempre achei isso a seu respeito... você é um dos poucos cavalheiros de verdade que eu conheci.

Fica bem difícil, claro, saber o que dizer quando alguém lhe faz lisonjas numa escala dessas. Resmunguei um "É mesmo?" ou algo do gênero e esfreguei a porção encapelada com certo constrangimento. E houve mais outro silêncio, rompido apenas por um uivo agudo na hora em que esfreguei com um pouco mais de força.

— Bertie.
— Oi.

Ouvi quando ela deu uma espécie de engolida em seco.

— Bertie, você será um cavalheiro agora?
— Claro. Com todo o prazer. Como assim?
— Eu vou irritá-lo ao extremo, agora. Vou testá-lo agora como nenhum homem jamais foi testado. Vou...

Não gostei do tom daquilo.

— Bem — falei, duvidoso —, é sempre um prazer ajudar, você sabe, mas acabei de fazer uma viagem meio puxada de bicicleta, ainda estou com as pernas rígidas e meio dolorido, sobretudo na... como eu ia dizendo, um pouco rígido nas pernas e meio dolorido. Se for alguma coisa para buscar lá em cima...

— Não, não, você não entendeu.
— Não. Exato. Não entendi.
— Ai, é tão difícil... Como vou dizer isso?... Será que não adivinha?
— Não, não vai dar.
— Bertie... deixe-me ir!
— Mas eu não estou segurando ninguém.
— Me solte!
— Sol...

E aí, de repente, entendi. Suponho que tenha sido o cansaço que me deixou tão lento para fisgar o nó da questão.

— O quê?

Cambaleei, o que fez o pedal esquerdo subir e me pegar a canela. Mas tamanho era o êxtase da alma que não emiti um som.

— Soltar você?
— Sim.

Eu não queria confusão nenhuma quanto a esse ponto.

— Você quer dizer, dar por encerrado nosso compromisso? Quer dizer então que vai se casar com o Gussie, no fim das contas?

— Apenas se você for generoso e grande o bastante para consentir.

— Ah, mas eu sou.

— Eu lhe dei minha palavra.

— Não ligue para ela.

— Quer dizer então que você, de fato...

— Sem a menor sombra de dúvida.

— Oh, Bertie!

Ela deu a impressão de oscilar qual uma vergôntea. São as vergônteas que oscilam, se não me engano.

— Um nobre cavaleiro de fato! — ouvia-a murmurar e, não havendo muito mais o que dizer depois disso, pedi licença, alegando estar com muita sujeira no corpo e que gostaria que minha criada me pusesse em trajes mais folgados.

— Quanto a você, volte para Gussie — falei — e diga-lhe que está tudo bem.

Ela deixou escapar uma espécie de soluço, avançou e me deu um beijo na testa. Desagradável, claro, mas como diria Anatole, um pedregulho e outro eu aturo no caminho. Instantes depois, ela corria para a sala de jantar enquanto eu, depois de encostar a bicicleta num arbusto, tomava o caminho das escadas.

Nem é preciso discorrer sobre minha felicidade. Dá para imaginar. Ela não se iguala nem mesmo à do camarada com o nó no pescoço, com o carrasco pronto para apertá-lo, na hora em que surge um cavaleiro a galope, num cavalo espumando de suor, acenando com o perdão. Nem de longe. Para se ter uma idéia mais precisa do meu humor, basta dizer que, quando comecei a cruzar o vestíbulo, me dei conta de um sentimento de benevolência tão profundo por todas as coisas criadas que me peguei pensando com ternura até mesmo em Jeeves.

Eu estava prestes a subir a escada quando um repentino "Ora, eis aí!" pela retaguarda obrigou-me a me virar. Tuppy estava parado no vestíbulo. Pelo visto, descera até a adega atrás de munição, porque vinha com duas garrafas debaixo do braço.

— Olá, Bertie — ele disse. — Já voltou? — E riu, achando tudo muito divertido. — Você está igualzinho a um náufrago. Foi atropelado por um rolo compressor ou algo assim?

Em outras circunstâncias, talvez tivesse achado aquelas grosserias um tanto incômodas. Mas tamanho era meu bom humor que não fiz caso e lhe dei as boas-novas.

— Tuppy, meu velho, a Bassett vai se casar com Gussie Fink-Nottle.

— Eles que são brancos que se entendam.

— Mas você não percebe? Não entende o que isso significa? Significa que a prima Ângela está de novo livre e que você só precisa saber dar as cartas certas...

Ele soltou uma gargalhada sonora. Pude então perceber que seu humor era excelente. Na verdade, eu já havia reparado em algo do gênero logo que o vi, mas atribuíra a euforia a estimulantes alcoólicos.

— Santo Deus! Você está atrasadíssimo, Bertie. O que não é de espantar, claro, para quem passou metade da noite andando de bicicleta. Ângela e eu fizemos as pazes há algumas horas.

— O quê?

— Claro. Foi apenas um arrufo o que houve entre nós. Basta que cada lado ceda um pouco e pronto. Nós nos reunimos e conversamos sobre nossos desentendimentos. Ela retirou meu queixo duplo. Eu lhe dei o tubarão. Tudo simplíssimo. E tudo terminado em alguns minutos.

— Mas...

— Desculpe, Bertie, mas não dá para ficar a noite inteira aqui, batendo papo com você. Está havendo um festim e tanto lá na sala de jantar e o pessoal aguarda reforços.

O aval para a declaração em curso veio de um grito repentino saído do aposento em questão. Reconheci — e quem não reconheceria — a voz de tia Dália.

— Glossop!
— Oi?
— Anda logo com isso.
— Estou indo. Estou indo.
— Pois então venha! Cáspite! Xô!
— Sua tia — disse Tuppy — está um tanto para lá de lá. Não conheço as particularidades do caso, mas consta que o Anatole estava cumprindo aviso prévio e que agora concordou em ficar. E também que seu tio lhe deu um cheque, para aquele jornal dela. Não peguei os detalhes, mas sua tia está animada. Até mais ver. Preciso ir andando.

Dizer que Bertram achava-se definitivamente perplexo seria a pura verdade. Eu não estava entendendo nada. Quando parti, Brinkley Court era uma casa em frangalhos, com corações despedaçados espalhados por todos os cantos; quando voltei, encontrei uma espécie de paraíso terrestre. Eu estava atônito.

Banhei-me cheio de pasmo. O patinho de borracha continuava na saboneteira, mas a preocupação era muita para lhe dar um mínimo de atenção. Ainda perdido, voltei ao quarto e lá estava Jeeves. E a prova de que me encontrava de fato um tanto desnorteado foi que, em vez de censuras e recriminações severas, minhas primeiras palavras para ele foram de indagação:

— Ora vejam só, Jeeves.
— Boa noite, patrão. Fui informado de que havia regressado. Espero que tenha feito um belo passeio.

Em qualquer outro momento, uma piadinha dessas teria despertado os demônios de Bertram Wooster. Mal reparei. Eu estava resolvido a ir até o fundo do mistério.

— Ora, sim senhor, Jeeves.
— Patrão?
— O que significa isso tudo?

— Refere-se a...
— Claro que eu me refiro. Você sabe muito bem do que estou falando. O que andou acontecendo por aqui desde que eu saí? O lugar está transbordando de finais felizes.
— Pois é, patrão. Tenho a satisfação de dizer que meus esforços foram recompensados.
— Como assim, seus esforços? Não venha me dizer que aquele plano idiota do alarme de incêndio teve alguma coisa a ver com tudo isso.
— Teve, patrão.
— Não seja burro, Jeeves. O plano falhou.
— Não de todo, patrão. Receio, patrão, não ter sido inteiramente franco no que se refere à minha sugestão de tocar o sino do alarme. Na verdade, eu não imaginei em momento algum que, por si só, ele fosse produzir os efeitos desejados. Minha intenção foi que exercesse as funções preliminares para o que eu poderia chamar de o verdadeiro negócio da noite.
— Você delira, Jeeves.
— Não, patrão. Era de fundamental importância que as damas e os cavalheiros fossem tirados de dentro de casa para que, uma vez ao ar livre, eu pudesse ter certeza de que permaneceriam ali por um certo tempo.
— Como assim?
— Meu plano se baseou em psicologia, patrão.
— Como?
— É fato sabido, patrão, que não há nada melhor e mais eficaz para unir pessoas que tiveram a infelicidade de discutir entre si do que uma forte antipatia comum por determinado indivíduo. Na minha própria família, se me permite fornecer um exemplo caseiro, era um axioma aceito por todos que, em épocas de discórdias domésticas, o melhor a fazer era convidar tia Annie para uma visita, para sanar todas as diferenças entre os demais integrantes da família. Na animosidade comum para com tia Annie, os que estavam brigados tornavam a se unir quase que de imediato. Lembran-

do-me disso, ocorreu-me que caso o senhor, patrão, fosse apontado como a pessoa responsável pelas provações por que todos teriam de passar, obrigados que seriam a ficar ao relento, numa noite fria, todo mundo iria ficar tão irritado com o senhor que, nesse sentimento comum, mais cedo ou mais tarde acabariam se reconciliando.

Eu teria dito alguma coisa, mas Jeeves prosseguiu.

— E foi justamente o que ocorreu. Tudo, como o senhor pôde ver, patrão, está bem de novo. Depois de sua partida na bicicleta, os casais brigados concordaram de tal forma quanto ao conteúdo das ofensas que lhe foram dirigidas que o gelo, se me permite usar a expressão, foi quebrado. Não demorou muito para que o senhor Glossop estivesse passeando sob as árvores ao lado da senhorita Ângela, contando-lhe anedotas de sua carreira na faculdade, em troca das dela, referentes a sua infância. Enquanto isso, o senhor Fink-Nottle, encostado ao relógio de sol, mantinha a senhorita Bassett fascinada com histórias de seus tempos de primário. A senhora Travers, por seu lado, contava a *Monsieur* Anatole...

Redescobri o uso da linguagem.

— Ah, é? Entendo. E agora, imagino, como resultado dessa sua malfadada psicologia, tia Dália está tão zangada comigo que vai levar anos para que eu recupere a coragem de aparecer por aqui. Anos, Jeeves, durante os quais, noite após noite, Anatole estará preparando aqueles seus jantares...

— Não, patrão. Foi para evitar essa eventualidade que eu sugeri que o senhor fosse de bicicleta até Kingham Manor. Quando comuniquei aos senhores e senhoras que havia encontrado a chave, e eles se deram conta de que você estava fazendo uma longa viagem para nada, a animosidade dos presentes se dissipou na hora e todos passaram a achar graça no ocorrido. Houve muita risada, patrão.

— Houve, é?

— Houve, patrão. Receio que talvez surja a necessidade de ter que se submeter a uma certa dose de caçoadas joviais, mas nada além disso. Se me permite, patrão, tudo foi perdoado.

— Oh?
— Foi, patrão.
Matutei uns momentos.
— Parece que você consertou mesmo a situação.
— Pois é, patrão.
— Tuppy e Ângela estão noivos de novo. O mesmo acontece com Gussie e a Bassett. Tio Tom parece que desembolsou o dinheiro para o *Boudoir de Milady*. E Anatole vai continuar no emprego.
— Pois é, patrão.
— Imagino que se possa dizer que tudo está bem quando acaba bem.
— Muito bem posto, patrão.
Matutei de novo.
— De todo modo, seus métodos são um tanto rudes, Jeeves.
— Não se pode fazer uma omelete sem quebrar os ovos, patrão.
Despertei.
— Omelete! Acha que consegue me arranjar uma?
— Claro, patrão.
— Junto com meia garrafa de qualquer coisa?
— Sem sombra de dúvida, patrão.
— Então vá, Jeeves. E a todo vapor.

Fui para a cama e apoiei-me nos travesseiros. Devo dizer que minha ira profusa se atenuara um pouco. Eu estava com o corpo todo moído, sobretudo lá pela região mediana, mas a isso era preciso contrapor o fato de eu não estar mais comprometido com Madeline Bassett. Por uma boa causa, todos nos dispomos a sofrer. Sim, olhando para a questão de vários ângulos, vi que Jeeves tinha agido bem e foi com um sorriso enorme de aprovação que lhe dei as boas-vindas quando regressou com o necessário.

Seu semblante não bateu com meu sorriso. Um tanto sério, era o que ele me parecia estar; tateei o terreno com uma indagação bondosa.

— Algo o preocupa, Jeeves?

— Preocupa, patrão. Eu devia ter mencionado o assunto mais cedo, mas, com a comoção noturna, acabou me fugindo. Receio ter sido descuidado, patrão.

— Com o quê, Jeeves? — perguntei, manducando satisfeito da vida.

— Com seu paletó a rigor, patrão.

Um medo inominável atravessou-me o peito, fazendo com que eu engolisse um bocado de omelete do jeito errado.

— Sinto ter de dizer, patrão, que enquanto eu estava passando o paletó branco, esta tarde, distraí-me e deixei o instrumento quente sobre o tecido. Receio que não seja mais possível o senhor usá-lo de novo, patrão.

Um daqueles silêncios prenhes de significado encheu o quarto.

— Eu sinto muitíssimo, patrão.

Por alguns instantes, confesso, aquela minha ira profusa voltou aos borbotões, flexionando os músculos e rosnando um pouco pelo nariz, mas, como dizemos lá na Riviera, *à quoi sert-il*? Não havia nada a lucrar com iras profusas, no momento.

Nós, os Woosters, sabemos agüentar o tranco. Meneei a cabeça pensativo e espetei mais um naco de omelete no garfo.

— Então tá, Jeeves.

— Ótimo, patrão.

Este livro, composto na fonte Fairfield
e paginado por Alves e Miranda Editorial,
foi impresso em Pólen Soft 80g na Lis Gráfica.
São Paulo, Brasil, no inverno de 2004